PEAU ET OS

TA MOORE

PEAU ET OS

TA MOORE

DREAMSPINNER PRESS

Publié par

DREAMSPINNER PRESS

5032 Capital Circle SW, Suite 2, PMB# 279, Tallahassee, FL 32305-7886 USA
www.dreamspinnerpress.com

Édition e-book en français : 978-1-64108-264-8
Édition imprimée en français : 978-1-64108-265-5
Première édition française : juillet 2021
v 1.0

Édité aux États-Unis d'Amérique.

À ma mère, aux Cinq et à Lady, mon premier et,
pour toujours, mon meilleur chien.

I

L'ORAGE S'ABATTIT sur les banlieusards au coucher du soleil, une pluie battante qui rendait les routes traîtresses et faisait oublier à tout le monde comment conduire. Cela ne durerait pas longtemps. D'après les prévisions, le vent soufflerait en direction des vives lumières de San Diego dès le lendemain. Plenty s'en sortirait un peu plus humide, pas beaucoup plus avisée, mais pleine de voitures fraîchement bosselées.

Hélas pour elle, Janet Morrow avait eu la malchance de disparaître ce soir-là.

Un idiot dans une voiture brillante d'une taille microscopique coupa la voie devant la Challenger, tandis que Cloister prenait le virage sur Hot Springs Road. Cloister écrasa la pédale de frein et cracha un juron entre ses dents. À l'arrière, Bourneville manifesta son objection à la manœuvre soudaine dans un gémissement, tout en glissant sur le sol recouvert de plastique. Le conducteur leva un doigt à Cloister à travers la vitre, avant de lui faire une queue de poisson en se rabattant vers la rampe d'accès.

Cela se traduisit en un long déplacement. Cloister serra la mâchoire et résista à cette part en lui-même qui avait appris à gérer les conflits récurrents avec son beau-père. Peu importe le nombre de fois où vous frappiez quelqu'un, ils n'apprenaient jamais, alors il ne poursuivit pas la voiture sur la route. En plus, il avait un travail à effectuer.

— De toute façon, il va se tuer, Bon, marmonna-t-il, se penchant en avant, les yeux plissés sur le pare-brise.

La pluie était assez puissante pour rendre la visibilité vraiment mauvaise, un courant d'eau si important qu'on aurait dit que quelqu'un avait ouvert un robinet. De temps en temps, des éclairs illuminaient la nuit comme un feu d'artifice, cependant cela n'améliorait en rien la visibilité.

— Parfois, tu es obligé d'être un bon gars, pas vrai ?

Elle aboya après lui.

— C'est vrai, commenta Cloister. Un bon gars et/ou un bon chien. Contente, maintenant ?

Elle aboya de nouveau.

Cloister releva la plaque d'immatriculation du type. Il n'était pas un bon gars à ce point.

L'embranchement pour Delacourt apparut soudain sous la pluie. L'asphalte était déjà strié de trace de caoutchouc et la barrière était ornée d'une peinture rouge provenant d'une portière côté conducteur. Demain serait un jour faste pour les ateliers de carrosserie de Plenty.

— Merde, murmura Cloister.

Il alluma son gyrophare bleu – une tache de couleur surgissant sur la route mouillée – et coupa à travers la route pendant que le pick-up derrière lui freinait docilement. Il sentit les pneus glisser alors qu'il prenait le virage sur une route mouillée et couverte d'huile. Une voiture plus légère, avec un conducteur qui n'aurait pas appris à conduire sur les routes de campagne du Montana, aurait pu finir dans la ravine avec le triangle rouge – qui n'avait pas été laissé sur la barrière – de la Prius.

Trempé par la pluie qui lui tombait sur le nez, un adjoint costaud, impossible à identifier sous son ciré, tenta de faire signe à Cloister de continuer son chemin à l'aide d'une lampe de poche. Il courut jusqu'à la voiture quand Cloister choisit plutôt de se diriger vers le bord de la route.

—… c'est sous contrôle, déclara-t-il.

À sa voix et au menton marqué par l'acné, Cloister l'identifia comme étant Collins, il baissa la vitre de deux centimètres, suffisamment pour que le vent projette une pluie froide à l'intérieur.

— Veuillez continuer…

— Je le ferais si je pouvais, assura Cloister. Que s'est-il passé ?

L'appel radio avait annoncé une fille disparue et un accident de voiture à Delacourt. Mel n'avait pas eu le temps de lui donner plus de détails. La pluie était toujours source de surmenage.

— Oh, c'est vous, Witte.

Collins repoussa sa capuche et passa une main sur son visage. Il se débarrassa de la pluie et de la morve sur ses doigts contre la vitre.

— Pardon. C'est la pluie. Je ne peux même pas voir ma main devant mon visage.

— Oui, j'ai failli rater le virage, reconnut Cloister. Où est Tancredi ?

Collins se retourna et orienta la lampe de poche sur la Prius. Le faisceau désigna sa collègue comme un pointeur. Tancredi était voûtée sous sa veste, collant du plastique sur la portière de la voiture. Le scintillement de la lumière contre la peinture attira son attention, elle se retourna, plissa

2

les yeux sous la pluie et fit un signe pressant pour que Cloister vienne la rejoindre.

— Voulez-vous que je ferme la route ? demanda Collins avec espoir.

Cela le mettrait à l'abri de la pluie. Cloister y réfléchit une seconde, puis secoua la tête.

— Pas encore, dit-il. Contente-toi d'obliger les voitures qui arrivent à poursuivre leur chemin.

Une fois que Collins se fut écarté, Cloister se gara au plus près du bord sur la bande d'arrêt d'urgence, ses pneus mordant presque les bords émiettés de l'asphalte. Il sortit de la voiture et claqua la portière. La pluie le frappa tandis qu'il se baissait pour récupérer Bourneville.

Elle lui jeta un regard de reproche quand il la détacha et la souleva pour la sortir sous la pluie. L'eau mouilla son lourd pelage, le transformant en dreadlocks noires trempées et faisant retomber ses oreilles gorgées d'eau. Bourneville éternua et s'appuya contre sa jambe lorsqu'il la déposa sur le sol. Il ne devrait pas être possible d'être plus mouillé, cependant Cloister aurait juré qu'il pouvait sentir son humidité imbiber son pantalon.

— Elle va bien ? questionna Collins avec méfiance.

Il s'exprimait depuis ce qu'il considérait être une distance de sécurité. Il avait peur des chiens, particulièrement de Bon, pour une raison indéterminée.

Cloister accrocha la laisse de Bourneville à son harnais et frotta sa tête humide avec affection. Il sentit ses côtes s'appuyer contre sa jambe, tandis qu'elle poussait un soupir.

— Elle n'aime pas marcher sous la pluie, répondit-il. Une fois qu'elle aura compris que c'est pour le travail, tout ira bien.

Il pouvait voir l'endroit où la Prius avait quitté la route. De profondes ornières boueuses creusaient l'herbe rase et blanchie par le soleil, elles descendaient la colline en deux lignes inégales pour se terminer sous les pneus arrière en lambeaux. Lorsqu'il commença à descendre la pente, Cloister laissa du mou à la sangle. La terre meuble et glissante était comme du sable mouvant sous ses pieds. Il dut se débrouiller pour rester devant, la longueur de la laisse accordant à Bourneville la liberté de choisir son propre chemin.

— Attention, le prévint sèchement Tancredi au moment où, arrivé en bas, il glissait dans une tourbière. C'est traître.

Il était déjà mouillé, mais l'eau qui se glissa par-dessus ses bottes et trempa ses chaussettes était encore plus froide.

— Merci.

Il expulsa l'eau sur ses lèvres d'un souffle et écarta ses cheveux mouillés hors de son visage. Il pouvait voir que le nez de la Prius était à moitié enfoncé dans une flaque naissante. Les phares fissurés étaient remplis de boue et les roues avant étaient enterrées jusqu'aux essieux.

— Que s'est-il passé ?

Tancredi lui tendit la main. Il l'attrapa et s'en aida pour s'extirper de la flaque d'eau. Elle cogna ses bottes contre un rocher pour déloger les lourdes mottes de boue qui s'y accrochaient.

— On dirait qu'elle a juste quitté la route, répondit Tancredi.

Clignant des yeux pour se débarrasser de l'eau sur ses cils, elle fouilla dans sa poche pour sortir un permis de conduire dans un sac. Il lui fallut une seconde pour essuyer l'eau du plastique et revérifier la pièce d'identité.

— Janet Morrow d'Ithaca, New York. Une mignonne gamine.

Elle tendit le portefeuille à Cloister.

Le cuir avait visiblement été dans l'eau, mais la photo plastifiée de la carte d'identité était encore suffisamment nette lorsque Tancredi dirigea sa lampe dessus. Mignonne était un euphémisme. La photo de Janet, validée par le service d'enregistrement des permis de New York, révélait une masse de cheveux roux rassemblée en une tresse lâche, un visage ovale doux et de grands yeux gris. Elle était belle, âgée de dix-neuf ans… bonne pour les selfies, moins pour une fille perdue dans le noir, dans une ville inconnue.

— Est-ce que quelqu'un a été appelé ? demanda-t-il.

— Le service de dépannage, annonça Tancredi.

Elle reprit le portefeuille et le fourra dans sa veste en poursuivant :

— Elle les a contactés pour qu'on vienne la chercher, mais quand on lui a demandé où venir la récupérer, elle a répondu à la station-service sur la route. Elle voulait probablement avaler un café avant de devoir parler à quelqu'un.

Cloister leva les sourcils.

Tancredi pinça les lèvres avec désapprobation.

— Il y a une flasque vide sur le siège passager et elle a quitté la route. Quand la dépanneuse est arrivée à McGuire, elle n'était pas là à l'attendre. Au bout d'un moment, ils ont repris la route pour la chercher et ils ont trouvé la voiture, mais aucun signe de Janet.

— Ses parents ?

Tancredi haussa les épaules. Le tonnerre gronda au-dessus d'eux dans un long gémissement interminable, tel un estomac malheureux. Tancredi grimaça, attendit qu'il prenne fin, puis continua :

— J'imagine qu'elle n'a pas réussi à revenir sur la route, alors elle a essayé de trouver un raccourci. Seulement dans le noir, et avec la pluie, si elle a commencé à errer, elle aurait pu finir par parcourir des kilomètres dans la mauvaise direction.

C'était une exagération. Même si elle tournait en rond, elle finirait par se retrouver quelque part. Le danger n'était pas que Janet déambule dans le désert et que ses os disparaissent dans le sable, c'était qu'elle se casse une cheville dans un nid-de-poule et passe la nuit dehors dans le froid.

Ou qu'elle rencontre quelqu'un qui l'emmène dans le désert et l'y abandonne.

Autrefois, Delacourt avait été une zone assez calme, mais de nouveaux quartiers et de nouvelles routes avaient ensuite redessiné le secteur. Coupés du cœur de la ville et contournés par les nouveaux venus, les commerces avaient fermé leurs portes et les gens avaient déménagé. C'était un quartier mourant, ce qui attirait les problèmes.

Cloister baissa les yeux sur Bon, elle se pressait contre sa jambe, ses côtes rentrant dans son mollet tandis qu'elle relâchait de temps en temps un éternuement. Il la poussa du genou.

— Bourneville.

Ses oreilles se dressèrent et elle leva les yeux vers lui, le nez vif, vigilante.

— Prête à travailler ?

C'était le mot magique. Elle se redressa sur ses pattes et remua avidement la queue, sa détresse face à la pluie oubliée. Son fouettement lourd frappa les jambes de Cloister alors qu'il se baissait pour attraper son harnais, au cas où elle sentirait une odeur et s'élancerait sans lui. Elle s'appuya contre son bras, pressée de se mettre en route.

— Janet a-t-elle laissé autre chose dans la voiture ? interrogea-t-il. Une veste ? Des lunettes de soleil ? Tu connais la chanson.

Tancredi acquiesça et fit demi-tour dans la flaque. La lumière de sa lampe de poche se balança dans le noir alors qu'elle retournait à la Prius.

— Est-ce qu'elle peut réussir à suivre ça ? demanda-t-elle par-dessus son épaule.

5

Elle luttait pour ouvrir la portière arrière bosselée. Coinçant la lampe de poche dans sa bouche pour libérer ses mains, ses mots sortirent à moitié déformés tandis qu'elle achevait :

— C'est affreux.

Cloister haussa les épaules.

— On aurait pu avoir de meilleures conditions.

Il attrapa la veste que Tancredi lui envoyait. Elle était déjà humide, la fausse fourrure bon marché qui la couvrait s'emmêlant et lui collant aux doigts. Les poignets étaient raides de boue à demi séchée.

— Cela dit, Bon a déjà pisté avec pire.

L'odeur serait plus forte à l'intérieur du manteau, au niveau du cou et des manches, là où la sueur et la peau s'étaient frottées à la doublure. Cloister retourna le manteau dans ses mains et s'accroupit pour que Bourneville puisse y mettre le nez. Elle souffla et renifla une seconde, puis s'assit pour le regarder attentivement. Ses hanches étaient déjà contractées, les muscles serrés sous l'épaisse fourrure tandis qu'elle patientait.

Cloister garda la main sur son harnais pendant qu'il se remettait sur ses pieds. Il lança le manteau à Tancredi.

— Nous ferons de notre mieux, assura-t-il.

Puis il lâcha le harnais de Bourneville et aboya l'ordre de pistage :
— *Such* !¹

Bourneville se releva brusquement et fureta dans la boue et le tapis d'herbe foulé par les pieds autour des jambes de Cloister. Elle tourna deux fois autour de lui, plus largement à chaque fois, avant de gémir de frustration en ne trouvant rien. Soit Janet n'avait pas du tout essayé de gravir la pente boueuse, soit son parfum s'était déjà dissipé.

Quand elle demeura bredouille après son dernier balayage, Bourneville s'arrêta et regarda Cloister avec espoir.

Il claqua des doigts, désignant la flaque boueuse qui avait à moitié noyé la Prius.

— *Voraus* ², ordonna-t-il sèchement. Fais le tour.

Bourneville émit un soupir impatient et se précipita dans la petite mare. L'eau lui arrivait presque à l'estomac tandis qu'elle s'y jetait et éclaboussait en rebondissant de l'autre côté, sa laisse trempée traînant

---

1 Cherche
2 Devant

derrière elle. Cloister la suivit avec beaucoup plus de difficulté, il glissait dans la boue du fond.

Tandis qu'elle traversait, Bourneville renifla rapidement les pieds de Tancredi. Elle aboya une fois lorsqu'elle saisit la puissante odeur du manteau que Tancredi tenait dans ses bras, la queue en l'air dans un mouvement hésitant.

— Bourneville, non, intervint sèchement Cloister.

Il mit sa main en coupe donnant le signal qui devait l'inciter à contourner la voiture.

— Fais le tour.

Le démenti fit soupirer Bourneville. Elle secoua la tête assez fort pour faire voltiger ses oreilles, puis laissa son nez retomber sur le sol tout en se dirigeant vers la voiture. Tancredi se déplaça et baissa la tête pour essuyer son visage avec son épaule.

— Si elle ne trouve rien, dit-elle, penses-tu que l'agent spécial Merlo donnerait son approbation pour l'utilisation de quelques-uns des appareils hi Tech des fédéraux ? Les drones qu'il a utilisés, lors du raid sur les contreforts le mois dernier, ont un système infrarouge. Il m'a montré comment ils fonctionnaient.

Elle avait l'air sous le charme. Cloister n'aurait su dire si c'était sous celui de l'engin ou celui de « l'agent spécial Merlo ». Sa conscience lui signala que s'il s'agissait de la deuxième option, il ne pouvait pas vraiment le lui reprocher. Cloister avait été plus qu'heureux de se ridiculiser avec Javi ces derniers mois, jusqu'à ce qu'il décide de voir ce qui se passerait s'il bousillait tout. Il était incapable de se souvenir de la raison de leur dispute. C'était au sujet d'un mensonge. Il était question du déjeuner de Javi avec ce détective privé sexy et de la bière qu'il n'avait pas voulu boire avec Cloister. Depuis, ils ne s'étaient plus adressé la parole.

Cela faisait déjà une semaine – pas encore tout à fait une semaine –, mais Cloister savait que c'était la fin de sa relation avec Javi. Il savait qu'il avait tout foutu en l'air et qu'il l'avait en partie fait exprès. C'était ce qu'il faisait habituellement.

Ils n'étaient pas exactement « sortis ensemble », et ils n'étaient même pas « pas sortis » ensemble très longtemps. Cloister ressentait toujours un pincement au cœur, comme une crampe, quand il songeait que c'était terminé.

Il serra les dents contre cette douleur et la repoussa avec impatience à l'arrière-plan. Ce n'était pas le moment. Il avait un travail à faire, il devait courir derrière un chien et trouver une fille perdue. S'il le voulait, il pourrait se prendre la tête avec ça plus tard.

— Les infrarouges ne serviraient à rien, assura-t-il en désignant le ciel lourd et instable. De toute façon, je doute qu'un drone puisse même décoller. Peut-être demain. Si nous ne trouvons rien, tu pourras lui poser la question. Ça ne pourra pas faire de mal.

Elle fronça malicieusement les sourcils et acquiesça en repliant le manteau sur son bras.

— J'espère que nous n'en aurons pas besoin.

Avant que Cloister ne puisse répondre, Bourneville aboya une fois : un bruit sourd, guttural, étranglé d'enthousiasme. Il adressa un bref sourire rassurant à Tancredi.

— J'espère.

Il enroula la longue sangle humide de la laisse autour de sa main, tout en courant jusqu'à Bourneville. Elle se tenait au-dessus d'un tas de terre. Cela aurait pu n'être rien, ou cela pouvait être une empreinte de pas rendue floue par la pluie.

— Bonne fille, la félicita Cloister en lui tapotant l'épaule. Bon chien, Bourneville. Maintenant, cherche.

Elle se secoua un peu pour débarrasser sa fourrure de l'eau et se pencha en avant, son museau plongeant vers la piste invisible qui s'écoulait et serpentait à travers l'étendue détrempée du terre-plein central et sur les trottoirs inégaux des rues négligées.

II

LA BANLIEUE de Plenty était marquée par des rues abandonnées, telle une cellulite urbaine autour des ballonnements des nouveaux quartiers. Certains étaient rasés et reconstruits par un développeur avide. D'autres étaient laissés pour morts, tandis que les bâtiments décrépits s'effondraient sur eux-mêmes et que l'asphalte se fissurait dans les rues.

Cloister décrocha la lampe de poche de sa ceinture et l'alluma tout en marchant. La flaque de lumière devant lui suffisait pour éviter les pires trous de la chaussée, sans pour autant distraire Bourneville. Elle allait de l'avant au bout de sa laisse, essayant de garder une trace de l'odeur diluée par la pluie.

À deux reprises, elle perdit complètement la piste et ils durent faire marche arrière pour la retrouver. Cela prenait plus de temps chaque fois qu'elle essayait de trouver le parfum atténué à l'endroit où il s'accrochait dans les poches humides des caniveaux et les blocs de détritus. Cela avait été plus facile pour elle sur la bande de terre humide entre les routes et les terrains vagues, où l'odeur demeurait dans les flaques d'eau et s'accrochait aux herbes enchevêtrées. À mesure que la zone devenait construite autour d'eux – des allées en béton et des clôtures inégales –, la trace n'avait plus aucune chance de s'incruster. Au contraire, elle était entraînée dans les évacuations bouchées ou emportée par le vent à travers la vaste étendue de macadam.

Il y avait encore de l'espoir, mais chaque fois que Bourneville perdait la piste, il y avait moins de chances qu'elle en renifle assez pour la reprendre.

La foudre déchira le ciel et frappa quelque part dans le labyrinthe de bâtiments abandonnés. Grimaçant, Cloister se frotta les yeux pour tenter de faire disparaître les images rémanentes qui s'étalaient derrière ses paupières. Lorsqu'il se fut débarrassé du flou de lumière, Bourneville avait de nouveau fait demi-tour sur elle-même.

— Bon sang, marmonna Cloister.

Il attrapa sa radio.

— Central. Ici Witte. Y a-t-il une chance pour que le 10-57 de Tancredi ait retrouvé son chemin ?

9

Il y eut un silence, puis la voix familière de Mel se fraya un chemin à travers le crépitement d'électricité statique.

— Non. S'il n'y a aucun signe de votre côté, laissez tomber et retournez à votre voiture. Si Tancredi a raison, la fille va dégriser et rentrer chez elle.

Cloister passa une main sur son visage, chassant l'eau alors qu'il allongeait le pas vers Bourneville. C'était un geste inutile puisque la pluie retomba de ses cheveux. Il n'était pas optimiste quant à ses chances de retrouver Janet, mais... Il songea à la photo du permis de conduire, digne d'un selfie, et à la veste peu pratique en fausse fourrure flashy qu'elle avait laissée dans la voiture.

Elle avait dix-neuf ans, elle était perdue. Cela ne lui procurait aucun réconfort qu'elle en soit la seule responsable. Si quelque chose lui arrivait, cela n'aiderait pas non plus Cloister à dormir.

— Je vais lui accorder cinq minutes de plus.

Il atteignit Bourneville et s'accroupit pour la cajoler. Ce n'était pas sa faute si elle avait perdu l'odeur. Elle passa la tête sous sa main et soupira son scepticisme à ce sujet.

— C'est juste une gamine.

— Cinq minutes, accorda Mel avec un soupir. Pas plus. Il y a d'autres appels.

La radio fut coupée.

D'un seul bras, Cloister offrit une étreinte ferme à Bourneville et la gratta sous le menton.

— Bonne fille, lui assura-t-il. Un dernier essai.

Il lui donna une petite tape affectueuse sur l'épaule et se releva. Balayant les environs avec le faisceau de sa lampe de poche, il se demanda quel chemin une jeune femme de dix-neuf ans pouvait prendre dans l'obscurité et sous la pluie.

Quelque chose de plus bas et de plus grand qu'un chat refléta la lumière dans un flash rouge au bout d'une ruelle. C'était probablement un raton laveur. Il y avait des coyotes dans la région – il y avait eu une légère hausse du nombre de chats portés disparus et des détritus de coydogs [3] dans les maisons voisines –, mais ils se tenaient généralement à distance de Bourneville. Les ratons laveurs s'en foutaient.

---

3 Coydog : progéniture hybride d'un coyote et d'un chien

Il se dirigea à gauche. Chaque fois que Janet avait tourné, c'était à gauche. Bourneville forma un arc de cercle autour de lui alors qu'elle cherchait un ultime effluve de Janet. Il y avait quelques lumières dans les bâtiments environnants, dernières résistances contre l'abandon total de la zone, et des rideaux poussiéreux remuèrent au deuxième étage. Dans les environs, les gens préféraient s'occuper de leurs affaires. Ils fermaient les yeux.

Cloister étira les cinq minutes à presque dix, malheureusement la piste s'était évaporée. Même Bourneville avait commencé à renoncer, la queue basse et les oreilles tombantes, elle regardait constamment Cloister pour obtenir des instructions.

— Je sais, compatit-il. Mais ce n'est pas de ta faute, Bourneville. Tu es une bonne chienne.

Elle poussa un profond soupir et se secoua. Le mouvement redressa sa fourrure en épis mouillés, désordonnés, et il se répercuta dans la laisse jusqu'à la main de Cloister. Ce dernier soupira et empoigna la radio pour signaler à Mel qu'il prenait le chemin du retour.

Ce ne fut pas vraiment un cri, ce fut lointain et étranglé. Si Cloister avait été seul, il l'aurait peut-être ignoré, considérant qu'il provenait de la tempête ou d'un oiseau agacé. Il s'était déplacé plus d'une fois pour ce qui ressemblait à un massacre et n'avait été qu'un couple de goélands se disputant un poisson.

Bourneville avait une meilleure audition. Redressant les oreilles, elle gémit et tira sur la laisse.

— Attends, ordonna Cloister.

Il ignorait ce qu'il se passait, il ne voulait pas envoyer Bon à l'aveugle. Elle pourrait faire peur à Janet ou se faire mal, ou les deux. Certains des bâtiments étaient vides, mais d'autres étaient éventrés.

Il garda une tension sur la sangle, réduisant la distance entre eux. De manière inhabituelle pour elle, Bourneville ignora sa voix et s'avança. Le harnais creusa ses épaules lorsqu'elle tira de tout son poids pour les entraîner tous les deux vers l'avant.

— Hé. Non !

Cloister enroula la laisse autour de son bras, l'ancrant sous son coude. Il n'était pas facile de la retenir. Il était un grand gaillard. Ses os étaient un héritage des Witte – la famille de son père produisait des géants et des méchants – et courir pour échapper à ses démons le maintenait mince, mais Bourneville affichait trente kilos de muscles sans aucune graisse. Il la tira en arrière et la secoua pour attirer son attention.

— *Fuss*, Bourneville ! Maintenant !

Il l'avait formée lui-même. Elle connaissait les commandes en français, mais c'était l'allemand qu'il utilisait pour le travail. « Au pied » était une suggestion. « *Fuss* » était une parole divine. Bourneville s'apaisa docilement, pourtant son attention restait focalisée sur l'obscurité d'où était provenu le bruit. Le silence était revenu désormais, du moins pour Cloister, toutefois, quelque chose là-bas maintenait Bourneville en alerte.

Cloister la poussa du genou. Elle ne regarda pas vers lui, bien que son oreille s'oriente dans sa direction pour saisir ce qu'il allait dire.

— Apporte, décréta-t-il en laissant la tension se dissiper.

C'était ce que Bourneville voulait entendre, elle partit en trombe. Cloister lui permit de prendre les devants, mais pas autant que d'ordinaire. Il resta sur ses talons en traversant la route, puis en contournant un pick-up décoloré, laissé à rouiller sur les jantes bosselées de ses pneus.

La pluie cessa quand ils atteignirent le passage souterrain, celui-ci dégageait une puanteur de pisse et de bombe de peinture. Des rats se dispersèrent face à l'intrusion, des corps gras et des queues maigres qui se repliaient dans l'ombre. Un groupe de vagabonds s'abritant de la pluie le fixa avec des regards très hostiles. Un murmure de ressentiment sans enthousiasme les traversa, avant de s'éteindre.

Cloister ne pouvait pas leur en vouloir. Un jour différent, il serait peut-être venu ici pour les déloger, bien que personne n'ait jamais de bonnes suggestions pour orienter les sans-abris crasseux.

Un misérable amas de chemises et de journaux se déplaçait de l'autre côté du passage souterrain, s'éloignant alors qu'il s'approchait de lui.

— Il y avait un fantôme ici, croassa-t-il.

Ses yeux étaient hallucinés sous une casquette de cheveux gris et bouclés, feutrés par la crasse. Il avait été passé à tabac récemment. Sa mâchoire rugueuse de son chaume contenait des croûtes de sang, son nez n'avait probablement pas cet angle jusqu'à récemment. Il se pressa contre le béton humide, détournant le visage.

— Je lui ai dit qu'elle était un fantôme, mais elle ne m'a pas cru. Un pauvre satané fantôme, pas vrai ? Ils pensent qu'ils sont en vie. Peut-être que c'est nous les fantômes. Ce serait pas génial ? Nous sommes ceux qui sont vraiment morts. Passez le mot et remplissez ce putain de verre.

Ses jambes cédèrent sous lui avant que Cloister n'ait à faire quoi que ce soit. L'homme s'effondra, sa main recherchant déjà une bouteille de gin à l'étiquette douteuse, tandis qu'il se mettait à rire de façon hystérique.

En passant devant lui, Bourneville émit un grondement d'avertissement vaguement audible issu de sa poitrine.

Puis ils furent de nouveau dans la rue et Cloister grimaça lorsque la pluie dégoulina sur son visage. Il baissa la tête et essuya son visage sur son épaule. Derrière eux, le sans-abri marmonnait toujours des excuses au mur.

Soudain, Bourneville tira son bras vers la droite et émit deux aboiements clairs et rapides : son « j'ai trouvé » personnel. C'était une bonne chose que Cloister n'ait pas abandonné.

Janet Morrow était allongée au milieu de la route, comme si quelqu'un l'avait laissée tomber là. Ses cheveux roux de poupée, brillants, étaient étalés sur le macadam, ses pieds étaient nus. L'estomac de Cloister se tordit avec l'habituel regret amer d'avoir raison.

C'était la chance des Witte. Si vous aviez un mauvais pressentiment à propos de quelque chose, vous aviez probablement raison, mais jamais au sujet d'un truc positif. Il n'était jamais question d'un coup de chance à la loterie ni d'une intuition sur un cheval gagnant, juste de mauvaises ruptures et des corps brisés sous la pluie.

Ce n'était pas la faute de Bourneville.

— Bon travail, la félicita-t-il. Le meilleur chien du département. *Platz*.

Il ajouta le geste pour l'appuyer – vers le bas – et Bourneville s'aplatit docilement sur le sol. Elle posa son museau sur ses pattes et se concentra sur lui, attendant l'ordre suivant.

Cloister traversa la route en courant pour s'accroupir à côté de Janet. Le rouge sur la route n'appartenait pas uniquement à sa chevelure. Un filet de sang coulait sous sa tête, se mélangeant à la pluie. Ses vêtements étaient tachés et déchirés, sa chemise en lambeaux exposait sa peau pâle ainsi qu'un tatouage de lézard vert jade qui se tortillait sous son soutien-gorge gris sale.

Cloister songea qu'elle ne s'attendait pas à ce que quelqu'un le voie.

— Hé, Janet, dit-il, juste au cas où elle pourrait l'entendre tandis qu'il pressait ses doigts sous sa mâchoire pour chercher son pouls. Je suis l'adjoint Witte. J'étais à votre recherche.

Sa peau avait la même température que la pluie et était poisseuse. Pendant une longue seconde, il ne trouva rien, puis il sentit la pulsation de son sang contre sa gorge. Elle était encore en vie. Il se laissa retomber sur les talons et appuya sur le bouton d'appel de sa radio pour informer le central.

—... j'ai besoin d'un véhicule sur Ash Street à Delacourt.

Il jeta un rapide coup d'œil autour de lui pour trouver un repère distinctif à fournir, ses yeux se posèrent sur le parking d'en face. Il plissa les yeux pour distinguer le panneau sale devant les magasins vides.

— En face de la galerie Conroy. J'ai un traumatisme crânien, des signes d'agression et elle ne réagit pas. Je suis…

Bourneville aboya de nouveau. Ce n'était plus de la communication cette fois-ci. C'était une volée basse et en colère qui semblait provenir de quelque part au fond de sa poitrine. Quand Cloister regarda autour de lui, il vit le pick-up, phares éteints, qui remontait la rue.

— Hé !

Cloister se leva et agita les bras. Le faisceau de la lampe de poche éclaira le pare-brise de la voiture, capturant la silhouette encapuchonnée du conducteur. Il cria :

— Adjoint du département. Arrêtez. Reculez.

Au lieu d'obéir, le conducteur alluma ses feux de route – semblables à un éclair au ras du sol qui aveugla Cloister –, puis il enfonça la pédale d'accélérateur. Le moteur rugit furieusement sous le capot et la voiture prit de la vitesse, filant sur la route. Bourneville aboya furieusement depuis le bas-côté, maintenue immobile par l'ordre de Cloister.

Le chauffeur l'avait vu. S'il y avait le moindre doute à ce sujet, il fut balayé lorsqu'il rectifia le cap du véhicule sur la route pour pouvoir le heurter frontalement.

Merde.

Cloister jeta sa torche sur le pare-brise. Elle atterrit le manche en avant contre le pare-brise, juste devant le visage du conducteur, créant une fissure en toile d'araignée partant du point d'impact jusqu'à l'angle de l'encadrement. Le conducteur sursauta et la voiture ralentit une seconde lorsqu'il retira de manière instinctive le pied de la pédale. Ce n'était pas grand-chose, mais cela devrait suffire.

Avant que le conducteur puisse se ressaisir, Cloister s'accroupit et attrapa Janet par les bras. Elle était flasque alors qu'il la décollait de l'asphalte et sa tête bascula sur son cou meurtri. Il n'était même pas sûr qu'elle soit toujours en vie, toutefois il devrait se contenter de penser qu'elle l'était. Il la manœuvra, propulsant son corps mou hors de la route en direction du trottoir. Elle s'effondra sans pitié, atterrissant bras et jambes en désordre sous elle, comme une poupée mise au rebut.

Cloister se jeta à sa suite, ou tenta de le faire. Il y parvint en partie. Cela aurait pu être pire.

Le bord du pare-chocs attrapa sa hanche, le faisant rebondir sur le capot. Son épaule heurta le pare-brise et le rétroviseur percuta son coude avant de se casser sous sa cuisse tandis que Cloister retombait sur le trottoir. Son crâne rebondit sur le sol dans un bruit sourd et creux, et sa tête bourdonna, le rendant nauséeux.

Il entendit le moteur de la voiture tourner au ralenti alors qu'elle se dirigeait vers le trottoir. Puis, une portière s'ouvrit et Bourneville poussa un grognement guttural et se jeta dessus. Son poids contre le métal la referma et elle grogna de nouveau, griffant la portière jusqu'à ce que le conducteur abandonne et s'en aille.

Elle allait *vouloir* le poursuivre. Cloister combattit la confusion provoquée par la douleur, secouant son cerveau pour le remettre en marche.

— *Komm*, grinça-t-il.

Sa voix éraillée se brisa sur le mot, il réessaya :

— Bourneville ! *Komm* !

Le nez de Bourneville était froid, son souffle chaud lorsqu'elle grommela son inquiétude et sa confusion dans son oreille.

Cela ne faisait pas mal. Cloister avait déjà connu cela, ce morne et stupide moment du choc, il savait que ce n'était pas vraiment bon signe.

— Faites-moi une faveur, Janet, murmura-t-il. Ne soyez pas morte. D'accord ? Sinon, tout ce que je viens de faire serait stupide.

Presque aussi stupide que sa dispute avec Javi. Cloister ne savait pas pourquoi son cerveau avait soudain décidé d'appliquer du sel sur cette plaie, mais il n'avait pas l'énergie nécessaire pour la combattre. Ce n'était pas vraiment l'altercation, juste le silence qui avait suivi.

Oh, ça y était. Cloister inclina la tête en arrière contre le trottoir et grimaça, les yeux fermés. Ça commençait à faire mal.

III

Javi Merlo avait décidé qu'il voulait devenir un agent du FBI à l'âge de dix-neuf ans ; assez vieux pour ne pas nourrir d'illusions romantiques sur le fait que son travail ressemblerait à ce que l'on voyait à la télévision. Il avait effectué des recherches, résistant à la pression de sa famille qui aurait préféré que leur fils vise à être le plus jeune procureur américano-mexicain du comté de Washington, modifie son parcours et planifie sa carrière en comprenant qu'il y aurait plus de bureaucratie que de fusillades.

Quoi qu'il en soit, il avait quand même réussi à sous-estimer la quantité de paperasse que le Bureau nécessitait quotidiennement, juste pour s'en charger. Peu importait que vous souhaitiez vous marier, divorcer, enquêter sur un cartel de drogue multinational ou passer une semaine en France. Il y avait un formulaire approprié que vous deviez remplir avant.

Le fait que la majorité se fasse principalement sur Internet de nos jours signifiait que cela provoquait une douleur dans une partie différente de votre cou.

Javi termina la transcription de son entretien avec la petite amie d'un revendeur de drogue – les yeux au beurre noir n'avaient pas entamé sa loyauté, cependant le sachet de coke dans le sac à langer de son bébé avait été la goutte de trop – et apposa ensuite sa signature numérique sur trois demandes d'écoutes téléphoniques. Ils se retrouvèrent dans la pile en attente d'approbation, et Javi s'adossa à son fauteuil. Frottant sa nuque, il jeta un coup d'œil à la pile de dossiers, en papier ou en carton, au coin de son bureau. Elle était là depuis une semaine alors qu'il réduisait sa charge de travail actuelle, au point où il pouvait justifier le temps perdu pour une faveur.

Il grogna et attrapa le premier dossier. Après la pile de documents numériques qu'il venait de traiter, c'était pathétiquement mince pour être la tragédie de quelqu'un : juste un dossier en papier Kraft et le strict minimum des rapports photocopiés. Il semblait que le département de police de Plenty avait fait son traditionnel travail merdique sur l'enquête.

Parfois, Javi était tenté de parcourir les archives. Il savait que le département du shérif de San Diego avait nettoyé les lieux cinq ans plus tôt, mais il voulait savoir quand la pourriture s'était installée. Parce que même – il vérifia la date du dossier – dix ans plus tôt, le service de police de Plenty ne s'était pas donné la peine de feindre d'essayer d'agir, à moins que cela leur rapporte quelque chose personnellement.

Javi choisit d'ignorer l'ironie voulant qu'il s'intéresse à l'affaire parce que cela lui donnerait une raison d'appeler Cloister après leur dispute ou, de préférence, que Cloister l'appelle. Cela lui simplifierait beaucoup plus la vie de continuer à interpréter les faits comme ça l'arrangeait avec la règle du « une seule nuit ». Et ce n'était pas comme si Cloister avait dit qu'il voulait plus, simplement que Javi n'avait pas pu l'abandonner pour une meilleure offre.

Cela se serait probablement mieux passé si Javi avait expliqué que Sean avait un client qui affirmait avoir été témoin d'un meurtre. Au lieu de ça, il avait fait marche arrière en rappelant à Cloister que sa vie privée n'était pas son affaire. Le « bien » que Cloister lui avait craché avant de partir avait été la dernière chose qu'ils s'étaient dite.

S'il devait passer l'appel… Javi ouvrit le dossier et fronça les sourcils devant la photo de mauvaise qualité, agrafée à l'intérieur. Quand ils s'étaient rencontrés la première fois, il avait pensé que l'adjoint Witte avait le complexe du héros, qu'il devait jouer au cow-boy et sauver le monde. Mais madame Kreusik avait quatre-vingt-quatre ans, elle était en phase terminale lorsqu'elle avait été portée disparue, et c'était ses voisins qui l'avaient signalé comme personne disparue, pas ses beaux-enfants. Personne ne se soucierait qu'elle soit retrouvée ou non, sauf que Cloister avait quand même voulu la ramener chez elle.

Ce n'était pas sain, mais c'était… gentil.

Javi grimaça tout seul. Sa vie sexuelle était beaucoup plus simple quand il pensait que Cloister n'était qu'un cul sexy attaché à un péquenaud sans complication.

Il devait maintenant décider de ce qui était le plus important : l'amitié ou la baise. Si Javi faisait le premier pas, ce serait la fin de tous les autres plans cul avec Cloister. Vous n'essayiez pas d'arranger les choses avec un copain de baise. C'était pour les amis et les petits amis. Javi n'y connaissait rien en matière de petit ami.

S'il le faisait – Javi referma le dossier et le jeta sur la pile pour un autre jour –, la question de « l'ami ou la baise » serait probablement plus facile à régler.

Assez. Il était trop tard pour appeler qui que ce soit, pas même des noctambules comme Cloister, et Javi avait véritablement éclusé son arriéré de paperasse. Il devrait rentrer chez lui avant que cela change.

Il éteignit son ordinateur et se leva de son bureau. Quelqu'un frappa à sa porte au moment où il récupérait sa veste sur le dossier de sa chaise. Se tournant vers la porte, il aperçut une silhouette indistincte de l'autre côté de la vitre. Puisque la secrétaire avait éteint les lumières de la réception. Il était peu probable que quelqu'un qui n'aurait pas dû être là ait pu passer la sécurité du rez-de-chaussée.

— Entrez, lança-t-il.

La porte s'ouvrit et l'adjoint Tancredi hésita sur le seuil.

— Agent Merlo.

Elle grimaça et réessaya :

— Agent.

— Adjoint, la salua Javi.

Il enfila sa veste, la repositionnant par-dessus son holster.

— Qu'est-ce qui vous amène ici ? Avez-vous eu des nouvelles de l'académie ?

Elle parut surprise, comme s'il était hors contexte, bien que son ambition de rejoindre le Bureau soit le seul sujet de conversation entre eux habituellement.

— Non. Pas encore.

Elle passa la main sur ses cheveux crépus humides afin de les aplatir.

— Je... euh... ne veux pas donner l'impression de m'occuper de ce qui ne me regarde pas, Agent. C'est juste... euh... je pensais que vous voudriez être informé.

Le ventre de Javi se noua d'une tension contenue alors qu'il se préparait pour le reste de la conversation. C'était l'une de celles qu'il avait eues auparavant. Il n'était pas dans le placard, toutefois il préférait la discrétion aux démonstrations publiques d'affection dans le couloir, car elles encourageaient les commérages pour ceux qui pensaient avoir quelque chose contre lui. Au moins, avec Tancredi, il supposait qu'elle pensait qu'il souhaitait être mis au courant, pas seulement par curiosité pour voir sa tête quand il entendait les insultes.

— Si quelqu'un a un problème avec ma sexua...

— Non, l'interrompit Tancredi.

Une teinte assez vive pour noyer ses taches de rousseur envahit son visage jusqu'à sa gorge.

18

— Ce n'est pas ça. Ou si, mais pas… l'adjoint Witte a été blessé en service. Il est vivant. Il n'est pas en danger, mais je sais que vous et lui… Je pensais que vous voudriez le savoir.

Javi la fixa. Il était si prêt à se mettre en colère, son tempérament déjà remonté et au taquet, qu'il lui fallut une seconde pour le réprimer. Quand il fut sous contrôle, il demeura un goût métallique amer dans sa bouche et un mélange confus d'émotions qu'il n'avait aucune envie de démêler.

— Merci pour l'info, dit-il froidement. Y a-t-il autre chose ?

Tancredi l'observa pendant une seconde, puis pinça les lèvres de désapprobation et secoua la tête.

— Non, monsieur, dit-elle. Je pensais juste que cela vous intéresserait.

Elle claqua la porte derrière elle en partant.

LA DERNIÈRE – et la première – fois que Javi avait visité l'hôpital de Plenty, il était déshydraté, blessé et avait été bourré d'hallucinogènes par un kidnappeur en série. Les salles avaient un aspect moins démoniaque quand vous étiez sobre.

Tout en marchant rapidement dans le couloir blanc et bleu aux côtés du lieutenant Frome, il questionna :

— Alors, que s'est-il passé exactement ?

Un poids conséquent pesait sur sa poitrine, mais il garda une voix ferme et concernée.

— L'adjoint Witte a-t-il été pris pour cible ?

Frome frottait minutieusement un désinfectant à base d'alcool entre ses doigts. Il répondit sèchement :

— Il est évidemment trop tôt pour le dire. Cependant, la théorie privilégiée est qu'il s'agit d'un délit de fuite. D'ailleurs, ce n'est pas le seul ce soir. Les routes étaient mouillées, la visibilité était mauvaise et l'adjoint Witte n'a pas eu de chance. Nous n'avons pas besoin de l'appui du Bureau pour cette affaire, Agent Merlo.

L'officier supérieur de Plenty pouvait apprécier les ressources que le FBI était susceptible d'apporter pour faire face au problème croissant de drogue en ville, mais cela ne voulait pas dire qu'il souhaitait leur ingérence dans d'autres affaires. L'ancien partenaire de Javi avait déclaré que Frome lorgnait l'insigne du shérif et vous n'obteniez pas ce genre de promotion si les Fédéraux s'appropriaient tous vos succès.

— J'espère que non, déclara Javi. Cependant, puisque Witte a travaillé avec mon bureau sur un certain nombre de raids dans des laboratoires de drogue locaux, je voudrais m'assurer que ce n'est pas une mesure de représailles. Vous me tiendrez au courant de l'enquête, Lieutenant ?

Le ressentiment tordit la bouche de Frome à cette requête, toutefois, il dut céder du terrain. Le FBI avait un agent sur place parce que les cartels de drogue utilisaient Plenty comme zone de passage pour leurs trafics vers les États-Unis. Si Javi utilisait cet angle, Frome n'avait aucun moyen de faire valoir sa juridiction sur le crime.

— Bien sûr, capitula-t-il. Mais je doute qu'il y ait eu une quelconque préméditation dans ce cas. Witte est doué dans ce qu'il fait, mais si les cartels décidaient d'attaquer quelqu'un, il y aurait des cibles plus haut placées. Tancredi a été au premier plan plus d'une fois et elle est une étoile montante. S'ils devaient s'en prendre à quelqu'un, ce serait à elle.

Javi acquiesça en insistant :

— Cela n'empêche. Je voudrais rester au courant de cette affaire.

— Comme je l'ai dit : bien sûr.

Frome s'arrêta devant une chambre individuelle, il fronça les sourcils en voyant l'adjoint posté devant la porte. L'homme était affalé dans l'un des fauteuils en plastique très inconfortables de l'hôpital, les yeux fermés, la tête appuyée contre le mur.

— Collins !

Grognant, l'adjoint se réveilla, cligna des yeux, puis se redressa maladroitement. Il s'essuya la bouche avec le dos de sa main.

— Désolé, Monsieur, murmura-t-il en clignant des yeux. C'était un long service.

Frome secoua la tête.

— Rentrez chez vous, ordonna-t-il. Witte va bien. Dormez un peu et dites à Tancredi d'en faire autant.

— Bien, Monsieur, répondit Collins.

Il jeta un regard embarrassé à Javi.

— Désolé, Monsieur, murmura-t-il à nouveau en se précipitant dans le couloir.

Frome repoussa la chaise et toqua contre le cadre de la porte, sans attendre de réponse avant il ouvrit le battant.

— Witte, l'agent spécial ici présent voudrait un…

Il s'interrompit en entrant dans la chambre, avant de questionner :

— Qu'est-ce que vous faites, Witte ?

IV

CLOISTER ÉTAIT assis au bord du lit, dans un jean usé déboutonné et une chemise d'hôpital froissée. Il avait réussi à enfiler une chaussure, mais la gauche lui posait problème, principalement à cause du lourd plâtre d'un blanc immaculé à sa main gauche. Il ne leva pas les yeux lorsqu'il grogna pour répondre à Frome.

La tension qui nouait l'estomac de Javi depuis que la porte de son bureau s'était refermée sur Tancredi acheva de se détendre. Il imaginait bien pire qu'une chambre d'hôpital propre, surtout qu'elle était probablement plus belle que la caravane de Cloister – au moins, elle avait une télévision – et qu'un seul plâtre.

Du sang sur le sol et les draps, les machines que quelqu'un avait finalement éteintes. Des poignées de gazes sanglantes et des longs tubes tachés repoussés dans les coins. L'odeur... de sang et de chair. Des morceaux.

Javi ravala la vieille bile, repoussant impatiemment ces pensées. Ce n'était visiblement pas aussi grave, décida-t-il avec un mélange piquant de soulagement et de colère. L'idiot avait probablement trébuché sur son chien et était tombé sur la route devant la voiture de quelqu'un.

— Je vais m'habiller, récupérer Bourneville et rentrer chez moi, affirma Cloister en réussissant finalement à glisser son talon dans la chaussure. Je vais bien.

Frome se moqua :

— Les médecins ne semblent pas du même avis, Witte. Puisqu'ils ont un diplôme médical et que vous n'avez qu'un certificat de fin d'études secondaires, je vais m'en remettre à leur opinion. Retournez dans le lit.

Cloister se redressa :

— Je vais bien.

Dès que Javi aperçut le visage de Cloister, il fut évident qu'il s'agissait d'un mensonge. Une entaille recousue partait du coin de son sourcil vers ses cheveux, soulignée par des contusions enflées, bleues et rouges, une écorchure à vif recouvrait sa pommette. Il aurait bientôt un œil au beurre noir également. Le gonflement était déjà là, sous son œil. Il manquait juste la couleur.

La cassure grossière de son nez datait d'avant ce soir. C'était une caractéristique de Cloister que Javi connaissait depuis longtemps, mais cela accentuait quand même l'apparence générale qu'il venait juste de « perdre un combat ».

Pour une raison quelconque, cela enragea davantage Javi.

— Vous n'en avez pas l'air. Vous avez une tête de déterré, dit sèchement Javi.

Il croisa les bras et leva les sourcils en demandant :

— Que s'est-il passé ? Vous avez oublié que vous n'étiez pas à Sheep's Head, dans l'Iowa, et vous n'avez pas regardé des deux côtés avant de traverser la route ?

Frome grimaça à cette question, jetant un regard noir à Javi.

— Ça suffit...

— Sheep's Horn, dans le Montana, rectifia Cloister avec amusement en le coupant. Et croyez-moi, je préfère avoir été heurté par un pick-up citadin. Au moins, il n'était pas couvert de bouse de vache. Rien de mieux à faire ce soir Agent spécial Merlo ?

— Cela peut attendre, déclara Javi. Je voulais vérifier que cela n'avait rien à voir avec les cartels.

Cloister appuya ses longues jambes sur le sol, fixant Frome d'un regard dur. Il avait le genre de visage rude et décharné qui se prêtait à la tristesse, même sans les bleus.

— J'ai déjà raconté ma théorie au lieutenant, déclara-t-il.

Il y avait un soupçon de défi dans sa voix. Frome secoua la tête.

— Vous n'êtes pas sur l'affaire, Witte, rappela-t-il. Vous *êtes* l'affaire. Nous enquêterons. S'il y a des indices, nous les trouverons. Maintenant, restez ici et discutez avec l'agent Merlo pendant que je vais chercher votre médecin.

Il fit un léger signe de tête à Javi alors qu'il se retournait et passait la porte. Une permission de poser quelques questions à Cloister, supposa Javi. Frome se donnait trop de crédit s'il pensait que Javi avait besoin de son autorisation.

— Alors quelle était ta théorie ? interrogea Javi, profitant de l'absence de Frome pour le tutoyer.

Cloister haussa les épaules, se débarrassant maladroitement de la mince chemise en papier. En dessous, son épaule était maculée d'ecchymoses, descendant jusqu'à l'endroit où elles disparaissaient sous la ceinture de son jean. Elles traversaient le vieil enchevêtrement de cicatrices et d'encre sur ses côtes, perdu sous d'anciennes blessures.

— Tu n'es pas non plus sur l'affaire, fit remarquer Cloister en se levant du lit.

La façon dont ses muscles se déplaçaient sous sa peau nue, dont le bronzage habituel était passé du whisky sombre à de l'or ambré, rappela tristement à Javi le temps qui s'était écoulé depuis qu'il avait pu toucher cette peau ou goûter sa sueur et son sel directement sur elle.

Cloister saisit le tee-shirt du département – ou il l'avait été autrefois avant que de multiples lavages et l'air salin le décolorent trop pour qu'il puisse passer l'inspection – au pied du lit et le secoua d'une main. Il le tira maladroitement sur la tête, sa voix fut étouffée sous le coton délavé alors qu'il se débattait avec les manches.

— Ce n'est pas une affaire fédérale et Frome ne demandera pas ton aide pour celle-ci.

— Et moi qui croyais que tu avais du mal avec l'autorité.

Cloister renifla. Il réussit finalement à passer son plâtre à travers la manche et à sortir la tête du tee-shirt. Ses cheveux blond foncé pointèrent en touffes indisciplinées, comme s'il venait de se lever. Il passa machinalement ses doigts dedans en parcourant la pièce du regard.

— Oui, eh bien, c'est comme tu le disais, commenta-t-il.

Javi attendit. Il savait d'avance que ce que Cloister allait lui raconter le mettrait en colère. Il n'était jamais agréable de se voir renvoyer ses propres mots, surtout quand cela vous rappelait quel connard vous aviez été. Cloister remonta son jean d'une main, puis attrapa son portefeuille et ses clés sur la table de chevet.

— Ma vie ne te regarde pas.

Javi avait vu juste. Ce n'était pas ce qu'il voulait entendre. Le fait que Cloister ait raison ne faisait qu'empirer les choses. C'étaient les termes de l'engagement, mais Cloister était supposé être celui qui était tenu à bout de bras.

Ce n'était pas tout à fait exact. Javi le savait. Ce n'était pas juste non plus d'être fâché contre Cloister pour avoir été blessé, mais en réalité, c'était beaucoup plus facile que de devoir ressentir une des autres options, celles qui l'obligeaient à gratter de vieilles cicatrices douloureuses pour laisser le poison en sortir.

La colère semblait bien meilleure et le même boulot serait accompli.

Javi ferma la porte derrière lui et se dirigea vers le lit.

Jusqu'à ce qu'il puisse empoigner le tee-shirt et être nez à nez avec Cloister, il avait eu l'intention de riposter sèchement. Les mots durs, impatients, étaient tous sur le bout de sa langue, mais une fois qu'il eut attiré Cloister si près, cela sembla être une perte de temps de ne pas l'embrasser.

Après tout, une heure plus tôt, Javi avait cru qu'il ne pourrait plus jamais embrasser Cloister.

Alors il le fit. Ce fut un mouvement brutal et frustré, teinté de colère et du chaume d'une journée. La bouche de Cloister resta dure sous la sienne pendant une seconde, puis elle fondit dans le baiser. Il avait un léger goût de sang et de jus d'orange, une forte saveur doucement salée sur la langue.

Il aurait été assez facile de le repousser sur le lit, sur le matelas dur et les oreillers plats, son jean repoussé loin sur ses hanches fines et le vieux tee-shirt relevé pour permettre à Javi d'explorer les bleus avec sa bouche. De toute façon, il était trop tard pour une quelconque conversation sur le « soyons juste amis », alors pourquoi pas.

Même la pensée que Frome puisse entrer et tomber sur eux comportait une sorte d'attrait pervers qui déclenchait une chaleur possessive dans son ventre. Le sexe en public n'était pas son truc, mais cela le titillait d'une manière négative de faire appel à Frome pour qu'il entre et découvre Cloister. Frome était peut-être l'officier supérieur à Plenty, mais cela ne voulait pas dire que Cloister avait besoin de sa protection – pas de sa part.

Heureusement, le bon sens de Javi fut plus fort, il réprima son désir avant de devenir déraisonnable. Après le désastre de Phoenix, la dernière chose dont sa carrière avait besoin, c'était d'un autre scandale.

— Ta vie ne me regarde pas, grogna Javi en mettant fin au baiser.

Il passa la main à l'arrière du jean de Cloister pour empoigner la courbe d'une fesse. Il la serra fort, assez fort pour lui couper la respiration.

— Mais ton cul est à moi. Alors, dis-moi pourquoi tu l'as jeté devant une voiture.

Cloister s'appuya contre le lit et étudia Javi pendant une longue seconde, songeur. Puis le coin de sa bouche remonta en un mouvement peu enthousiaste, loin de son large sourire habituel. Il gratta distraitement le point de suture sur son œil.

— C'était un pick-up, en fait.

— Est-ce important ?

Cloister haussa les épaules, faisant attention à son bras cassé et laissant son sourire s'élargir.

24

— Je ne voudrais pas que tu penses que j'ai été emporté par une Prius.

Il jeta un coup d'œil derrière l'épaule de Javi vers la porte et se releva du lit.

— Tu sais quoi ? Tu me déposes chez moi et je te dirai ce qui s'est passé.

Son jean glissa dangereusement bas tandis qu'il avançait, il était à peine retenu par l'arête pointue des os de ses hanches. Il le retint et le réajusta distraitement tout en boitant vers la porte. Javi fronça les sourcils à la largeur de ses épaules.

— Tu pourrais avoir une commotion cérébrale, souligna-t-il.

— J'ai déjà subi une commotion cérébrale. Tout ce qu'ils font, c'est te surveiller, affirma Cloister avec un haussement d'épaules. Je peux le faire moi-même. Ça ne m'a pas tué quand j'avais quinze ans, aucune chance que ce soit le cas aujourd'hui.

Il dut lâcher son jean pour tendre la main vers la porte, son pantalon s'affaissa de nouveau. Malgré lui, Javi regarda le denim glisser. Il avait la bouche sèche, comme il l'avait eu la première fois qu'il avait vu le haut de la courbe ferme des fesses de Cloister. Il s'obligea à détourner son attention, tentant de ramener ses pensées dispersées dans le droit chemin.

— Tu as un poignet cassé et une blessure à la tête, lista Javi. Tu ne peux pas tranquillement retourner dans ta caravane.

Cloister ouvrit la porte, remonta son jean, avant qu'il ne glisse trop bas et ne constitue un crime, et, se tournant pour regarder Javi, déclara :

— Regarde-moi bien. Je me fous de savoir comment je vais sortir d'ici… tu peux me ramener, ou je peux prendre un taxi… mais je ne serai plus là quand Frome reviendra. C'est comme tu veux.

Il s'appuya contre le chambranle pour patienter. Javi avait toujours apprécié la longue silhouette de Cloister, les os élégants sous les muscles d'un colosse, cependant, à cet instant précis, la porte paraissait le soutenir. Si cet épuisement n'avait pas convaincu Cloister de rester, Javi doutait d'y parvenir.

Et… cela faisait longtemps que Javi n'avait pas pensé à cette nuit aux urgences. Il l'avait polie comme du vieux bois jusqu'à ce que les détails s'estompent – tous sauf le sang – et l'avait enterrée aussi profondément que possible. Les hôpitaux ne lui accordaient aucun répit, mais le fait d'avoir quelqu'un qu'il aimait à l'hôpital – même si c'était un imbécile obstiné – y parvenait manifestement.

— Bien, céda-t-il. Ma voiture est dehors. Crois-tu que tu pourras aller aussi loin ?

Cloister émit un bruit dédaigneux et s'écarta de la porte.

— C'est un poignet cassé et quelques ecchymoses. Tu devrais voir l'autre gars.

LA PANCARTE sur la fenêtre du café indiquait « Interdit aux Chiens » et, en dessous, ajouté au marqueur : « Aucune Exception ». Pourtant la serveuse derrière le comptoir les observa de ses yeux mi-clos, remarquant le logo du shérif toujours visible sur la poitrine de Cloister, et décida apparemment que cela ne dérangeait pas. Elle se contenta de leur désigner un box avec une table en formica usée, striée de larges cercles rugueux là où des graffitis avaient été nettoyés. C'était agressivement kitsch. Le café n'avait ouvert que deux semaines plus tôt, emménageant dans la coquille d'une librairie qui avait mis la clé sous la porte.

Mais il était censé servir un bon café et c'était toute l'authenticité dont Javi se souciait.

— Il pleut toujours dehors, hein ? déclara la serveuse alors que Javi se séchait les mains avec une serviette. Si cela continue, je rentrerai à la maison à la nage.

Javi réprima l'envie de lancer par une réplique méprisante en réponse à cette banalité. C'était un commentaire machinal de la part de… Mabel, ainsi que son badge l'indiquait, elle l'avait probablement répété à toutes les tables depuis que l'orage avait éclaté ce soir. Elle souhaitait probablement encore moins engager la conversation que lui.

Ce n'était pas sa faute si Cloister s'était presque fait tuer. Tout ce qu'elle voulait consistait à leur apporter leur café et retourner consulter son téléphone derrière la caisse.

— Du café, annonça Javi en ôtant sa veste.

Les manchettes de sa chemise étaient trempées de sa course sous la pluie, il les replia sur ses poignets pour leur permettre de sécher.

— Noir, pas de sucre, précisa-t-il.

Elle valida par un murmure en le griffonnant sur son bloc. Puis elle fixa Cloister.

— Et vous, mon chou ?

Cloister s'assit contre la banquette en vinyle bon marché, posa un bras sur sa chienne comme si elle était son rencart et plissa les yeux sur le menu accroché au mur du café. Il gratta distraitement le menton de Bourneville tandis qu'il inclinait la tête en réfléchissant.

— Un chocolat chaud à la cannelle, décida-t-il. Le cheese-cake spécial est-il bon ?

Mabel se retourna, comme si elle devait voir l'écriteau avant de pouvoir s'en souvenir.

— Nous n'en avons plus, j'en ai peur. Que diriez-vous d'une tranche de red velvet cake à la place ? Tout le monde l'aime.

— Emballez-le-moi, et je le prendrai en partant, accorda Cloister avec un sourire tranquille. Merci, Mabel.

Elle rit et posa sa main sur le badge.

— Les propriétaires les distribuent avec les uniformes, dit-elle. Je m'appelle Kimberly. Je vais chercher vos boissons et quelque chose pour votre mignon petit ami.

Avec un dernier regard chaleureux à Cloister, elle pivota pour rejoindre le comptoir. La semelle en caoutchouc de ses baskets crissa sur le sol humide. De toute évidence, le balai à franges détrempé, appuyé près de la porte, n'était pas suffisant pour faire face à la pluie.

Bourneville gémit – un pathétique *ow-wow-ow* – et enfonça son nez dans le cou de Cloister. Elle cognait le dessous de la table avec sa queue alors qu'elle soufflait tristement, tapotant d'une patte sur son bras jusqu'à ce qu'il lui montre son plâtre. Elle le renifla, puis essaya d'en tester le bord avec ses dents.

— Tu vois, déclara Javi. Maintenant, tu as bouleversé la chienne.

Cloister leva les yeux au ciel et sauva son plâtre de Bourneville.

— Ils ne l'auraient pas laissée entrer à l'hôpital, affirma-t-il en fourrant sa main dans son épaisse collerette noire. Elle était juste inquiète.

— Elle n'était pas la seule, déclara Javi.

Les mots sortirent plus durs qu'il ne l'avait escompté et aiguisés par un maudit reste de colère dont il ne parvenait pas à se défaire.

Cloister le regarda de travers, mais Javi était incapable d'en expliquer la raison. Il ne savait même pas pourquoi il était fâché : que Cloister soit blessé, qu'il se soucie que Cloister le soit, ou que Cloister ne paraisse fâché d'aucun des deux. Quoi qu'il en soit, la phrase resta en suspens, épineuse et maladroite, jusqu'à ce que Javi ramène la conversation sur l'histoire de Cloister.

— Alors, tu penses que la voiture t'a heurté délibérément ?

Il n'imaginait pas que Cloister allait le laisser s'en sortir, mais Kimberly arriva avec leurs boissons et une grosse part de gâteau recouverte de plastique qui pourrait faire office de contrepoids sur ses bras. Le temps qu'elle les dépose et distribue une poignée de friandises pour chien à Bourneville, le moment était passé.

— Je pense qu'on a essayé de s'en prendre à la fille, corrigea Cloister en récupérant les friandises. J'étais juste sur le chemin. Personne ne me déteste assez pour essayer à ce point de me tuer.

— Tu es un flic. Tu dois t'être fait des ennemis.

Cloister haussa les épaules et étira maladroitement sa main au-dessus de la table pour voler le café de Javi, en contredisant :

— Je retrouve des vieilles dames perdues et je pourchasse occasionnellement un dealer. Personne n'aime le type qui lance son chien après eux, mais le consommateur de méthamphétamine qui démolit les dents de devant de sa femme ne va pas m'attirer dans un piège élaboré. Il se contentera de pisser dans mon réservoir d'essence. Demande-moi comment je le sais.

Il poussa la tasse de chocolat chaud, son tas de crème à la cannelle saupoudrée de sucre, dans un angle précaire, du côté de la table de Javi. Bourneville détourna brièvement son attention des friandises en attente, pour observer la crème. Puisqu'elle ne se renversait pas, elle posa son nez pointu sur la table, fixant les friandises, comme si cela pourrait les forcer à se rapprocher de sa langue.

— Tu aurais pu commander du café, commenta Javi.

— Ou tu aurais pu commander le chocolat, répliqua Cloister.

Il attrapa une poignée de sachets de sucre dans le récipient plein à ras bord près de la fenêtre. Il buvait son café épais avec assez de sucre pour le transformer en sirop. Il tritura les sachets d'une main, tout en revenant aux événements de la nuit.

— Il n'y avait aucune chance que quelqu'un puisse prédire que je serais appelé pour retrouver Janet. Si Collins avait été seul, il aurait simplement collé une amende sur la voiture et ça se serait arrêté là. Non, ils voulaient finir le travail avec Janet. J'étais juste en travers de sa route.

— Rien de personnel, conclut Javi.

Il était sarcastique, toutefois Cloister hocha simplement la tête, versant le sucre dans son café en même temps.

— Exactement. Mais cela requalifie ce qui est arrivé à Janet en tentative de meurtre, ou en meurtre si elle décède, et Frome… préférerait que ce ne soit pas le cas.

Pour la première fois, la voix de Cloister se durcit avec quelque chose ressemblant à de la colère. Il se contentait de hausser les épaules avec nonchalance quand il se faisait renverser par quelqu'un, mais il refusait que quiconque fasse la même chose à Janet. Quelqu'un avait dû lui faire une sacrée crasse à un moment donné. Peut-être plus d'une personne.

La barre à ne pas dépasser, que Javi avait fixée très bas, était de ne pas ajouter son nom au bas de cette liste. C'était la raison pour laquelle il aurait dû passer cet appel, s'en faire un ami. À la place, il ramassa la majeure partie de la crème sur le dessus de sa tasse et la versa sur le café de Cloister.

— L'examen du financement par le conseil, avança-t-il.

Il s'adossa avant de prendre une gorgée. Ce n'était pas un mauvais chocolat chaud – pas aussi bon que celui que faisait sa grand-mère, avec des copeaux de chocolat noir taillés dans le bloc qu'elle gardait enveloppé dans le réfrigérateur –, cependant il était bon. Il s'accorderait bien avec du chili.

Cloister hocha la tête.

— Difficile d'affirmer que ce crime est exclu quand il y a un nouvel homicide à faire valoir, répondit-il en avalant un peu de café. Un délit de fuite semble mieux. Il passera le bon message quand il verra la preuve, mais pour l'instant, il espère que j'ai… mal interprété la situation.

— Il devrait avoir plus de jugeote.

Cloister lui adressa un petit sourire fatigué derrière sa tasse de café.

— Dit l'homme qui pense que les drones peuvent faire un meilleur travail que moi et ma fille.

Il tira doucement l'oreille de Bourneville. Elle pencha la tête en arrière et le regarda. Puisqu'il ne lui ordonnait pas de faire quoi que ce soit, elle recommença à soupirer après les friandises.

Javi ricana. C'était plus difficile de défendre sa position depuis qu'il avait vu Bourneville en action dans l'affaire Hartley. Elle lui avait sauvé la vie, pourtant cela ne voulait pas dire qu'il abandonnait pour le moment.

— Les drones n'ont pas de mauvais jours, répliqua-t-il.

— Bon non plus.

— Les pilotes de drones ne se font pas percuter par des voitures.

Cloister lui accorda ce point avec un rire qu'il interrompit d'une grimace en basculant sa tête en arrière contre la banquette. Il y avait une pâleur sur son visage, une nuance de gris derrière le bronzage au niveau

29

de ses tempes et sous ses pommettes, ainsi qu'une crispation aux coins de sa bouche. Ce fut suffisant pour éloigner l'attention de Bourneville des friandises, pour qu'elle donne un coup de patte sur son coude et gémisse.

— Tu es sûr de ne pas vouloir retourner à l'hôpital ? s'enquit Javi.

— Non. Je vais bien.

Cloister évacua la fatigue de son visage d'un geste brusque de la main.

— La dernière fois que je me suis retrouvé à l'hôpital, l'infirmière m'administrait des somnifères sans rien me dire.

— Je ne peux pas dire que je ne l'ai pas envisagé, plaisanta Javi, pince-sans-rire.

Il préférait dormir seul, dans des draps froids et son propre logement, mais avoir quelqu'un au moment où vous fermiez les yeux et se réveiller sans lui, c'était déconcertant.

— Est-ce que ça marchait ? demanda Javi.

Une lueur hantée se glissa dans les yeux de Cloister, il sourit légèrement en se frottant la nuque avec sa bonne main.

— J'ai continué à avoir des cauchemars, répondit-il. Toutefois, je ne pouvais pas me réveiller.

Javi avait ses propres cauchemars. Certains d'entre eux étaient des horreurs de baraque de foire issues de ses souvenirs, d'autres étaient absurdes : des clowns en colère et des examens en tenue d'Adam. Aucun d'entre eux ne l'avait affecté à la manière de ceux de Cloister, cela dit, l'idée d'y rester coincé le glaçait quand même.

— D'accord, décida-t-il. Pas de pilules dans ta bière et pas d'hôpital. Ne me le fais pas regretter, Witte. Ne meurs pas.

Cloister se mit à rire puis, grimaça de nouveau, il prit une inspiration entre ses dents serrées en étreignant ses côtes. Donnant un petit coup de coude à Bourneville jusqu'à ce qu'elle se précipite hors du box, il se glissa ensuite précautionneusement derrière elle.

— Je croyais que tu n'aimais pas les promesses, marmonna-t-il.

Il se pencha avec raideur pour laisser quelques billets sous l'assiette, attrapa son gâteau et se dirigea vers la porte avec Bourneville sur ses talons. Javi lui jeta un regard furieux. Il devait cesser de donner aux gens la possibilité d'utiliser ses propres paroles contre lui. Cela ne lui apportait jamais rien de bon.

— Passez une bonne soirée, chantonna Kimberly en levant les yeux de son téléphone pour les regarder partir.

Elle augmenta le volume de sa voix afin de les suivre à travers la porte et dominer le bruit de la pluie en lançant :

— J'espère que vous vous sentirez bientôt mieux, mon cœur.

Javi passa sa veste par-dessus sa tête pour se protéger de la pluie, fusillant le dos de Cloister qui se dirigeait vers la voiture.

— Je ne vais pas mourir, déclara Cloister après un instant.

— Je sais, affirma Javi alors qu'il s'approchait suffisamment du véhicule pour que les portes se déverrouillent. Je vais rester avec toi et m'assurer que ça n'arrivera pas.

Cloister ouvrit la portière arrière de la voiture pour permettre à Bourneville de monter. Son corps épais et noir était étonnamment compact, tandis qu'elle se pelotonnait sur la vieille serviette qu'il avait jetée au sol.

— Tu n'y es pas obligé, dit-il, la fatigue s'abattant sur lui tandis qu'il s'affalait sur le siège passager.

— Ce dont je n'ai pas besoin, c'est que le lieutenant Frome pense que je t'ai tué, riposta sévèrement Javi.

Il ne trompait personne – il ne pensait même pas réussir à tromper la chienne –, mais cela lui donnait l'impression d'être moins exposé.

— Alors, en avant, et apprécie les sacrifices que je fais pour toi.

— Tu es un véritable ami, se moqua Cloister en fermant la portière.

Javi souhaitait que cela soit vrai. La vie serait beaucoup plus facile. À cet instant précis, le mieux qu'il pouvait obtenir était d'être la seule personne dans la vie de Cloister à être en colère qu'il ait été heurté par une voiture.

LES RIDEAUX s'agitaient également dans le parc de mobile-homes. Des visages suspects scrutaient à travers les fenêtres sales et ternies par le sel, tandis que Javi aidait Cloister à boitiller le long du chemin défoncé et accidenté. Un homme maigre, vêtu d'un tee-shirt taché de sueur, au visage et aux bras bronzés par le travail, cinq fois plus sombres que sa poitrine et ses épaules, était assis sur les marches de sa caravane et buvait de la bière en les regardant tituber.

— Des gens sympathiques, tes voisins, commenta Javi.

Cloister ricana.

— As-tu des voisins, toi ?

Techniquement. Le propriétaire du restaurant de l'autre côté de la rue avait un appartement dans le bâtiment pour les jours où il restait en ville. Cependant, cela se limitait à une fois par mois.

— Ce n'est pas le sujet, riposta Javi.

Bourneville contourna leurs jambes lorsqu'ils atteignirent la caravane argentée cabossée de Cloister. Elle gravit les marches et ouvrit la porte avec ses pattes pour entrer.

— Tu viens vraiment d'une très petite ville, n'est-ce pas, déclara Javi. Un jour, tu vas te faire cambrioler.

Cloister haussa les épaules.

— Ça n'est pas encore arrivé. Et pour être franc, réparer la porte coûterait plus cher si quelqu'un devait entrer par effraction plutôt que de remplacer quoi que ce soit en ma possession.

Il était difficile pour Javi de le contester, il le suivit dans la caravane.

Un café et un bol de céréales sans marque gardèrent Cloister éveillé pendant quinze minutes et son insomnie habituelle pendant trente de plus. Finalement, il laissa le sommeil le gagner et se glissa dans son lit pour faire une sieste. Javi régla le chronomètre de sa montre à vingt minutes et baissa les yeux sur la silhouette de Cloister, son corps long et élégant ridiculement étalé sur des draps propres et rugueux. Il retira ses bottes, mais ne se préoccupa pas du reste.

Le lit de la chienne coûtait probablement plus cher que celui de l'adjoint.

— Quoi ? questionna Cloister en ouvrant une paupière pour jeter un coup d'œil à Javi.

— J'essaye de décider si tu vis comme un étudiant ou comme un père divorcé avec un mauvais avocat, annonça Javi en déboutonnant le jean de Cloister et en le tirant le long de ses interminables jambes. Ou peut-être comme un vagabond.

— Est-ce que c'est un jeu de rôle ? demanda Cloister avec un sourire narquois.

Il l'aida à se débarrasser du jean et s'assit pour retirer lui-même son tee-shirt. Son sexe reposait mollement entre ses cuisses et Javi réprima fermement l'éclat de désir mal placé qui lui tenaillait le ventre.

— Habituellement, les gens choisissent quelque chose d'un peu plus glamour, plaisanta Cloister.

Il abandonna le tee-shirt enchevêtré autour de son plâtre et se laissa retomber sur l'oreiller. D'une manière ou d'une autre, les meurtrissures et

32

les égratignures qui souillaient son corps semblaient pires sous la lumière tamisée de la salle de bain que sous les ampoules vives de l'hôpital. Loin du soulagement immédiat de savoir que Cloister n'était pas mort, Javi pouvait imaginer à quel point il aurait facilement pu l'être.

— Tu n'es pas obligé de rester. Ça ira.

— Dors, riposta Javi en le débarrassant de son tee-shirt et en le jetant dans le bac à linge. Je ne vais nulle part. Pas ce soir.

V

L'ALARME SE déclencha à cinq heures du matin. D'habitude, Cloister était déjà debout depuis une heure – ou plusieurs heures. Dans le pire des cas, il était à moitié endormi tandis qu'il essayait de poursuivre cette « bonne nuit de repos » dont les gens parlaient, et ce son était un prétexte bienvenu pour abandonner.

Il n'avait jamais réalisé à quel point ce bruit était divin quand vous étiez réellement endormi.

Il repoussa les draps emmêlés de sueur et s'extirpa du lit avec le poids de l'épuisement. Il s'avérait que la seule chose pire que l'insomnie, c'était une personne qui vous réveillait toutes les vingt minutes pour s'assurer que vous respiriez toujours. Il aurait juste dû promettre à Javi de ne pas mourir au lieu d'être un monsieur je-sais-tout.

L'alarme continuait de résonner lorsque Cloister s'assit et balança ses jambes au bout du lit. Sa tête tourna désagréablement sous le mouvement brusque, il dut fermer les yeux pendant une seconde pour qu'elle se stabilise. Le manque de sommeil, se demanda-t-il, ou le fait d'avoir été renversé par un pick-up ? Peut-être que c'était les deux.

Il se frotta grossièrement les yeux – même la plaie derrière ses paupières était un bleu coloré – et se décida à éteindre le réveil. Cela lui prit une minute. La mémoire musculaire qui le poussait à le gifler en passant fut perdue sous les os endoloris et la ouate humide qui engluait son cerveau. Aucun des boutons qu'il frappa ou déplaça ne sembla être efficace.

À l'extérieur de la chambre, Bourneville commença à aboyer et à griffer la porte avec ses pattes, assez fort pour la faire vibrer dans son cadre.

— Fait chier, marmonna Cloister.

Il tira sur le cordon d'alimentation électrique et le réveil gémit avant de se taire. Le reposant sur la table de nuit, Cloister éleva la voix ou tenta de le faire. La première fois qu'il essaya de parler, les mots se coincèrent dans la viscosité qui encrassait sa gorge. Il toussa et recommença :

— Bon. Tais-toi.

Elle émit presque le même gémissement de reproche que le réveil, puis il entendit le bruit sourd alors que trente-cinq kilos de muscles de

34

berger allemand se laissaient retomber sur le plancher de la caravane. Ce n'était jamais calme. C'était l'un des avantages du parc de mobile homes : il y avait toujours un chien qui aboyait contre une mouette ou un bébé qui se moquait de l'heure à laquelle il pleurait pour qu'on lui change sa couche. Un bruit de fond. Au moins, il savait qu'il n'était pas le seul à être réveillé.

Quand Cloister était enfant, ils vivaient à la périphérie de la ville, mais il se passait toujours quelque chose. Les cliquetis et les jurons de son beau-père, pendant qu'il travaillait sur son vieux projet de moto, les avertissements sonores et aboyés des chiens chaque fois que le shérif tournait en voiture, et le tintement de bouteilles de bière et de rires, tard dans la nuit, lorsque les amis de son beau-père étaient dans les parages.

À l'époque, Cloister n'avait jamais de problème de sommeil. Il avait l'habitude de le repousser, d'essayer de rester éveillé assez longtemps pour entendre l'histoire de son oncle Drake jusqu'au bout, jusqu'à ce que son beau-père finisse par lui dire d'aller dormir, sans quoi ses yeux s'assécheraient comme des raisins secs. Ce n'est que plus tard, quand la couchette au-dessus de la sienne avait été vide et que tout le monde parlait à voix basse, qu'il avait passé ses nuits éveillé. Quand il n'y avait pas d'autre bruit dans la maison, hormis le son de sa mère priant pour que Dieu ramène son frère et le prenne plutôt lui à sa place.

Cloister repoussa ce souvenir en s'extrayant du lit. Cela remontait à des décennies… et elle ne l'avait pas vraiment pensé. Il le savait, ou du moins, elle n'avait pas pensé qu'il l'entendrait. En plus, il était un homme adulte, plus un petit garçon perdu. Parfois, certains jours, cela ne semblait pas avoir d'importance. À cette époque de l'année, il était toujours facile de s'attaquer à ces vieilles blessures et de prélever du sang… plus facilement que d'ordinaire.

Son jean était en boule sur le sol, à l'endroit où il s'en était débarrassé la nuit précédente. L'idée de se pencher pour l'attraper lui fit mal à la tête et aux côtes. À la place, il s'empara du drap et l'enroula d'une main autour de sa taille tout en se dirigeant vers la porte pour Bon.

Elle se releva brusquement, le salua d'un bref aboiement matinal et se dirigea vers la porte. Sa queue remuait lentement d'avant en arrière tandis qu'elle attendait. Elle avait une routine matinale, que Cloister ait été percuté par un pick-up ou non.

— Je suppose que je serais aussi du genre à avoir mes habitudes si je ne pouvais pas ouvrir la porte de la salle de bain tout seul, murmura Cloister en boitant, pour pouvoir lui ouvrir la porte.

Elle descendit les marches jusqu'au petit jardin, la clôture basse était plus destinée à empêcher les enfants d'entrer qu'à garder Bon à l'intérieur.

La pluie s'était arrêtée pendant la nuit. Dans son sillage, l'air avait un goût humide et frais, et une année de poussière et de sel avait été lavée des mobile homes. Cela faisait des années qu'ils n'avaient pas été aussi propres, même si la pluie avait exposé les bosses et égratignures que la poussière avait cachées sur certaines des plus anciennes.

Un chat roux clair se glissa sous une caravane pour boire dans une flaque d'eau. Il avait appartenu à une famille du Nevada qui avait cru que ce serait une bonne idée d'amener le chat en voyage. Ils l'appelaient Fluffy ou Fluffers, du moins jusqu'à ce que le père tire le bras de son fils de quatre ans en larmes et que la famille parte pour Disney.

Tout le monde avait pensé que les coyotes attraperaient le chat… ou, à défaut l'un des faucons qui volaient parfois jusqu'à la côte pour revendiquer un territoire aux mouettes. Ces dernières les chassaient généralement, mais des gens avaient déjà perdu des petits chiens ou des poules. Et Fluffers était visiblement un chat d'intérieur avec de doux coussinets rose pâle et des traces de siamois roux. C'était un an plus tôt. Fluffers avait perdu le bout de sa queue roux foncé et un morceau d'une oreille, son pelage était devenu rugueux et blanchi par l'air salin. Il n'était plus apprivoisé, cependant, il était toujours en vie et plus mince que maigre.

Cloister remonta le drap, l'attachant plus solidement sur sa hanche, et s'appuya contre l'encadrement de la porte. Il observa le chat pâle remuer son oreille mutilée et lever les yeux quand il entendit quelque chose. L'eau ruissela de ses longues moustaches blanches pendant qu'il attendait de décider comment réagir.

Certaines choses prospéraient lorsqu'elles étaient introduites dans un nouvel environnement. Le chat l'avait fait. Cloister aussi. Il inspira et sentit ses côtes se crisper, ses tendons meurtris s'étirant entre les arcs – peut-être fissurés, mais pas cassés – des os.

Janet Morrow n'avait pas été aussi chanceuse. Peut-être qu'elle pensait qu'une ville californienne semi-rurale était plus sûre que les rues de New York. Ou elle avait juste emprunté un raccourci dans la mauvaise rue, au moment idéal pour un pervers quelconque.

La seule personne qui pourrait le dire c'était Janet… si elle s'en sortait.

Cloister avait été heurté par un véhicule et renversé – envoyé roulé – loin avec un poignet cassé et suffisamment de coupures et de bleus pour obliger son « plus ou moins » ex à lui reparler. Cela aurait été pire s'il n'avait pas enfilé son gilet pare-balles, mais il avait toutefois eu de la chance. Janet s'en sortait moins bien. Les médecins n'étaient pas disposés à lui révéler autre chose que des platitudes – son état était stable, elle était au meilleur endroit possible pour elle, c'était trop tôt pour se prononcer –, cependant, il les avait entendus parler de saignements au cerveau et de blessures internes. Ils avaient utilisé des mots comme *important* et *sans réponse*.

Bourneville remarqua le chat. Elle gémit et se dressa sur ses pattes arrière pour regarder par-dessus la clôture, ses pattes avant accrochées aux lattes. Elle remua frénétiquement la queue lorsque le chat leva les yeux vers elle, son postérieur s'agita alors en une danse excitée dans la boue sablonneuse. Le chat se leva, s'étira complètement, de la queue aux oreilles, et se faufila sous la caravane. De déception, la queue de Bon s'affaissa, elle jeta un coup d'œil à Cloister, comme s'il pouvait y faire quelque chose.

— Le chat ne veut pas d'amis, Bon, dit-il. Accepte-le.

Bourneville lui accorda un mouvement d'oreilles dédaigneux, puis retourna fixer l'endroit où le chat s'était trouvé. Elle aimait les chats et c'était une source de déception constante, la plupart ne ressentant rien de semblable envers elle. L'animal errant avait une place particulière dans ses affections, mais elle n'en recevait aucune en retour. La domestication avait brûlé Fluffers une fois, désormais, il savait qu'il était mieux loti tout seul.

Au moins, ils avaient trouvé Janet. S'ils avaient fait demi-tour lorsqu'il était logique de le faire, la personne qui était au volant de ce pick-up l'aurait probablement emmenée dans le désert. Les gens disparaissaient de leur propre initiative, en randonnée sans préparation, et n'étaient pas retrouvés pendant des années. Si quelqu'un voulait cacher un corps, c'était un endroit assez proche pour le faire. De cette façon, au moins, si Janet mourait, elle ne serait pas seule et sa famille aurait un corps à enterrer.

Le chat et lui... Bon était la seule à qui ils manqueraient.

Cloister secoua la tête, agacé, et s'écarta de la porte pour aller s'habiller. Cela suffisait. Il s'accordait la possibilité d'être un peu moins un bâtard difficile à cette époque de l'année, mais il avait tracé la ligne où se complaire. Il manquerait à des gens. Il n'était pas un ermite et il ne serait pas laissé à la disposition des goélands.

Peut-être que personne ne serait dévasté s'il mourait, mais il ne le souhaitait pas de toute façon. C'était trop de responsabilités d'être autant aimé.

LA POINTE de la langue de Tancredi dépassait au coin de sa bouche, tandis qu'elle mettait sa touche finale au rat-opossum-raton laveur qu'elle dessinait sur son plâtre, sous son nom. Le marqueur accrochait en grattant sur le plâtre pendant qu'elle coloriait les cœurs roses qui flottaient autour de sa tête.

— Je devrais être heureux que le poste n'ait pas de crayons à paillettes, pas vrai ? commenta Cloister, pince-sans-rire.

— Oh oui, confirma Tancredi en refermant le stylo.

Elle fit un pas en arrière et pencha la tête sur le côté pour étudier son travail pendant un moment, puis hocha la tête avec satisfaction, ce qui fit tomber une boucle sur son front.

— Je serais devenue complètement incontrôlable avec un crayon à paillettes.

Cloister se tordit le bras pour regarder le gribouillage dans le bon sens.

— Est-ce que c'est supposé être Bon ou une sorte de raton laveur ?

— Rustre ! s'écria Tancredi en jetant son stylo sur le bureau et abaissant les yeux sur Bon, étendue sur le sol, aux pieds de Cloister. C'est une ressemblance parfaite.

— Je ne sais pas si je dois être offensé en son nom ou si je dois te suggérer de faire vérifier tes yeux, déclara Cloister.

Il sortit ses bottes d'en dessous du ventre de Bon et plaça sa hanche au bord du bureau de Tancredi. Il y avait une chaise, mais il ne voulait pas prendre le risque de l'utiliser. Même avec les pilules en vente libre contre la douleur, les plus puissantes qu'il avait été capable de trouver, il avait mal de son sourcil, jusqu'à son cul.

— Des nouvelles de l'hôpital ?

— Seulement que tu t'es échappé la nuit dernière.

Tancredi se laissa tomber sur sa chaise et mordilla nerveusement la peau sur ses ongles en l'observant.

— C'est moi qui ai raconté ce qui s'est passé à l'agent Merlo. Je sais que tous les deux vous êtes… quelque chose, mais j'espère que c'était une bonne initiative.

Cloister passa sa langue sur l'intérieur de sa bouche, comme s'il pouvait encore goûter au baiser fougueux et furieux de Javi sous le dentifrice, l'ibuprofène, et la bouteille de boisson pour sportifs de couleur vert acide qui se vantait d'être remplie d'électrolytes. Il ne savait pas si cela avait changé quoi que ce soit – Javi était peut-être resté la nuit, mais il était parti quand Cloister s'était réveillé –, toutefois cela signifiait quelque chose.

— Ne t'inquiète pas pour ça, déclara-t-il.

Tancredi se mordit la lèvre et haussa les sourcils. Il se renfrogna. Il était amical avec la plupart des gens au poste – pas tous, pas celui qui avait tiré sur son chiot ni celui dont la femme avait toujours une ecchymose brun-jaune –, cependant Tancredi avait apparemment décidé qu'ils étaient vraiment des amis. Cloister avait repoussé les invitations à des barbecues et les bières après le travail, toutefois, elle lui avait ensuite préparé des cupcakes pour son anniversaire et il avait cédé. Mais cela ne voulait pas dire qu'il voulait parler de sa vie sexuelle avec elle, certainement pas avec en fond sonore – bruit de clavier, bâillements, murmures de la conversation – le reste du bureau.

— N'en fais pas toute une histoire. Donc, nous ne savons toujours pas ce qui est arrivé à Janet ?

Tancredi accepta la rebuffade de bonne grâce. Elle se laissa aller en arrière dans son fauteuil et secoua la tête.

— Guère plus.

Elle tendit la main et, frustrée, fouilla dans les papiers sur le bureau.

— La voiture était une location. Elle l'a récupérée il y a deux jours, à San Diego. Aucun signe de l'endroit où elle est allée après ça, mais elle a parcouru une centaine de kilomètres avec la voiture et a réservé une chambre à l'hôtel Hampton Inn pour les deux prochaines semaines. Aucune idée de la raison pour laquelle elle était en ville, cela dit. Peut-être que ses proches parents pourront nous aider lorsque nous les trouverons.

— Tu ne les as pas trouvés ?

Bourneville se tortilla jusqu'à ce qu'elle puisse mettre sa tête sur la botte de Cloister.

— Non. La personne à contacter en cas d'urgence, sur les papiers de location de la voiture, indiquait une Ruth Belford. Malheureusement, c'est le numéro de son bureau au…

Tancredi chercha un Post-it jaune, plié dans ses papiers, et le consulta.

— Parsons School of Design. Ils vont la prévenir. Ou essayer. Le secrétaire a dit qu'il pensait que le docteur Belford était injoignable, en week-end avec sa partenaire.

— Est-ce que Janet est une étudiante ?

— Ce serait trop facile. Il n'y a aucune élève, nommée Janet Morrow, et il dit que la description correspondrait à une vingtaine d'élèves qu'il pouvait voir depuis sa fenêtre. Alors…

Elle s'arrêta avec un haussement d'épaules découragé et déplia le Post-it pour le coller sur le dossier. Alors qu'elle relevait la tête, son attention se focalisa sur un point situé derrière Cloister, elle se redressa dans son fauteuil. Elle ouvrit la bouche, les lèvres formées autour de la première syllabe d'un mot qu'elle ne prononça jamais.

— Que diable faites-vous ici, Witte ? grogna Frome en se dirigeant vers le bureau de Tancredi.

Il s'arrêta et fronça les sourcils, ceux-ci s'agitant sous les lunettes remontées sur son front.

— Vous êtes en congé maladie. Après la cascade que vous avez effectuée hier soir, vous avez de la chance que ce ne soit pas un congé disciplinaire.

— Je n'aime pas les hôpitaux.

Frome retroussa ses lèvres, avant de répliquer :

— Je n'aime pas le mauvais café et les beignets rassis, mais je suis flic, alors je fais avec. Rentrez chez vous, Witte. Dormez un peu. Vous avez une tête de déterré.

Il jeta des dossiers sur le bureau de Tancredi.

— Nous avons eu des plaintes concernant des manifestants à la banque qui devenaient incontrôlables. Allez y faire un tour. Assurez-vous qu'ils comprennent où se trouve la ligne à ne pas franchir. Prenez Ellie.

— Une touche féminine ? demanda Tancredi, une colère sous-jacente dans la voix.

— Deux femmes, corrigea Frome. Et vous êtes d'ici. Ellie a épousé un gars de la région. C'est principalement des locaux qui manifestent. Je ne veux pas qu'ils aient l'impression que nous sommes des étrangers à la botte de la fortune des Hartley.

Tancredi sembla toujours irritée, mais elle le masqua derrière ses lèvres pincées alors qu'elle acquiesçait.

— Bien, monsieur.

— Et, adjoint ? Ce n'était pas une information, clarifia Frome en arrachant ses lunettes de son front pour les glisser dans sa poche de poitrine. C'était une instruction sur la façon d'aborder la situation.

— Oui, monsieur.

Se levant d'un bond, elle attrapa sa veste sur le dossier de sa chaise. D'une main, elle fit passer sa queue de cheval par-dessus le col alors qu'elle se dirigeait vers Cloister.

— Ne te fais plus renverser par des voitures, lui dit-elle en se dirigeant vers le bureau d'Ellie. Ton nez ne peut pas le supporter.

40

Il lui retourna un simple « ah », sardonique, mais cela lui fit mal aux côtes, celles qu'il avait presque oubliées.

— Partez, lui ordonna Frome. Chez vous ou à l'hôpital, du moment que ce n'est pas ici.

Il se retourna pour regagner son bureau.

— Vous enquêtez sur le cas de Janet Morrow en tant que quoi ? questionna Cloister.

Frome s'arrêta, soupira et se retourna.

— Actuellement, rien. C'était une mésaventure. La fille était perdue, saoule, elle a probablement eu peur, elle est tombée et s'est ouvert le crâne. C'est triste, mais ce n'est pas un crime.

— Ce sont des conneries.

Cloister n'avait pas parlé fort. Les mots étaient sortis entre ses dents sous le coup de l'agacement. Il y eut malgré tout une pause dans le murmure général du bureau, tandis que les autres adjoints relevaient la tête, puis la rebaissaient rapidement.

— Vous êtes en congé maladie, mais vous êtes toujours sous mon commandement, rappela Frome d'un ton glacial. Surveillez vos paroles, Witte.

Un frisson de frustration déçue poussa Witte à se relever. Il savait que Frome ne voulait pas tenir compte du délit de fuite dans ce cas, mais Janet avait visiblement été attaquée. Quelqu'un avait essayé de la tuer, était revenu pour effacer la preuve qu'elle y était même allée, et le dossier allait indiquer quoi : « accident pour ivresse » ?

Ce n'était pas juste.

— Elle n'avait pas de chaussures. Ses vêtements étaient à moitié déchirés, lâcha Cloister avec colère.

Il était toujours plus facile de se fâcher contre quelqu'un. La tension dans l'air poussa Bourneville à se remettre sur ses pattes et à s'appuyer contre sa jambe, le grognement dans sa gorge provoquant plus de vibrations que de bruits.

— Il lui est arrivé quelque chose, puis on est revenu pour finir le travail.

Frome sembla coupable pendant une seconde, puis son expression se modifia en une irritation frustrée, tandis qu'il récupérait ses lunettes en répliquant :

— Ou elle est tombée. Jusqu'à ce que j'obtienne des preuves du contraire… jusqu'à ce que j'aie une quelconque preuve… ce qui est arrivé à

41

Janet Morrow demeure un tragique accident, et vous êtes en congé maladie. Alors, laissez tomber, Witte.

Il se détourna et s'éloigna. Cloister baissa la main et donna une traction sur le collier de Bourneville parce qu'elle grondait après Frome. C'était une bonne chienne, la meilleure avec laquelle il avait jamais travaillé, mais il pouvait la sentir bouder. Dans sa vision du monde, Frome n'avait pas un grade supérieur à celui de Cloister, pas même si celui-ci était blessé, et qu'il ne savait pas que cela offusquait sa conception du monde.

La traction sur son collier l'incita à se calmer. Elle éternua et s'assit pour avoir une grattouille, comme si c'était ce qu'elle espérait depuis le début.

Frome atteignit la porte de son bureau et s'arrêta. Il se retourna et pointa ses lunettes sur Cloister depuis l'autre côté de la pièce.

— Vous êtes un spécialiste K-9 et vous êtes doué pour ça. J'ai tous les inspecteurs dont j'ai besoin. Alors, restez dans votre domaine, adjoint.

Tout le monde leva les yeux. Cette fois, la pause fut un peu plus perceptible. Du coin de l'œil, Witte put voir Dongrey à son bureau, les doigts courbés et figés sur les touches de son ordinateur.

— Vous pouvez également le dire à votre ami agent spécial de ma part.

Des yeux, Frome balaya la pièce qui demeurait attentive et il se renfrogna. Sa voix tonna, pleine d'impatience :

— Et tous les autres, retournez au travail. Ce n'est pas un spectacle sportif.

Le son d'une demi-douzaine de policiers martelant ostensiblement leurs claviers reprit. Frome leur jeta un regard dégoûté et claqua la porte de son bureau derrière lui.

— Seigneur, murmura Dongrey. C'était sévère. Je veux dire, nous pensons tous que vous n'êtes pas un véritable inspecteur, mais nous ne l'exprimons pas à voix haute.

La blague brisa la tension. Quelques personnes ricanèrent et quelqu'un murmura :

— Ferme-la, Dongrey.

Cloister jeta un regard sévère à son collègue.

— Bourneville est un meilleur inspecteur que vous, Dongrey, affirma-t-il.

Le sourire en biais de branleur s'épanouit davantage sur le visage osseux.

— Je n'ai jamais prétendu que la *chienne* n'était pas un bon inspecteur. Juste vous. Pour sa part, elle est géniale.

Il ricana tout seul en retournant à son rapport. Cloister lui accorda ce point. Il se leva avec raideur du bureau de Tancredi et traversa la pièce en boitant, Bourneville à ses talons. Certains adjoints lui jetèrent des regards en coin, mais après un rapide coup d'œil vers les grandes fenêtres du bureau de Frome, aucun n'ouvrit la bouche.

Tancredi le rejoignit sur le parking au moment où il ouvrait la portière de sa voiture pour permettre à Bourneville de monter à bord.

— Witte… Cloister, attends, dit-elle en sautant la dernière marche pour atterrir sur le bitume.

Elle lui courut après et attrapa son bras. Un froncement de sourcils dessina deux rides sur la peau aux taches de rousseur de son front alors qu'elle regardait le pick-up. Ce qu'elle s'apprêtait à dire fut remplacé par :

— Es-tu vraiment en état de conduire ?

Il haussa les épaules.

— Je n'aimerais pas essayer de conduire avec une boîte manuelle, mais celle-ci, c'est bon. Je vais bien, Tancredi. Tu n'as pas besoin de me materner.

Elle plissa le nez et repoussa ses cheveux hors de son visage, ses doigts occupés à replacer des mèches dans le nœud de sa tresse.

— C'est à peine si j'aime materner mon propre gamin, déclara-t-elle. Et il est génial, alors ne te flatte pas. Je voulais juste vérifier que… Où vas-tu ?

Cloister repoussa la tête de Bourneville et monta dans la voiture.

— À l'hôpital, répondit-il. Ce n'est pas comme si Janet allait avoir la présence de beaucoup de visiteurs.

Il alluma le moteur. Tancredi fit un grand pas en arrière, croisa les bras et glissa ses doigts dans le pli de ses coudes avec mécontentement. Elle secoua la tête.

— Witte, Frome t'a dit de laisser tomber.

— Ouais, commenta Cloister en reposant son plâtre sur le volant. J'ai entendu.

VI

CLOISTER LAISSA les vitres de la voiture ouvertes. Il était confiant, personne ne la volerait. Bourneville se tenait sur la banquette arrière, son eau sur le sol à côté d'elle, attendant qu'il l'emmène.

— Je pense que tu aides les gens à se sentir mieux, affirma Cloister en tendant la main pour lui gratter le menton. Les autorités ne sont pas du même avis. Je ne serai pas long. Reste ici. Sois sage.

Elle soupira et s'allongea. Sa queue remua contre le vieux simili cuir rapiécé, espérant que ce n'était qu'un test et qu'il changerait d'avis. À la place, Cloister attrapa la boîte de Tylenol posée sur le siège avant et en avala deux, sans eau, en rejoignant l'entrée de l'hôpital.

La réception ressemblait à un spa. Elle était tout en carreaux blancs, en verre et en murs peints en rose qui, selon certains experts-conseils, devaient probablement être apaisants. Cela rappela à Cloister les antibiotiques gluants et collants qu'on lui donnait dans son enfance, chaque fois qu'il était malade. Il n'y avait pratiquement personne… juste des groupes de gens qui semblaient épuisés, traumatisés ou complètement confus quant à l'endroit où aller.

Cloister le savait. Il ferait mieux de se tenir à l'écart des hôpitaux, mais cela ne voulait pas dire que d'autres personnes ne se retrouvaient pas ici. Un trafiquant de méthamphétamine, qui avait testé un mauvais produit, avait heurté de plein fouet une vitre en verre et était passé à travers, avant de repartir pour un autre tour du quartier. Et puis il y avait eu les randonneurs qu'il avait escortés pour les sortir du désert avec des chevilles cassées et des bouteilles d'eau vides. Il supposait qu'un jour il réussirait à s'habituer à ce lieu, que les visites anodines dépasseraient les vieux traumatismes, mais ce n'était pas encore le cas.

Il boitilla dans le couloir jusqu'aux chambres et retint l'un des infirmiers.

— Excusez-moi. Je cherche Janet Morrow ?

Il extirpa son portefeuille de sa poche arrière, faisant scintiller son étoile en se présentant :

— Adjoint Witte.

L'infirmier, Luke Ivan, d'après l'étiquette nominative, vérifia l'insigne, puis détailla Cloister, de son jean couvert de poils de chien – Bon avait été particulièrement généreuse aujourd'hui –, jusqu'aux points de suture sur son front. Une fois qu'il eut fini son inspection, il haussa les sourcils.

— Je ne savais pas que le département du shérif avait des journées en tenues décontractées, commenta-t-il, sceptique.

— Ce n'est pas le cas, admit Cloister, conscient de n'avoir jamais été un bon menteur. C'est moi qui l'ai trouvée. Je…

— Vous avez été renversé par une voiture et vous vous êtes échappé avant que les médecins n'en aient fini avec vous, acheva Ivan.

Un léger sourire se dessina sur sa bouche quand Cloister lui lança un regard surpris.

— Oh, nous avons tous entendu cette histoire. Vous venez juste de me faire gagner vingt dollars en ne mourant pas dans la nuit.

— De rien !

Ivan afficha un mince sourire sec et aiguisé.

— Mademoiselle Morrow est par là. Chambre 141. Vos collègues sont déjà avec elle.

C'était nouveau. Cloister fronça les sourcils, mais avant de pouvoir poser des questions, Ivan lui adressa un bref signe de tête et se dirigea vers le fond du couloir pour intercepter un jeune docteur solennel en blouse pour le rediriger deux chambres plus loin.

Cloister avait la main à demi levée en direction de sa radio de patrouille pour lancer une question à Mel, avant de se rappeler qu'il n'était pas en uniforme… donc, pas de radio, pas d'arme à feu, aucune idée de qui se trouvait dans la chambre de Janet puisqu'il savait que Frome n'avait envoyé personne.

— Merde !

Il s'élança dans le couloir, évitant les gens et le matériel. Une vieille femme vêtue d'une chemise de nuit rose pâle renifla quand il la contourna, son visage légèrement plissé, exprimant sa colère tandis qu'elle lui criait :

— On ne court pas dans les couloirs.

Il lui lança des excuses avant de s'arrêter en face de la porte, l'ouvrit d'un cran.

—… J'apprécierais des infos sur le rapport…

La voix familière s'interrompit, puis augmenta au moment où Javi aboyait :

45

— Oui, de quoi s'agit-il ?

Cloister ouvrit la porte en grand et entra dans la pièce. Le lit était caché de la vue par un rideau de discrétion bleu. C'était assez mince pour que Cloister puisse voir la silhouette de quelqu'un de l'autre côté alors qu'il se déplaçait autour du lit. Javi se tenait dans le coin de la pièce, près de la fenêtre étroite qui donnait sur le parking. Quand il vit Cloister, il fronça les sourcils avec un éclair d'irritation sur son beau visage.

— Agent spécial Merlo, le salua Cloister maladroitement. Je voulais vérifier comment Janet… Mademoiselle Morrow allait. Je ne m'attendais pas à ce qu'il y ait quelqu'un d'autre ici.

C'était gênant, comme s'il parlait à un inconnu et non à l'homme avec qui il baisait depuis deux mois – ou même à l'ami qui l'avait réveillé toutes les vingt minutes la nuit précédente. Cloister voulait dire autre chose à Javi, par exemple, merci pour la nuit dernière que, pour une fois, il ne se serait probablement pas bien débrouillé tout seul et qu'il était désolé pour son mouvement d'humeur à l'aube. Que voulait dire le baiser ? Il ignorait s'il voulait s'interroger là-dessus, mais il aurait probablement dû le faire.

Cloister savait à quel point il était facile de se convaincre qu'une bribe d'affection signifiait quelque chose de plus, que l'on pouvait s'y projeter comme un gamin avec cinquante dollars en poche et deux mois avant de pouvoir s'enrôler, convaincu que le café et les hot-dogs de la station-service étaient un régime équilibré. Les gens prenaient ce qu'ils pouvaient obtenir et se convainquaient que c'était tout ce qu'ils voulaient. Il valait mieux savoir où on se situait.

Mais ce n'était ni le moment ni le lieu pour cette conversation. Le médecin présent n'avait pas besoin de connaître leurs histoires et la fille mourante culpabilisait Cloister, il se sentait égoïste de s'inquiéter pour lui-même. Alors il laissa les mots retourner au fond de son esprit et attendit que Javi dise quelque chose.

Après une seconde, Javi rangea son téléphone dans la poche de sa veste et s'éloigna de la fenêtre.

— J'avais besoin de parler d'un autre cas avec le docteur Galloway, déclara-t-il avec un signe de tête vers le lit. Puisqu'elle était ici, je pensais donner suite au cas de mademoiselle Morrow. Le lieutenant Frome ne pense pas que cela a un rapport avec les cartels, mais je veux en être sûr. S'ils ciblent la police locale, il s'agit d'une escalade à prendre en compte.

Il était toujours difficile de déchiffrer Javi. Ses pensées étaient discrètement dissimulées derrière ce beau visage sévère. Il aimait avoir le contrôle, même au lit… même avec Cloister. Pourtant, il ne semblait pas que des non-dits étaient coincés dans sa poitrine. Peut-être qu'ils ne l'étaient pas. Il pourrait simplement se concentrer sur ce qui est arrivé à Janet et ne pas être distrait par quoi que ce soit d'autre. Cloister déplaça son poids et gratta la peau du poignet qu'il pouvait atteindre sous son plâtre.

— Pour autant que Tancredi le sache, Janet n'est pas d'ici, dit-il en remettant ses réflexions personnelles à plus tard.

Une fois qu'il l'eut fait, les mots virent plus facilement tandis qu'il suivait l'exemple de Javi. La plupart du temps, ils ne travaillaient pas bien ensemble – Cloister avait toujours un rapport disciplinaire dans son dossier, datant du jour où il avait essayé de plaquer Javi contre un mur –, mais parfois la façon dont ils s'affrontaient fonctionnait.

— Elle est arrivée de New York par avion il y a quelques jours.

— Pourquoi ? questionna Javi.

Cloister haussa les épaules.

— Aucune idée. Nous n'avons toujours pas retrouvé son plus proche parent et la seule personne à contacter qu'elle a indiquée est injoignable pour le week-end. Nous avons son nom, mais à part ça, elle pourrait tout aussi bien être un fantôme.

Le rideau fut écarté du lit et Galloway apparut. Elle ôta ses gants en latex, les enroula et les jeta dans le bac en plastique situé dans un coin de la pièce. Elle réussit son tir et détailla ensuite Cloister d'un regard critique.

— Qu'est-ce qui vous est arrivé ?

— J'ai été renversé par une voiture.

— Bien, commenta Galloway.

Elle releva ses lunettes sur son front, ses cheveux blonds s'emmêlant autour des branches, elle frotta les marques laissées sur son nez.

— Ne me dites rien dans ce cas, termina-t-elle.

Cloister allait s'expliquer, mais décida que cela importait peu puisque Galloway se retournait vers le lit. Elle rabaissa le drap froissé sur les jambes maigres et meurtries de Janet.

— J'ai toujours des privilèges ici. C'est logique de les entretenir, mais cela fait longtemps que je n'ai pas eu à interroger une personne encore chaude, déclara-t-elle en lissant le drap. Ou qui se soucie que quelqu'un les voit nus. C'est déconcertant.

Elle commença à emballer et étiqueter les échantillons qu'elle avait disposés sur la table à côté du lit. Elle s'activait prestement de ses doigts agiles, tout en parlant, en mode pilote automatique pour cette partie de son travail.

— Je vais devoir envoyer les échantillons au laboratoire avant de pouvoir vous dire quoi que ce soit avec précision. Et évidemment, mon examen physique était considérablement moins approfondi que d'habitude. Une victime vivante peut vous expliquer ce qui s'est passé, une victime décédée peut me raconter ce qui lui est arrivé, mais cela nous laisse tous dans le noir.

— Entendu, accorda Javi. Y a-t-il autre chose que vous pouvez me dire ?

Elle ramassa les échantillons ensachés et les rassembla pour les ranger dans une glacière. La fille sur le lit paraissait encore plus petite dans les draps blancs que sur l'asphalte humide. En plus de ses cheveux, disciplinés par une lourde tresse sur une épaule, Janet ne ressemblait pas beaucoup à la fille sur son permis de conduire. Son visage était meurtri et enflé, ses yeux enfoncés dans leurs orbites et ses deux bras étaient plâtrés. Une série de machines cliquetait en surveillant son état.

— Comment va-t-elle ? demanda-t-il.

Galloway leur jeta un coup d'œil, passant de lui à Javi et haussa les sourcils. Cela bouscula ses lunettes de leur équilibre sur son front et elles retombèrent sur son nez.

— Il n'y a pas grand-chose à dire, déclara-t-elle. L'état de mademoiselle Morrow est précaire, les prochains jours diront si elle récupère, décline, ou tout simplement… persévère. Mon examen et les radiographies prises au cours de l'admission suggèrent que ses blessures résultent d'une agression plutôt que d'une mésaventure ou d'un délit de fuite. Bien que, à ce stade, ce ne soit que mon opinion éclairée.

Elle s'interrompit pour adresser un bref regard désapprobateur à Cloister, puis récupéra son téléphone pour parcourir ses notes.

— Ses deux avant-bras sont fracturés, vraisemblablement suite à une chute.

Elle leva un bras et désigna un point contre sa manche avec son autre doigt.

— Une fracture de Pouteau-Colles à la main gauche, des fractures de la tête du radius aux deux bras et de la clavicule gauche.

Elle se tapota le poignet, le coude et la clavicule.

— Cependant, il y a aussi des fractures en spirale sur son humérus et son cubitus, respectivement aux bras droit et gauche.

Elle pétrit la chair du haut de son bras, puis en frappa le dessous.

48

— En l'absence de machines ou de sports extrêmes, la cause la plus probable est que quelqu'un lui ait tordu les bras lors d'une dispute ou d'une altercation.

Cloister jeta un coup d'œil au lit. Même avec ses bras enserrés dans des plâtres, ils avaient l'air aussi maigres que ceux de Bourneville quand elle était mouillée, rien que de la peau et des os. Il n'avait pas dû être difficile de les casser.

— Les fractures en spirale sont-elles arrivées avant ou après les autres fractures ? interrogea-t-il.

Galloway leva ses deux index pour s'assurer qu'elle avait leur attention. Ses ongles étaient coupés ras, la peau à vif autour, et des traces de poudre s'accrochaient au bout de ses phalanges.

— Il est difficile d'en être sûr sans pouvoir regarder directement au niveau des attaches musculaires, mais d'après le gonflement et les signes de traumatisme osseux supplémentaire aux ruptures de spirale, je dirais avant.

Javi plissa les yeux.

— Alors quelqu'un s'est battu avec elle avec suffisamment de force pour lui briser les deux bras, puis l'a poursuivie sur la route, où elle est tombée et s'est blessée davantage en essayant de retenir sa chute ?

Il leva les deux bras, les mains prêtes à l'impact, pour faire une démonstration. Quand Galloway acquiesça, il tourna son attention vers le lit et fronça les sourcils.

— Alors comment a-t-elle été blessée à l'arrière du crâne ?

Un mince sourire d'approbation releva la bouche de Galloway.

— Exactement, commenta-t-elle. Je ne vois absolument pas comment la blessure à l'arrière du crâne de mademoiselle Morrow, une fois que vous avez pris en compte ses autres blessures, peut correspondre à un accident. Il y a deux points d'impact... ici et ici.

Elle se tourna et passa ses doigts dans ses cheveux pâles à la base de son crâne et légèrement sur le côté. Puis elle pivota vers le lit et fit un geste vers le visage de Janet, son doigt à quelques centimètres de la peau.

— Il y a aussi de nettes meurtrissures sur les pommettes de la patiente et derrière ses oreilles, où quelqu'un lui aurait agrippé la tête avant qu'elle ne touche le sol. Du moins, c'est ma théorie. Je serai en mesure de vous en dire plus une fois que je recevrai ces échantillons. Pas beaucoup plus, cependant.

— Qu'en est-il du kit de viol ? interrogea Javi.

Galloway hésita. Elle jeta un rapide coup d'œil à la fille dans le lit, grimaçant, puis leur fit signe de sortir. C'était la première fois que Cloister voyait Galloway se comporter avec sensiblerie, et certains des corps sur lesquels elle avait travaillé lui avaient retourné l'estomac. Ils la suivirent dans le couloir, Javi ferma la porte derrière eux.

— A-t-elle été violée ? répéta-t-il.

— Non, déclara Galloway. Désolée, cela semble stupide, mais il est évident que certains patients dans le coma sont conscients de ce qui se passe autour d'eux. J'en doute dans le cas de mademoiselle Morrow, mais… elle a déjà eu un week-end assez horrible.

— Que voulez-vous dire ? demanda Cloister. Je doute qu'elle soit déçue d'apprendre qu'elle n'a pas été agressée.

— Elle le serait probablement d'entendre parler de l'état de son corps, dit-elle. Il n'y a aucune preuve de viol, mais il existe des preuves significatives d'une intervention chirurgicale étendue dans cette partie de son corps. D'après mon examen, je soupçonne que mademoiselle Morrow a subi une opération de changement de sexe. Je ne sais pas si cela a un rapport avec l'agression, mais cela pourrait expliquer pourquoi il est si difficile de contacter sa famille. J'ai récupéré des échantillons de sang et ses empreintes digitales, donc je pourrai les analyser une fois de retour au laboratoire. Voir si elle figure dans la base de données.

— Faites-le, pria Javi. Et dites-moi si quelque chose en ressort.

Galloway renifla en réaction, avant d'ajouter :

— Vous m'en devez encore une de la dernière fois, agent Merlo, mais je vous tiendrai au courant, au moins jusqu'à ce que l'on me dise de ne pas le faire. Monsieur Witte, vous devriez rentrer chez vous et vous reposer. Nous n'avons pas besoin de vous pour trouver quelqu'un aujourd'hui.

Elle les salua d'un mouvement de tête et disparut dans le couloir.

— Le docteur Galloway a raison, déclara Javi.

Il posa sa main sur l'épaule de Cloister.

— Tu l'as trouvée. Elle est en sécurité. Tu n'as peut-être pas besoin de te charger de ce cas.

Cloister haussa les épaules sous le poids de la main de Javi.

— Sauf qu'elle est toujours perdue, n'est-ce pas ? Nous savons où elle se trouve, mais aucune des personnes pour qui cela importe ne le sait. Si tu le lui demandais, penses-tu qu'elle aurait l'impression que nous l'avons ramenée chez elle ?

Javi resserra sa main sur l'épaule de Cloister en répondant :

— Si tu lui posais la question, peut-être que chez elle ne serait pas l'endroit où elle voudrait être.

Il ne le comprit pas. Javi avait une famille. D'après le peu qu'il lui avait raconté, elle n'était pas parfaite – un peu exigeante, un peu froide –, néanmoins, c'était suffisant pour ses besoins. Sa maison était là où il se rendait pour Noël, là où il s'évadait avec soulagement pour le Nouvel An. Quand vous n'aviez pas grandi avec ça… vous continuiez de désirer votre chez-vous, mais vous le trouviez par vous-même.

— Quoi qu'il en soit, je ne pense pas que cette chambre soit l'endroit où elle voudrait être, affirma-t-il.

VII

L'ÉQUIPE DE nettoyage des scènes de crime était déjà à Delacourt quand il arriva. Les deux hommes avaient la moitié supérieure de leur combinaison nouée autour de leur taille et une lavette sale en main. Le plus âgé des deux se rembrunit en apercevant Javi avancer sa voiture jusqu'au ruban de police qui condamnait la route. Il passa sa serpillière à son compagnon et se pencha pour attraper un bloc-notes dans la fourgonnette pendant que Javi sortait de la voiture.

— La route est fermée. Ordre du shérif, dit-il en se baissant sous le ruban jaune et noir affaissé.

Il plaça le bloc dans les mains de Javi et, par habitude, ce dernier le vérifia. La signature de Frome était juste en bas. Le lieutenant faisait de son mieux pour éviter ce cas. Le nettoyeur croisa les bras et se balança sur les talons de ses bottes à bout d'acier pendant qu'il attendait que Javi lise l'autorisation.

— Si vous avez besoin de pénétrer dans l'un de ces bâtiments, vous devrez attendre la fin du nettoyage. Cela ne devrait pas durer plus d'une heure.

— En fait, j'ai besoin d'accéder à la scène, déclara Javi. Avant que vous...

Javi s'arrêta au milieu de sa phrase lorsque la voiture de Cloister, couverte de poussière du rétroviseur aux pneus, s'engagea sur la route et s'approcha. Apparemment, quand il avait dit à Cloister de « rentrer chez lui et de se reposer », Cloister avait entendu « suis-moi sur les lieux du crime ». Ou alors, puisque Javi n'avait pas vu la voiture dans son rétroviseur, Cloister avait simplement décidé de s'y rendre de lui-même.

L'irritation due au fait d'être ignoré allait et venait. Il était inutile de prétendre qu'il s'attendait à ce que Cloister fasse le bon choix lorsqu'il pourrait faire quelque chose de stupide et d'altruiste. En plus, il était content de le voir.

Cette pensée fulgurante et sans compromis resta une seconde dans sa tête, jusqu'à ce qu'il trouve un moyen pour l'adoucir. Cloister était bon avec les gens, et il connaissait visiblement l'équipe de nettoyage. L'air obstiné sur le visage fermé du nettoyeur s'éclaira d'un sourire en coin quand il vit Cloister sortir de sa voiture.

— Adjoint Witte, lança le nettoyeur en frappant lentement ses mains gantées. Vous avez une sale tête.

Le nettoyeur se tapa la cuisse en ricanant. Cloister leva les yeux au ciel et tint la portière ouverte pour que Bourneville puisse le suivre.

— C'est la première fois que je l'entends aujourd'hui, commenta-t-il, pince-sans-rire, en se dirigeant vers eux. Hewitt, pouvez-vous nous accorder dix minutes sur la scène ?

Hewitt se gratta le bout du nez et parut hésiter.

— Pourquoi ? La scientifique a déjà examiné, étiqueté et mis en sac toutes les conneries qu'ils ont trouvées. Nous ne serions pas venus si le département du shérif n'en avait pas terminé avec cet endroit.

Javi lui rendit le bloc-notes et lui présenta son badge.

— Cinq minutes. Je veux juste que l'adjoint Witte me raconte ce qui s'est passé la nuit dernière.

On aurait presque pu entendre Hewitt assembler les morceaux. Ses yeux passèrent de l'or brillant de l'insigne de Javi, au poignet de Cloister, puis sur l'ordre de travail entre ses mains. Les détails étaient minces – les équipes de nettoyage ne faisaient pas partie du département du shérif –, mais ils contenaient les détails basiques du délit de fuite qu'on les avait envoyés nettoyer. Il n'était pas difficile pour Hewitt d'additionner deux et deux.

— Oh, d'accord, s'exclama-t-il, tandis que son visage se plissait de confusion. Pardon. Je ne savais pas que c'était vous, Witte. Donnez-moi une minute pour verrouiller la fourgonnette et nous vous laisserons le champ libre un moment.

Hewitt se détourna pour partir, hésita et se retourna.

— Content que vous alliez bien. Je vous jure, certaines personnes ne devraient pas avoir le droit de conduire, hein ?

Il n'attendit pas qu'ils manifestent leur accord. Pendant qu'il récupérait son collègue et traînait les grandes bouteilles de produits chimiques dans le fourgon, Javi jeta un coup d'œil à la rue. Il n'avait jamais eu de raisons de venir ici auparavant. D'après ce qu'il voyait, peu de gens en avaient. Comme il y avait des voitures garées dans la rue, il supposait donc que certains des bâtiments continuaient à être utilisés, mais pas au sens fonctionnel du terme : les devantures de magasins étaient fermées, les fenêtres cassées et les portes remplacées par des plaques de contreplaqué et sécurisées par de lourds cadenas résistants. Les murs étaient couverts de graffitis qui ne prétendaient même pas être artistiques. Il s'agissait simplement de grossièretés peintes qui proclamaient « salope » ou « bite » en lettres noires maladroites.

— Quelles affaires pouvaient amener Janet Morrow ici ? demanda-t-il.

— Tancredi pense qu'elle essayait de prendre un raccourci, de retourner à la station-service sur la route principale où elle était supposée rencontrer le type du service de dépannage, et qu'elle s'est juste perdue, expliqua Cloister. Et toi ?

Javi fronça les sourcils alors qu'il cartographiait la zone dans sa tête. Il y avait des zones blanches dans sa navigation mentale, des secteurs qu'il n'avait jamais traversés ou cartographiés avec Google, pourtant cela semblait représenter une sacrée errance. Il pleuvait et il faisait noir, mais quand même…

— Une fille intelligente de New York marchant dans ce quartier ? Elle serait retournée à sa voiture et aurait rappelé le service de dépannage, elle n'aurait pas continué.

— Je voulais dire toi, qu'est-ce qui t'amène ici ? demanda Cloister.

Il s'appuya contre le capot de la voiture de Javi, ses longues jambes allongées devant lui et ses vieilles bottes usées plantées dans le sol. Bourneville était assise à côté de lui, observant les nettoyeurs bouger comme des lapins. Elle grommela très bas dans sa poitrine, pas tout à fait un grognement, jusqu'à ce que Cloister la flatte.

— Frome veut balayer l'affaire sous le tapis, alors il ne souhaite vraiment pas de ton aide. Et je te l'ai déjà dit, j'étais un dommage collatéral, pas la cible. Ce n'est pas un cas fédéral.

— Et tu es censé être en congé maladie.

Cloister eut un sourire en coin et croisa les bras. Il cogna l'asphalte d'un coup de talon.

— Nous savons tous les deux que je ne pouvais pas laisser passer ça. À l'heure actuelle, Janet n'a personne qui veille sur elle et je ne peux pas résister à un laissé-pour-compte. Quelle est ton excuse ?

Il aurait été plus difficile de répondre à cette question avant l'hôpital. Il aurait dû laisser l'enquête au département du shérif. Les délits de fuite n'étaient pas les affaires du FBI, et il ne voulait pas que Cloister soit la sienne. Mais le docteur Galloway lui avait donné une autre raison de s'en occuper, une raison qui rendait les choses simples.

— Je n'en ai pas besoin, répondit-il à Cloister, alors qu'Hewitt revenait vers eux. Au cas où tu aurais oublié le jour où cela a été mentionné à l'école de police, les crimes de haine relèvent de la compétence du gouvernement fédéral.

L'expression sinistre sur le visage de Cloister trahissait qu'il pensait la même chose de l'agression de Janet.

— Pauvre gamine, commenta-t-il en s'écartant du véhicule.

Hewitt retint le ruban pour que son collègue muet, un gamin maigre au regard fuyant, passe devant lui. Puis il se glissa en dessous.

— C'est tout à vous, annonça-t-il à Javi. Nous resterons hors de votre chemin. Juste, euh… ne prenez pas trop de temps ? Le patron est un vrai accro du chronométrage.

— Nous ferons de notre mieux, assura Javi.

Hewitt hocha la tête et adressa à Cloister un bref sourire sournois.

— Vu votre état, je parie que je pourrais vous battre.

Il singea un coup de poing à la mâchoire de Cloister, puis bondit en arrière dans un cri lorsque Bourneville se releva dans un grondement féroce. Elle se tenait devant Cloister, les jambes raides, les poils hérissés comme un Mohawk, aboyant furieusement alors qu'Hewitt trébuchait pour s'éloigner d'elle.

— Merde ! Seigneur ! Rappelez-la, Witte.

Javi fit un pas en arrière à cause du bruit. Un frisson atavique face à tout ce qui avait autant de dents blanches et acérées. Il ne fit rien d'autre. Bourneville lui demeurait la plupart du temps aussi opaque que n'importe quel autre animal sauvage. Il n'avait pas grandi avec des chiens – ses parents avaient même renvoyé le cochon d'Inde de la classe lorsque sa sœur l'avait ramené à la maison un été –, mais sa laisse pendait mollement dans la main de Cloister. Cela suggérait qu'elle n'était pas sur le point de manger Hewitt.

Cloister renifla.

— Elle ne vous a même pas touché.

Il pinça les lèvres, sifflant brièvement. La note courte et aiguë incita Bourneville à baisser les oreilles vers lui.

— Bon. Ça suffit. Silence. Bonne fille.

Elle se tut avec un grognement et rejoignit Cloister, mais son attention resta concentrée sur Hewitt qui, se ressaisissant, se débarrassa de sa combinaison de travail.

— Ce n'était pas nécessaire, marmonna Hewitt en s'adressant à son collègue. Putain de chien cinglé.

— Idiot, murmura Cloister entre ses dents.

Il donna un coup de genou à Bourneville quand elle grogna de nouveau.

— Et toi, sois sage.

Bourneville indiqua son ressentiment dans un soupir, puis se secoua pour replacer son poil.

— Est-ce qu'elle va bien ? interrogea Javi.

— Ouais.

Cloister étudia Bourneville pendant une seconde.

— Je n'aime pas que mes chiens soient aussi protecteurs, mais elle n'a pas dépassé les bornes. Hewitt aurait dû avoir plus de jugeote que d'essayer ça.

— Tout le monde ne passe pas autant de temps avec des chiens que toi.

Javi passa sous le ruban. Sa voix diminua lorsqu'il ajouta :

— En fait, personne ne passe autant de temps avec des chiens que toi.

— Sans doute, mais la plupart des gens ne sont pas d'anciens flics, déclara Cloister en rattrapant Javi. Hewitt était un adjoint. Il a déjà travaillé avec des K-9. Il s'en vantait auprès de moi chaque fois qu'il se déplaçait pour nettoyer une scène de crime où je me trouvais. C'était stupide.

Javi se retourna pour vérifier où Hewitt et son ami maigrelet se trouvaient. Tous deux étaient assis sur le trottoir, se partageant une cigarette. La fumée s'échappait de leurs doigts quand ils se la passaient.

— Eh bien, il nettoie les routes et ne s'occupe pas des tests de Galloway pour elle, dit-il. Peut-être que sa stupidité explique le pourquoi.

Cloister haussa les épaules et laissa tomber.

— Je l'ai trouvée là-bas, indiqua-t-il, pointant le milieu de la route. Sur le dos. Elle était déjà inconsciente.

Javi s'approcha et s'accroupit. L'odeur chlorée d'une piscine publique le frappa lorsqu'il inspira. Les nettoyeurs avaient déjà commencé ici et la plus grande partie du sang avait disparu, mais il y avait quelques cheveux rouge vif accrochés à l'asphalte.

— « Raconte-moi » ne signifie pas dire une seule chose et s'arrêter, indiqua Javi. De quel côté était-elle allongée ?

— Ses pieds par là, expliqua Cloister derrière lui. On aurait dit que quelqu'un avait essayé de la déshabiller. C'est pourquoi j'ai été surpris lorsque Galloway a déclaré qu'elle n'avait pas été violée. Nous avions perdu sa piste sous la pluie, mais nous l'avons ensuite entendue crier. Si j'avais pu arriver un peu plus vite, peut-être que…

C'était *nous* pour tout, sauf pour le blâme. Non pas que Javi l'aurait moins respecté s'il avait prétendu que c'était la faute du chien, mais cela ne l'empêcha pas de le noter.

— Alors, s'il n'a pas été interrompu, pourquoi a-t-il fait le travail à moitié avant d'aller chercher la voiture ?

Cloister s'avança, ses lourdes bottes avec du sable dans la couture et ses longues jambes couvertes de denim usé passant à la périphérie de la vision de Javi. Bourneville le suivit, fermement attachée à la zone où, dans sa tête, elle situait le *talon*.

— Janet avait l'air morte, déclara-t-il en s'arrêtant près du trottoir. Je pense que celui qui l'a attaquée pensait qu'il l'avait tuée et était allé chercher la voiture pour déplacer le corps.

— Si c'est vrai, il devait avoir une bonne raison, commenta Javi.

Il se releva en poussant sur ses doigts et épousseta soigneusement ses mains.

— Il lui aurait fallu revenir sur les lieux, contaminer sa voiture, risquer d'être arrêté ou d'être vu à un autre endroit. Si c'était un crime au hasard, il n'y avait aucune raison de prendre ce risque.

— Un psycho ? suggéra Cloister.

Il s'était arrêté au bord du trottoir, fronçant les sourcils sur quelque chose au sol. Bourneville alla jusqu'au bout de sa longue laisse en reniflant les fissures dans le trottoir et les mauvaises herbes qui poussaient entre les feuilles sales devant les bâtiments délabrés.

— Peut-être. Certains tueurs en série sélectionnent leurs victimes d'une manière qui semble aléatoire. Les éléments rituels compulsifs n'entrent en jeu que plus tard, admit Javi à contrecœur. Cela les rend plus difficiles à pourchasser.

Il avait suivi les cours de psychologie déviante et d'analyse comportementale à l'académie du FBI, mais il n'était pas l'un des profileurs souhaitant devenir célèbres qui rêvaient accéder rapidement à l'Unité d'Analyse Comportementale. Cela avait l'air bien à la télévision – des chasseurs de tueurs en série – et c'était une mission prestigieuse, mais cela conduisait à un burnout aussi souvent qu'à une promotion. Il semblait que les cas de l'Unité d'Analyse Comportementale étaient constitués de preuves dispersées, de motivations opaques, à moins que vous ne connaissiez trois choses spécifiques qui s'étaient produites sur une période de vingt ans, et même lorsque vous les aviez regroupés, ce n'était jamais propre. Il y avait toujours des dommages collatéraux.

Alors, il avait préféré ne pas prendre ce parcours tordu. Quoi qu'il en soit, il ne voulait pas que Frome ait d'autres raisons de vouloir enterrer l'affaire. Un homicide non résolu paraissait mauvais, mais plusieurs homicides seraient pire.

— Nous ne pouvons pas l'exclure, déclara Javi à contrecœur en avançant pour rejoindre Cloister. Cela dit, je ne pense pas que ce soit le cas. Si c'était un tueur en série, à moins que ce ne soit son premier meurtre, je ne vois pas pourquoi il serait parti après t'avoir renversé avec la voiture. Même si tu ne correspondais pas à ce qu'il voulait...

Une partie, tout à fait inappropriée, du cerveau de Javi en profita pour lui rappeler à quel point c'était improbable, à l'aide d'un diaporama mémorisé des abdominaux tendus de Cloister, de la courbe pleine de ses fesses mouchetées de taches de rousseur et de la lourde raideur de son sexe dans sa main. Il l'ignora en continuant :

— Il aurait pu prendre Janet pendant que tu étais hors jeu.

— Donc, si ce n'était pas un tueur en série et si ce n'était pas une attaque au hasard, récapitula Cloister, c'est une personne qu'elle connaissait d'une manière ou d'une autre ?

— C'est généralement le cas.

Ils le savaient tous les deux, supposait Javi. Ce n'était pas que Cloister ait parlé de son frère disparu un jour – seulement, il ne s'en souvenait pas et ne dormait pas –, mais bon, Javi ne lui avait pas parlé de la salle des urgences ensanglantée ou de la raison pour laquelle il avait quitté Phoenix. Et il n'avait aucune intention de le faire, alors il supposait qu'il n'avait pas le droit d'insister. Il n'avait même pas le droit de le vouloir.

Ennuyé, Javi ramena son esprit aux choses sur lesquelles il pouvait insister pour obtenir des réponses.

— Qu'en est-il de la voiture...

— C'était un pick-up, corrigea Cloister.

Javi s'arrêta pour lui lancer un regard exaspéré. Pour un homme qui semblait généralement n'avoir aucun ego, Cloister choisissait de temps en temps des choses étranges sur lesquelles être pointilleux. Le fait qu'il ait été frappé par un pick-up au lieu d'une Prius en faisait partie.

— Te rappelles-tu quelque chose à son sujet ? questionna Javi. Sa couleur, sa plaque, des autocollants ou des bosses ?

Cloister se frotta distraitement le front en y réfléchissant, prenant soin d'éviter la large bande pourpre recousue sur son sourcil.

— C'était un pick-up, il faisait noir...

Cloister s'efforça de se souvenir de quoi que ce soit d'autre. Finalement, il secoua la tête et haussa les épaules.

— Je crois que j'ai arraché le rétroviseur quand j'ai rebondi dessus, peut-être, mais rien d'autre ne me vient.

— Je peux parler au bureau principal de L.A., proposa Javi. Ils ont un profileur là-bas. Il pourrait se déplacer et avoir un entretien cognitif avec toi. Ça pourrait…

Cloister secoua la tête.

— Non.

— Cela peut t'aider à te rappeler des détails que tu ne réalises pas avoir remarqués à ce moment-là. J'ai fait…

— J'ai dit non.

Javi avait déjà entendu le caractère définitif dans la voix de Cloister, chaque fois qu'il atteignait la ligne où sa nature accommodante cédait. C'était rare, cependant Cloister avait été poussé assez loin une paire de fois pour camper sur ses positions. Parfois, il s'agissait de la chienne, mais le plus souvent de Frome, ou parfois d'un de ses collègues qui pensait que seul l'adjoint ouvertement gay du poste accepterait leurs plaisanteries.

C'était la première fois que Cloister l'adressait à Javi. Cela aurait dû le faire chier. Javi aimait avoir le contrôle. Il aimait la souplesse et l'étalement obéissant de son corps magnifique sous lui. Cela l'irritait au niveau professionnel : il lui tendait la main, Cloister pouvait au moins le rencontrer à mi-chemin. Mais quelque chose à propos de ce ferme refus, de la ligne tendue et renforcée, poussait la sombre part brûlante de l'esprit de Javi à s'étirer et à gronder comme un chat. Cela demeurait inapproprié. Après une pause qui n'était qu'à moitié pour calculer ses options, il accorda :

— Bien.

Il pourrait revenir sur l'idée de l'entretien cognitif plus tard, une fois qu'il aurait déterminé si Cloister devait se sentir moins ou plus coupable pour donner son accord.

— Et au sujet d'autres témoins ? Frome a-t-il envoyé quelqu'un pour faire le tour du secteur ?

Cloister lui jeta un regard suspicieux. Puis il haussa les épaules et désigna de la main la rangée des bâtiments minables.

— Il y a une laverie au coin de la rue. Le propriétaire était dans le bureau en train de dormir avec une bouteille de whisky. Il n'a rien entendu, rien vu, il ne le dirait probablement pas si c'était le cas, débita-t-il. L'un des appartements abrite encore des locataires – pas d'eau, pas d'électricité, et une famille de huit personnes –, ils ont entendu quelque chose. Cependant, ils n'ont pas cherché à aller voir avant que l'ambulance ne soit arrivée ici. Apparemment, ils entendent beaucoup de bruits ici la nuit.

Hormis le fait qu'elle n'ait pas réussi à tuer Janet, la personne qui l'avait attaquée avait eu soit un très bon plan soit beaucoup de chance.

Cloister indiqua le passage souterrain qui parvenait à paraître humide et peu accueillant, même dans la lumière de l'après-midi.

— Si quelqu'un a vu quelque chose, ce serait les sans-abris qui affrontaient l'orage pour se rendre là-bas, déclara-t-il. C'étaient donc des gens de passage qui se mettaient à l'abri et, après l'arrivée des ambulances et des voitures de police la nuit dernière, ils se sont dispersés. Ce ne sera pas facile de les retrouver.

Bien sûr que non. Javi grimaça en regardant l'étendue stérile de commerces abandonnés aux alentours. De l'autre côté de la rue, dans la galerie, un mannequin nu, les mamelons et les parties génitales peints en rose vif, le fixaient de son unique œil rescapé. À première vue, c'était probablement son meilleur témoin et il était muselé par le plastique fondu du reste de son visage.

— Qu'est-ce que tu pensais trouver ici ? demanda Javi en se retournant vers Cloister. Pourquoi te donner cette peine ?

Cela ressemblait à de la moquerie, mais Javi voulait vraiment savoir. Cloister pouvait « s'occuper des chiens, pas des enquêtes » ainsi qu'il le prétendait, mais pour certaines choses, il avait soit un bon instinct, soit simplement trop d'histoires tristes stockées dans son crâne. Javi préférerait une belle expertise judiciaire, toutefois, il prendrait ce qu'il pourrait obtenir.

Après une seconde, Cloister haussa les épaules et admit :

— Toi. Je pensais que nous pourrions… je ne sais pas. Je ne m'attendais pas au poulailler.

À ce rappel, Javi jeta un œil aux nettoyeurs. Ils avaient fini la cigarette et épuisé leur tolérance au retard. Hewitt et son partenaire se tenaient avec impatience devant la ligne de ruban en vérifiant leur téléphone.

— Ce n'est pas le meilleur moment, reconnut Javi.

— Je pourrais venir chez toi ce soir ? proposa Cloister.

Le coin de sa bouche s'étira en un sourire qui disparut de nouveau.

— Ils ont laissé cet endroit qui fait du poulet frit rouvrir.

— Ça a l'air délicieux, admit Javi, pince-sans-rire.

Ses lèvres donnaient l'impression d'être salées et ses testicules lui firent mal, comme si l'homme qui avait été renversé par une voiture allait vouloir faire autre chose que discuter. Mais il avait six heures de travail ce soir et deux vidéoconférences prévues avec la police de Mexico et l'agent spécial de supervision à Los Angeles demain. Il aurait de la chance s'il quittait le bureau avant minuit, l'un ou l'autre jour, et après s'être entretenu avec Kincaid, il serait de mauvaise humeur.

Et... s'ils parlaient, alors il essayerait de convaincre Cloister.

— Mais pas ce soir. Peut-être une autre fois ?

— Bien sûr, accepta Cloister. Écoute, je devrais y aller. Je dois réserver un horaire sur le terrain d'entraînement pour Bon, si nous devons rester à l'écart pendant un moment. Fais-moi savoir si tu apprends quelque chose à propos de Janet.

— Ou l'homme qui a essayé de te tuer avec une voiture ? suggéra Javi.

Cloister eut l'air amusé.

— Ou lui, confirma-t-il.

Il siffla Bourneville pour l'éloigner du mur et se dirigea vers sa voiture. Le long paresseux déhanché du cow-boy qui attirait toujours l'attention de Javi fut gâché par le soupçon de boiterie. Javi baissa les yeux sur le trottoir où Cloister s'était tenu.

Il y avait encore du sang sur le trottoir. La majorité avait été emportée par la pluie, mais les préposés au nettoyage ne s'y étaient pas encore attaqués et les ambulanciers l'avaient étalé en marchant sur le bitume. Il s'était infiltré dans les fissures. La majorité appartenait probablement à la fille, se rappela Javi. C'était elle qui était presque morte. Cloister était déjà debout et causait des difficultés.

Pas tout, cependant. Javi fixa la tache pendant une seconde, sa mâchoire raide et son esprit soigneusement vide. Puis il s'obligea à faire un pas en arrière.

Cloister s'était déjà éloigné quand Javi se retourna. Il quittait les lieux avec Bourneville sur le siège avant, à côté de lui, tandis que Javi rejoignait sa voiture.

— C'est tout à vous, déclara-t-il à Hewitt en retirant le ruban de son point d'ancrage au lieu de le soulever. Je vous laisse retourner travailler.

Le soulagement envahit le visage d'Hewitt, il poussa son jeune collègue vers le fourgon.

— Merci, répondit Hewitt en lâchant un rire nerveux. Vous n'avez aucune idée de l'humeur du patron quand il s'agit de faire le travail rapidement. Le gars n'a pas froid aux yeux.

— Bien, déclara Javi. Je ne pense pas que le froid soit ce que vous voulez chez un homme qui nettoie des scènes de meurtre pour vous.

Il monta dans la voiture, mais Hewitt saisit la portière avant qu'il ne puisse la refermer, ses doigts gantés se refermant autour du cadre.

— L'adjoint Witte, est-ce qu'il va bien ?

— Il a été renversé par une voiture, rappela Javi. Mais l'hôpital ne semble pas inquiet. Pourquoi ?

Hewitt haussa les épaules.

— Je lui casse les pieds, mais c'est... eh bien, un gars bien. Pas assez bon pour être un flic, mais un bon gars. Je suis content qu'il aille bien.

Il lâcha la portière, Javi la claqua et s'éloigna. Il jeta un coup d'œil dans le rétroviseur lorsqu'il atteignit le bout de la route. Hewitt et l'autre homme avaient déjà aspergé le trottoir avec de l'eau de javel pour le débarrasser du sang.

Mais malgré tous vos efforts pour maintenir tout net, il y avait toujours des dommages collatéraux. Javi devait s'en souvenir.

VIII

Avoir un agent Latinx [4] en poste à Plenty présentait des avantages politiques. Personne ne le disait ouvertement, mais ce qui n'avait pas été exprimé de manière explicite l'indiquait clairement. C'était correct. Javi était un bon agent, cependant, en arrivant à Plenty, il avait eu besoin d'une occasion pour le prouver. À cheval donné, on ne regarde pas les dents, il n'avait donc pas été tenté de le faire.

Si quelqu'un parmi ses supérieurs estimait que ses homologues mexicains apprécieraient l'avancée, il n'avait pas rencontré l'inspecteur Damaso Yuen, du ministère de la Policía Federal. L'homme sombre et mince comme un fil éprouvait du ressentiment à devoir rendre des comptes au FBI pour les criminels de son pays, et il se moquait de savoir si l'agent était un Latino-Américain de la cinquième génération ou non.

Yuen grimaça au sujet de l'accord pour transmettre des informations sur Alfredo Infante – un chimiste travaillant des deux côtés de la frontière – s'il quittait Mexico. Puis il jeta un coup d'œil sur son bureau, parcourant des papiers invisibles.

— Et s'il y a d'autres attaques contre vos gens, dit froidement Yuen en levant les yeux, je m'attends à en être informé. Mes hommes et leurs familles sont déjà suffisamment en danger.

— Bien sûr, concéda Javi.

Il s'adossa à son fauteuil, tentant de décider si la portion de bureau qu'il pouvait voir derrière Yuen était plus belle que la sienne. Moins de vitre, des étagères en bois plus solides – il ignorait comment cela se traduirait en termes de qualité.

— Cependant, comme je le disais, continua-t-il. Je ne crois pas que cela soit lié à la fermeture des laboratoires de drogue.

Un mince sourire plissa le visage de Yuen durant un instant. Il manqua de chaleur.

---

4 Latinx est un terme neutre sans distinction de sexe, parfois utilisé à la place de latino ou latina.

— Ma mère pense que je rentrerai à la maison à temps pour le dîner, déclara Yuen. Je sais que j'en ai encore pour trois heures derrière mon bureau. Si le cartel est impliqué dans cette affaire, même de loin, c'est une information que j'ai besoin de connaître, Agent Merlo.

— Inspecteur Yuen.

L'écran devint noir alors que Yuen mettait fin à l'appel sans cérémonie. L'inspecteur n'était pas un homme qui perdait son temps en au revoir. Javi pouvait apprécier cela. Il repoussa sa chaise et se leva pour dénouer un peu son dos tout en se dirigeant vers la machine à café. Le reste de la cafetière remplit à peine le tiers de sa tasse. Javi grimaça, faisant tourner la lie de goudron, puis l'avala. C'était noir et amer, mais à cette heure de la journée, personne ne buvait du café pour son goût.

Il remua la tête de droite à gauche, ses vertèbres craquant, mais la tension dans ses épaules s'incrusta plus profondément. S'il n'avait pas goûté le whisky de Saul lors de l'affaire Hartley, il en aurait pris un verre. Il termina le café et fronça les sourcils devant le fond de la tasse tachée.

Il fut un temps où il aurait été nerveux parce qu'il voulait impressionner Kincaid, où il aurait tout fait pour l'impressionner.

L'ordinateur carillonna avec insistance, alors que l'écran affichait une demande d'acceptation d'un appel entrant.

Il était tôt. Bien sûr qu'il l'était. Javi posa la tasse, retournant au bureau. Il s'assit, redressa le col de sa chemise, expira et appuya sur la touche Entrée.

L'écran s'éclaira sur une fenêtre du bureau de L.A., avec Everett Kincaid centré au premier plan. Javi ressentit un éclair de ressentiment, tandis qu'il fixait ses cheveux gris-blond et son visage de faucon. Il lui renvoyait les yeux pâles et mi-clos de Kincaid.

L'affectation à Phoenix avait failli nuire à la carrière de Javi, mais Kincaid regrettait toujours de ne pas y avoir mis un terme. C'était plutôt clair. Javi pensait toujours que cela aurait dû mettre fin à celle de Kincaid.

— Agent spécial Merlo, le salua Kincaid.

Le bureau de Los Angeles continuait de s'agiter derrière lui, des agents et des analystes en mouvement de l'autre côté de la paroi en verre de la salle de réunion. Un rapide sourire plissa la bouche de Kincaid, puis disparut. Javi se tint prêt.

— J'ai cru comprendre que vous avez presque fait tuer un adjoint du shérif ? Allez, mon gars, ce n'est pas une coopération entre agences.

Le sourire désabusé, désarmant, revint. Cela ne rendait pas l'accusation moins blessante, mais il était difficile de lui rendre la pareille. Kincaid pouvait riposter avec affabilité. C'est pourquoi il enseignait les techniques d'interrogatoire à l'académie. Cela aurait dû être plus facile, puisque Javi connaissait tous ses tics et ses astuces, cependant ce n'était pas le cas.

— L'adjoint Witte, précisa Javi. Il est déjà sur pieds. C'était moins une expérience de mort imminente qu'une sieste imprévue. Cela n'a rien à voir avec son aide en…

Kincaid l'interrompit avec un « hein » en faisant la moue. Il se gratta la tête.

— Dans ce cas, Agent, pourquoi êtes-vous toujours impliqué ? Le lieutenant Frome dit qu'il ne vous a pas demandé d'aide. Sur cette affaire.

Il retint sa respiration, secoua la tête et continua :

— C'est une mauvaise position pour le Bureau. Pas génial pour vous non plus.

Il y avait un réel plaisir dans sa voix quand il le dit. Kincaid n'avait pas autant aimé baiser Javi que lui l'avait baisé en retour.

— Janet Morrow, la victime de l'agression qui, selon le lieutenant Frome, était un accident, est une transsexuelle, déclara Javi.

Il savait qu'il était plus avisé de ne pas jouer sur la théâtralité de la conversation. Kincaid avait l'avantage. Tout ce à quoi Javi était devenu bon, c'était dans son boulot.

— Les… positions… de la police locale et du FBI écartent-elles un possible crime de haine ? Qui aurait laissé un membre d'une minorité vulnérable dans le coma, comme pour une chute ? Ce serait pire.

À l'image, Kincaid cligna des yeux et pinça amèrement les lèvres, en encaissant l'information.

— Vous êtes sûr que c'est un crime de haine ? questionna-t-il.

— Je suis sûr que si nous n'enquêtons pas, tout le monde présumera que c'était le cas.

Kincaid grimaça et se laissa aller en arrière dans son fauteuil. Son genou apparut à l'écran lorsqu'il posa son pied sur sa cuisse, il tira sur un fil de la couture avec des doigts nerveux, tout en intégrant la nouvelle.

— Bien. Je vais clarifier les choses avec Frome, finit par consentir Kincaid, probablement après avoir pesé tout ce qui pourrait se retourner contre lui. Une autre affaire très médiatisée. Je pensais que le kidnappeur en série sur lequel vous avez trébuché serait la seule occasion que vous auriez durant cette décennie.

Il gloussa sans que son rire atteigne ses yeux, puis chercha un dossier.

— En fait, vous n'aurez plus à vous soucier de cela très longtemps, déclara-t-il. Nous avons enfin trouvé un agent supérieur de remplacement pour prendre la place de l'ASS Lee, donc tous ces gros dossiers ne seront bientôt plus uniquement sous votre responsabilité.

La déception se logea dans la gorge de Javi comme une pierre. Ce n'était pas une surprise. Il avait peut-être recouvré une partie de sa réputation professionnelle au cours des dernières années, mais pas assez de la personnelle pour être promu au rang d'Agent Spécial de Surveillance. Même s'il n'avait pas connu un brusque ralentissement à Phoenix, cela aurait eu peu de chance d'advenir à son âge. Pourtant, cela lui irrita la gorge tandis qu'il déglutissait.

— Savez-vous qui ? demanda-t-il.

Il savait déjà qu'il n'allait pas aimer la réponse. Kincaid n'aurait pas le sourire aux lèvres si c'était quelqu'un avec qui il s'entendait bien.

— En fait, nous le connaissons tous les deux, dit Kincaid comme s'il avait besoin de donner la réplique. Vous vous souvenez de l'ASS Tracy Joel ?

Javi cessa de respirer. *La gifle lui enflamma le visage d'une cinglante douleur alors qu'il inspirait profondément et goûtait ses propres larmes salées.* Même avec ses poumons pleins d'air, il avait toujours l'impression que quelqu'un lui avait coupé le souffle. *Des doigts pointus s'enfoncèrent dans son bras lorsque la femme en colère le traîna derrière elle pour qu'il contemple la pagaille sanglante. La voix de Tracy était méprisante au moment où elle lui crachait à l'oreille : « C'est de votre faute. Vous êtes responsable de ça. Vous n'êtes pas là pour pleurer. Maintenant, vous devez arranger ça ».* Il expira.

— Je me souviens de l'ASS Joel, dit-il calmement.

Peut-être que Javi ne pouvait pas rivaliser avec la mise en scène de Kincaid, mais il pourrait lui refuser la récompense qu'il désirait. L'expression impassible que Javi avait appris à composer grâce à sa mère – dont la désapprobation aveugle pouvait encore le bouleverser – mettait toujours Kincaid en colère. Il ne savait pas où frapper si vous ne lui laissiez pas quelque chose sur quoi rebondir.

— C'est un bon agent, même si je pensais qu'elle était toujours en congé maternité ?

Kincaid pencha la tête sur le côté avec un haussement d'épaules et jeta le dossier sur le bureau.

— Encore pour quelques semaines, reconnut-il. Elle a hâte de retravailler avec vous, Javier.

Cela déclencha une crispation dans son dos, il dut se battre pour que cela n'apparaisse pas sur son visage. Personne d'autre que Kincaid ne l'appelait Javier. Sa grand-mère l'avait surnommé Javi à l'époque où il était dans son berceau, elle n'était pas prête à ce que, même son petit-fils, porte le nom de son mari décédé, et tout le monde savait qu'il était plus facile de l'imiter. Kincaid avait aimé le faire rouler sur sa langue et Javi l'avait laissé faire. Le nom de son grand-père dans la bouche de ce connard.

Et comme pour tout ce que Kincaid faisait, il n'y avait aucun recours pour le rappeler à l'ordre.

— Ce sera bon de la revoir, déclara Javi.

Quelque chose avait dû transparaître sur son visage ou se glisser dans sa voix, car Kincaid prit un air suffisant en se prélassant en arrière. Il leva une main et se gratta la nuque.

— Je voulais juste vous annoncer la bonne nouvelle en personne, dit Kincaid. Y a-t-il autre chose de votre côté ? Si vous avez besoin de mon aide pour quoi que ce soit, jusqu'à ce que Tracy arrive, il vous suffit de demander.

Le *non* était juste sur le bout de sa langue, toutefois c'était ce que Kincaid attendait.

— En fait, je voudrais faire un entretien cognitif avec l'adjoint Witte, la semaine prochaine, répondit Javi. J'apprécierais que vous envoyiez l'un de nos analystes ici.

Il y eut une pause, puis Kincaid éclata de rire. Il admirait toujours quand quelqu'un le surprenait.

— Bien sûr. Je verrai quand nous en aurons un disponible et je vous le ferai savoir. Prenez soin de vous, Agent. Vous n'avez pas beaucoup d'amis là-bas. Si vous vous aliénez le lieutenant, cela ne se passera pas bien.

Après un échange de platitudes creuses, Kincaid raccrocha. Javi s'adossa à son fauteuil, fixant l'ordinateur. Il voulait le balayer hors du bureau. Il voulait prendre le vilain presse-papier en balles soudées qu'il avait hérité de Saul et le jeter à travers la vitre, mais il devrait ensuite s'expliquer et la facturer le lendemain.

Il ramassa le presse-papier, mais se contenta de le soupeser dans sa main. Saul avait prétendu – ou peut-être simplement menti – que chaque balle de la boule de cuivre lui avait été tirée dessus, et que l'une d'elles provenait du petit Smith & Wesson de sa femme. Tout cela pour ensuite s'en aller et mourir d'une crise cardiaque.

— J'aurais eu besoin de toi vivant, vieil homme, marmonna Javi. Juste une année de plus. Même si tu avais pris ta retraite, j'aurais pu compter sur quelqu'un avec qui parler de tout ça.

Tracy Joel. Elle le détestait et il ne pouvait pas lui en vouloir, mais c'était un problème pour un autre jour. Javi reposa la lourde boule en laiton sur le bureau et repoussa sa chaise.

Il ne restait peut-être plus de whisky dans le bureau, mais il avait avec certitude une bouteille dans son appartement.

Les médias locaux semblaient plus intéressés par « l'adjoint du shérif du comté de San Diego blessé dans un délit de fuite », que par le « pendant qu'il recherchait une touriste blessée », toutefois, cela changerait. Javi referma la fenêtre de la tablette et s'affaissa dans le fauteuil en cuir noir placé devant la longue baie vitrée du loft.

Il aimait la vue, mais pas pour le restaurant en face. La lumière des réverbères nouvellement installés était suffisamment forte pour permettre à Javi de voir les chaises retournées sur les tables et la mauvaise œuvre d'art sur le mur. Cependant, les nuits où il rentrait à la maison et qu'il était encore ouvert, la fusion mexicano/thaïlandaise avait l'air intéressante. Javi aimait plutôt la vue pour le souvenir du corps de Cloister collé contre le verre, la peau tendue sur ses larges épaules bronzées, au moment où il y plaquait ses bras, et le reflet sombre de son visage capturé par la vitre pendant que Javi le baisait.

Habituellement, cette image entraînait sa main sur sa queue, mais ce soir, son cerveau refusait de la retenir. Il se dispersait entre les vieux mauvais souvenirs et les nouveaux à venir. *Des boulettes de gaze sanglantes. Des ecchymoses sur la peau de miel.*

— *Javier.*

Javi grimaça. Il avala une gorgée de whisky. La froide morsure dans le fond de sa gorge le tira de cette pensée. Joel était un problème pour plus tard. Il avait besoin de se concentrer sur ce qu'il avait réussi à faire avaler sur le cas de Janet Morrow, pour pouvoir s'approprier l'affaire, juste au moment où il réalisait que le cas ressemblait à une impasse : aucun témoin, aucune preuve avant d'avoir reçu le rapport du laboratoire, juste une fille à moitié morte dans un lit d'hôpital et un criminel qui était suffisamment désespéré pour attaquer un adjoint alors qu'il tentait de finir de la tuer.

Elle devait le connaître, si ce n'était personnellement, du moins suffisamment pour pouvoir l'identifier.

Javi prit un autre verre de whisky et souleva sa tablette. Il naviga à travers ses courriels jusqu'à la note brève que Tancredi lui avait envoyée avec le rapport du shérif : les dates et heures des vols de Janet, la réservation au Hampton et un mandat de recherche en instance pour un iPhone de deux générations de retard.

Il posa ses pieds nus sur le repose-pied – le cuir noir collant sous ses talons – et lui envoya une question vague concernant les bagages de Janet. Si le contact d'urgence de Janet était un professeur d'école de design, il lui semblait peu probable qu'elle ait parcouru le continent avec une seule tenue.

Les excuses pour son comportement sec du vendredi comportaient cinq mots. Ses remerciements pour l'avoir informé de la blessure de Cloister en comportaient huit. Javi supprima les deux avant de les envoyer. Il lui devait peut-être des excuses, mais le meilleur remerciement serait qu'il ne le dise pas. Joel serait plus susceptible d'apprécier Tancredi si elle n'était pas amie avec Javi.

Il frotta ses yeux secs en revenant au rapport clairsemé. Il semblait que Janet Morrow n'ait pas laissé de traces dans le monde, pas en tant que Janet en tout cas. Quand Galloway l'aurait entrée dans le système, ils auraient peut-être une meilleure idée de l'endroit où elle était avant.

Des coups légers contre sa porte l'interrompirent au milieu de la page détaillant les blessures de Janet. Galloway lui avait déjà donné le récapitulatif à l'hôpital, mais le langage clinique, moins graphique, du rapport chirurgical paraissait plus accablant. Ce fut un soulagement de le poser.

Javi s'extirpa de son siège et se dirigea vers la porte. Il alluma le moniteur, la caméra montra le long corps de Cloister contre le mur extérieur, la tête penchée en arrière et son vieux tee-shirt gris collé par la sueur sur sa peau. C'était une bonne caméra. Javi pouvait voir toutes les nuances de bleu et de jaune s'étendre jusqu'à la racine de ses cheveux.

Il n'était toujours pas d'humeur à parler à qui que ce soit, néanmoins, il ouvrit la porte. Bourneville était assise dans l'escalier, entre les pieds de Cloister. Une grosse corde nouée, humide de bave, pendait de sa bouche, elle battit de la queue brièvement en le voyant.

— Sais-tu quelle heure il est ? demanda-t-il en s'appuyant contre le montant.

Cloister pencha la tête sur le côté et ouvrit un œil. Dans la pénombre, l'iris semblait plus gris que bleu.

— Presque deux heures, répondit-il.

Un sourire ironique tordit un coin de sa bouche tandis qu'il ouvrait son second œil pour détailler Javi de haut en bas. L'éclat l'appréciation sans timidité sur ces traits durs orienta, comme toujours, Javi dans un endroit inconfortablement obscène.

— Tu n'as pas l'allure de quelqu'un qui dormait.

— Pas vraiment ton domaine d'expertise.

Cloister renifla en accordant :

— C'est assez juste.

Il s'écarta du mur d'un coup d'épaule, grattant le chaume doré de sa mâchoire. Il jeta un regard par-dessus l'épaule de Javi, puis revint sur son visage. Quelque chose apparut derrière ses yeux, il haussa les épaules.

— Pardon. En voyant la lumière allumée, j'ai simplement pensé que je pouvais passer te voir. J'aurais dû appeler avant.

Il fit un pas en arrière dans l'escalier derrière lui et Javi se hérissa de contrariété. Peut-être qu'il ne voulait pas de compagnie, mais c'était sa décision, pas celle de Cloister.

— Attends, dit-il en attrapant le bras de Cloister. Tu es ici maintenant. Tu pourrais aussi bien entrer.

C'était une invitation désirée, alors Javi ne savait pas pourquoi il retenait son souffle en attendant de voir si Cloister l'accepterait. Il supposa que cela n'était pas grave, puisqu'il acquiesça après une seconde d'hésitation.

— Ouais. Je suppose que tu as raison.

Bourneville poussa un soupir, comme pour dire « enfin », alors qu'elle se relevait brusquement et contournait Javi pour le devancer dans l'appartement. Cela faisait plusieurs semaines, cependant elle ne semblait pas avoir douté de son accueil. Elle se dirigea vers le canapé, bondit dessus, tourna sur elle-même trois fois et se laissa tomber. Son nez se posant sur ses pattes, elle commença à mâchouiller son jouet.

— Je lui ai donné une couverture, murmura Javi en fermant la porte derrière Cloister.

— Sur quoi préférerais-tu dormir : le canapé ou une couverture posée sur le sol ? questionna Cloister avec ironie.

Il claqua des doigts, ce qui dressa les oreilles de Bourneville, attentive.

— Bon…

— Laisse-la, l'interrompit Javi. Elle a déjà mis ses poils dessus.

Cloister haussa les épaules et changea son commandement en :

— Bonne fille.

La chienne cogna sa queue deux fois contre les coussins de façon irrégulière et recommença à ronger sa corde.

— Tu en veux ? proposa Javi, agitant la main vers la bouteille de whisky ouverte.

Cloister secoua la tête.

— Les médicaments contre la douleur, rappela-t-il à Javi. Bourneville pourrait vouloir quelque chose, cela dit.

— Fais comme chez toi. Tu sais où se trouve le robinet.

Tandis que Cloister remplissait un bol à soupe monochrome design avec de l'eau pour la chienne, Javi en profita pour l'observer. Le tee-shirt n'était pas la seule chose qui était en sueur. Ses courts cheveux châtain clair étaient plaqués sur son crâne en boucles humides et désordonnées, la sueur brillait sur ses bras nus. Le plâtre, déjà sale et couvert de griffonnages, semblait être détrempé au poignet, en plus d'avoir été légèrement mâché.

— Tu as couru jusqu'ici ? lâcha-t-il.

Une fois qu'il l'eut dit à haute voix, ce fut une question tellement, ridiculement, évidente, que, face aux preuves, Javi s'attendit à ce que Cloister se moque de lui.

À la place, il haussa les épaules. Son tee-shirt remonta, exposant brièvement une partie de son ventre – des muscles durs et une pointe d'encre.

— Je n'arrivais pas à dormir.

— Tu es un idiot, s'exclama Javi. Comment peux-tu courir avec un poignet cassé ? Ça ne te fait pas mal ?

Cloister leva la main pour regarder le plâtre, comme s'il l'avait oublié.

— Je suppose. Cependant, cela finit toujours par faire mal. Tu te heurtes à un mur là où ton corps veut s'arrêter, mais tu dois le traverser.

— Pourquoi ?

C'était probablement la question la plus personnelle que Javi ait jamais posée à Cloister. Il ne savait pas s'il devait trouver cela triste ou effrayant.

— Pourquoi as-tu besoin de le faire ?

71

Cloister hésita, fronçant les sourcils à cette question, comme s'il n'y avait jamais réfléchi auparavant. Puis il haussa les épaules et rit, une profonde fossette lui creusa la joue tandis qu'il répondait :

— Je suppose que c'est parce que sinon tu ne vas nulle part. En plus, c'est ce qui me fait penser à…

— Pouvons-nous y faire quelque chose ce soir ? interrogea Javi en déboutonnant sa chemise de ses doigts impatients. Qu'est-ce que tu as pensé, est-ce que ça va faire le moindre bien à Janet, là, à cet instant ?

Ce n'était pas le bon moment. Javi était frustré, énervé par des choses qu'il ne pouvait pas changer dans l'immédiat – qu'il ne pourrait probablement jamais changer –, et il avait laissé Kincaid enfoncer ses doigts dans son cerveau. D'un autre côté, la première fois qu'ils s'étaient embrassés avait été une mauvaise idée. Mais cela ne l'avait pas arrêté à l'époque, alors pourquoi cela devrait-il être différent aujourd'hui ?

— Je ne sais pas, admit Cloister, déglutissant difficilement en arrachant ses yeux de la poitrine nue de Javi. Je ne… crois pas.

— Bien.

Javi empoigna le tee-shirt de Cloister – le tissu usé était humide et froid avec la sueur – et l'attira dans un baiser. Ses lèvres étaient mouillées et âpres de sel, son souffle chaud contre la bouche fraîche de Javi. Cloister posa sa main derrière sa nuque, ses doigts étaient rêches à l'endroit où il les pressa contre sa peau. Les frottements parcoururent la colonne vertébrale de Javi jusqu'à ses bourses, une pincée de plaisir qui tenaillait sa verge.

— Je croyais que tu voulais aller dormir, murmura Cloister contre sa bouche.

— C'est le cas.

Il enroula le tee-shirt de Cloister autour de son poing et l'entraîna avec lui vers la chambre à coucher.

— Mais plus tard. Pour le moment, je veux te baiser et oublier tout le reste jusqu'au matin.

Emmêlés l'un dans l'autre, ils titubèrent jusqu'à la chambre. Les mains de Javi se faufilèrent sous le tee-shirt de Cloister – ses doigts s'égarèrent de nouveau sur le puzzle de vieux tissu cicatriciel qui s'étendait sur les côtes de Cloister – et sa chemise atterrit sur la poignée de la porte. Cloister tâtonna après le pantalon de Javi tandis qu'ils se dirigeaient vers le lit. Il était maladroit avec une seule main à disposition.

Les draps de soie noirs glissèrent sous eux, froids comme de l'eau, quand ils s'affalèrent sur le lit. Les lèvres de Javi dérivèrent le long de la mâchoire de Cloister, une lente traînée de baisers allant du coin de sa bouche au pouls vulnérable sur sa gorge.

Il sentait l'air marin, le savon au citron et l'odeur puissante de la sueur fraîche avant qu'elle ait le temps de sécher... comme le sexe sans l'arrière-goût épais du musc.

Javi lui ôta son tee-shirt, le laissant s'enrouler autour de la large portion de son plâtre pendant qu'il embrassait sa poitrine. Il s'attarda sur le bourgeon rose raidi d'un mamelon – la griffure de ses dents suffit pour faire trembler Cloister sous lui –, puis sur l'enchevêtrement de cicatrices, d'encre et d'ecchymoses qui ornaient ses côtes.

Il avait identifié le motif du tatouage au cours des derniers mois. Sans les cicatrices, cela aurait été un pur tribal merdique excentrique, des lignes fichues et de l'encre fanée – tout ce qu'un Cloister âgé de quatorze ans aurait choisi, supposa Javi. C'était la dispersion de tissu cicatriciel qui l'avait transformé en art, la distorsion qui était belle.

— Les routes et toi ne vous mélangez pas vraiment bien, déclara Javi en passant sa langue sur l'un des bouts de cicatrice bombée qui flottaient au-dessus du bleu.

Il glissa sa main plus bas, sur le ventre de Cloister et sous la ceinture de son survêtement. Puis il enroula ses doigts autour de la ferme érection intéressée de son amant.

— As-tu déjà envisagé un travail de bureau ?

Cloister se mit à rire en passant la manche de son tee-shirt par-dessus son plâtre. Il le jeta sur le côté en demandant :

— Peux-tu m'imaginer en costume ?

C'était une blague. En dehors de son uniforme, la garde-robe de Cloister était composée de vieux jeans et de vieux tee-shirts qu'il avait récupérés dans des boutiques d'occasions. Les seuls vêtements pour lesquels il dépensait de l'argent étaient ses bottes et ses baskets, et c'était seulement pour qu'il puisse les porter jusqu'à ce qu'il ait l'air de les avoir trouvées dans une poubelle.

Néanmoins, Javi put subitement l'imaginer en tenue de soirée. L'image de Cloister dans un costume bien coupé, ajusté sur ses épaules et cintré autour de ses hanches minces, lui traversa l'esprit pour atteindre l'endroit où il gardait ses fantasmes : de grandes mains écartées avec obéissance contre le verre froid ; la fêlure de commandement dans la voix de son amant quand il grognait à son oreille ; et maintenant, Cloister en costume que Javi pourrait lui retirer.

— Tu aimes mes costumes, rappela-t-il.

— Tu es beau en costume, riposta Cloister, la voix hachée.

Ses hanches se soulevèrent du lit pendant que Javi le caressait.

— Je ressemble à un chat que quelqu'un aurait habillé, à moitié étranglé et furieux.

Javi aimait toujours l'image.

— Appelle-moi Javier, dit-il en relâchant son sexe.

Il arracha un gémissement de protestation à Cloister en le faisant.

— Pourquoi ?

— Parce que je te le dis.

— Va te faire foutre.

Javi se releva. Chevauchant la taille de Cloister, il se pencha sur lui, ses mains enfouies dans ses cheveux emmêlés, le visage suffisamment proche pour sentir le souffle de Cloister contre sa mâchoire. Il ferma les yeux.

— Parce que je te l'ai demandé.

— Javier.

Quand Cloister le prononça, il n'y eut pas de poésie, pas de sensualité imprévisible dans la façon dont il lâcha les syllabes hors de sa bouche. Ce n'était qu'un nom, prononcé par un homme dont l'espagnol avait un accent du Montana plus épais que son anglais. La seule chose agile à propos de sa langue était la façon dont il embrassait.

Même avec les yeux fermés, c'était toujours Cloister sous lui, pas quelqu'un d'autre. Il en remerciait le dieu de sa grand-mère.

— Tout va bien ? s'enquit Cloister.

Il fit descendre sa main des côtes de Javi jusqu'à sa hanche et la crocheta dans le passant de sa ceinture de pantalon.

Javi ouvrit les yeux et fixa Cloister. Ça n'allait pas bien. Il pensait que Kincaid ne pourrait plus lui faire de mal, il s'était trompé... encore une fois. Et ce coup-ci, il n'y avait aucun Saul pour intervenir et, pour une raison que Javi ne pourrait probablement jamais comprendre, lui offrir une porte de sortie.

Mais à cet instant, Javi se disait qu'il allait peut-être bien. Il ne savait pas trop pourquoi, et il demeurait énervé au sujet des jeux de Kincaid, mais brusquement, il n'avait plus l'impression de sombrer dans toutes ses anciennes erreurs, pas quand il en avait tant de nouvelles à faire.

Il inclina la tête de Cloister en arrière, lui infligeant un baiser avide sur sa bouche.

— Tu n'es pas nu, répondit-il. Alors pas encore.

IX

LE PLÂTRE était chiant. Ce n'était même pas que Cloister ne pouvait pas utiliser sa main – il avait une autre main, sa bouche, sa langue –, mais celui-ci ne faisait que le gêner. Il était lourd, rugueux au toucher et Cloister peinait toujours à estimer ses mouvements ou combien d'effort il fallait déployer pour le déplacer. Cela ressemblait à sa dernière poussée de croissance, lorsque la carte auparavant fiable de son corps avait été altérée du jour au lendemain et qu'il renversait des objets qui autrefois n'étaient jamais à portée de main.

— Désolé, murmura-t-il en frappant le plâtre contre la tête de lit pour la deuxième fois.

Il scella ses excuses par un baiser, sa bonne main entourant le cou de Javi pour l'attirer vers le bas.

— Dois-je te menotter, adjoint ? demanda Javi.

Il attrapa ses bras juste sous ses coudes et les plaqua contre le lit, de chaque côté de la tête de Cloister. Son visage maigre, tout en os élégants et en chaume récent sur sa peau, était concentré, tandis qu'il baissait les yeux vers lui.

— Reste tranquille. Sois sage.

Javi pesa de tout son poids pour souligner l'ordre, les longs muscles de ses bras tendus sous sa peau, jusqu'à ce que Cloister se sente réellement retenu. Cela lui fit un pincement au cœur – le pic d'adrénaline du « défier ou se défiler », mais réduit à sa portion la plus faible – et éveilla une douleur de son sexe alors que ses bourses se resserraient avidement entre ses jambes.

L'un était l'instinct, l'autre une réponse mémorisée. Un jour, il allait être menotté dans le cadre d'un exercice d'entraînement et il aurait à expliquer pourquoi son sexe venait juste de recevoir des signaux ambigus.

— Fais-le.

Un sombre sourire lent courba la bouche de Javi. Cela ne dura pas longtemps, mais sa promesse paresseuse persista lorsqu'il se pencha pour murmurer à l'oreille de Cloister :

— Nous savons tous les deux que ce n'est pas nécessaire.

Il n'avait pas tort. Ce n'était pas le sujet. Uniquement parce que vous le vouliez, ce n'était pas une raison pour faire ce qu'on vous disait. Cloister crocheta sa jambe autour de Javi, la nouant sur sa hanche, et il inversa leur position sur le lit.

Le mouvement brusque lui fit mal, comme des aiguilles chaudes dans sa taille abîmée, propageant une douleur sourde et profonde d'une contusion dans l'os de la hanche jusqu'à sa cuisse. Cela en valait toutefois la peine, pour le bref éclat de frustration affamée sur le visage de Javi.

— Sois sage, se moqua Cloister.

Il déposa un baiser au coin de sa bouche, comme si sa cajolerie pouvait effacer sa sévérité. Le corps long et maigre de Javi s'étendait au-dessous de lui, son sexe était dur, là où il appuyait contre le ventre de Cloister. Javi resserra ses doigts autour de ses avant-bras, alors qu'il se préparait à contrer son corps pesant.

— Reste tranquille, dit Cloister.

Javi plissa les yeux.

— Tu sais, les gens te trouvent sympathique. Je ne vois pas en quoi.

— Vraiment ? questionna-t-il, l'embrassant lentement et gentiment. Pas même un peu ?

Il traça la courbe de la lèvre inférieure de Javi avec sa langue, puis plongea dans la chaleur humide de sa bouche. Dès cet instant, cela cessa d'être doux, Javi se fraya un chemin dans ce baiser avec ses dents et sa langue, un éclair de désir aussi vif que le whisky que Cloister avait refusé… et plus impétueux.

Il y avait beaucoup de raisons pour lesquelles Cloister aurait dû rester loin du lit de Javi ou quel que soit l'endroit où ils finissaient par baiser. Javi correspondait à des draps de soie noirs, sans engagement, un sachet de lubrifiant dans son portefeuille et le numéro d'un avocat dans son téléphone. De son côté, Cloister avait eu le cœur brisé plus souvent qu'il achetait de nouveaux draps – une fois par an chez Target – et s'il parvenait à jouer au jeu « sans attaches » pendant un certain temps, il finissait par s'emmêler.

Il serait blessé. C'était un fait, mais il revenait quand même. Il y avait de nombreuses raisons : Javi était beau, agressif dans un pieu et, sous sa réserve acerbe, il se souciait de détails plus qu'il ne voulait l'admettre.

C'était ça cependant – la morsure possessive sur ses lèvres, la pression urgente de son sexe humide contre son ventre – qui traçait son chemin dans les rêves de Cloister. La séduction de la manière dont Javi le désirait, si complètement et sans la complication de l'aimer.

Cloister n'avait jamais vraiment compris cette partie.

Javi finit par lâcher prise sur ses bras. Passant les mains dans son dos, le long des muscles tendus, il empoigna ses fesses. Une secousse de désir fit vibrer l'anus de Cloister et le plaisir se propagea jusqu'à ses bourses.

— Ne pars pas à la pêche aux compliments, prévint Javi en écartant sa bouche de celle de Cloister.

Il posa des baisers acérés, mordillant le long de sa mâchoire tandis que ses dents griffaient à travers le chaume doré et raide.

— Je t'ai demandé d'entrer, n'est-ce pas ?

— Alors, je vaux mieux qu'un témoin de Jéhovah ? le taquina Cloister.

Il faufila sa main entre leurs corps pour enrouler les doigts autour du sexe de Javi. Ses articulations frôlèrent son ventre ferme, alors qu'il remontait son pouce depuis la base. La verge était solide, une couche de peau douce, veloutée, enrobant une chair dure au sang pulsant.

— Je suppose que c'est déjà ça, se félicita-t-il.

Javi jura un « merde », étouffé, cambrant son corps sous celui de Cloister. Son membre poussa dans la paume, entre les doigts, le gland humide de liquide pré-éjaculatoire au moment où il heurta le ventre de Cloister.

— Bien sûr, je n'ai jamais rencontré de témoin que j'aurais eu envie de baiser, soupira Javi.

Il déposa un baiser mouillé sur son épaule et le mordit le long de sa clavicule. Le plaisir du pincement qui s'y mêlait électrisa la colonne vertébrale de Cloister.

— Donc, ça pourrait changer.

Il le repoussa et roula sur le côté pour ouvrir le tiroir de la table de chevet. Tandis qu'il fouillait dedans, Cloister s'allongea sur le dos et attrapa son sexe. Il jouait avec sa longueur, ses doigts glissants avec le liquide pré-éjaculatoire de Javi, admirant le jeu des muscles le long de son dos. Entre ses cheveux sombres et le noir brillant des draps, sa peau bronzée avait une belle teinte qui lui rappelait l'automne dans le Montana – le brun parfait des feuilles, juste avant leur chute.

Cloister s'assit dans le lit, son érection touchant son ventre, et il se pencha pour déposer un baiser, bouche ouverte, contre son omoplate. Il passa sa main sur le côté de la poitrine de Javi, puis rejoignit sa taille jusqu'à la hanche.

— Merci d'être resté avec moi l'autre soir, dit-il contre la chaleur de son épaule. Je ne le pensais pas quand je t'ai dit d'aller te faire foutre.

Javi revint vers lui avec un tube de lubrifiant et un préservatif. Pas de promesse signifiait des rapports sexuels protégés. Cela faisait partie du deal.

— Si, tu l'as pensé, contredit Javi.

Il déchira le coin du sachet avec ses dents pour en sortir le préservatif. Il s'étendit sur le matelas, les jambes écartées, tandis qu'il déroulait le caoutchouc sur son sexe jusqu'à la base.

Cloister renifla et remonta sa main sur la cuisse de Javi, les fins poils noirs chatouillant le bout de ses doigts, avant qu'il prenne ses bourses en coupe. La peau douce était plissée sous ses doigts, il les pressa à pleine main, lui arrachant un juron et faisant tressaillir son membre entre ses doigts.

— Je l'ai pensé, admit-il.

Il suivit le trait de peau ferme sous ses testicules avec l'ongle de son pouce. Javi relâcha sa queue recouverte de latex pour pouvoir serrer les poings en réaction.

— N'empêche que j'apprécie, assura Cloister.

Javi écrasa le tube de lubrifiant dans sa paume et enduisit son sexe en deux coups lents avec sa main.

— Prouvez-le, ordonna-t-il d'une voix basse et rauque.

Il s'allongea sur le lit, les épaules appuyées contre les oreillers, les jambes écartées de manière à ce que sa longueur se retrouve debout, humide et perverse, au creux de ses cuisses.

— Viens ici.

Le désir noua instantanément les entrailles de Cloister, accrochant du même coup son sexe. D'envie, il tressauta fort contre son ventre et ses bourses lui firent mal, un battement sourd et pesant qui l'incita à se tortiller. Il hésita une seconde, l'idée que son corps usé et maigre soit posé sur ses genoux était plus étrange qu'érotique. Javi attrapa son bon poignet et le tira à travers le lit.

Il chevaucha les cuisses de Javi et posa ses mains – une main, après qu'un coup de plâtre sur sa peau l'eut fait grimacer – sur ses épaules. Sa queue rebondit en l'air entre eux et le matelas se creusa sous ses genoux, tandis qu'il déplaçait son poids vers l'avant. Javi tendit la main entre ses jambes et glissa ses doigts froids enduits de lubrifiant dans son cul pour le dilater.

— Enfoiré, gémit Cloister en enfonçant ses ongles dans les épaules de Javi.

Les longs muscles de ses cuisses se crispèrent et tremblèrent comme des fils électriques sous sa peau.

— C'est l'idée, confirma Javi.

Il retira sa main – l'anus de Cloister frissonna devant le vide soudain – et la referma autour de son sexe. Avec son pouce, il appuya contre la lourde veine dans une caresse lente et grossière en patientant.

Cloister s'empala sur lui. La pression exercée sur son entrée alors qu'il se frayait un chemin à travers l'anneau serré de muscles déclencha de vives secousses de plaisir. Il prit une profonde inspiration en descendant jusqu'à sentir les cuisses de Javi sous ses fesses et la pression de sa queue l'étirant.

— Tu es beau comme ça, déclara Javi.

Ses mains remontèrent dans une caresse sur les cuisses de Cloister jusqu'à ses hanches, jusqu'à ce qu'il place ses pouces dans le pli de son aine.

— Quand tu baises et quand tu cours, tous ces os et ces muscles sont comme de la soie sous ta peau.

Cloister se pencha en avant jusqu'à ce qu'il soit presque étalé sur son amant. Il récupéra sa main posée sur l'épaule de Javi pour s'agripper à la tête de lit, enroulant ses doigts autour des tiges en métal.

— Et le reste du temps ? demanda-t-il.

Javi sourit légèrement, il embrassa la sueur du creux de la clavicule de Cloister.

— Le reste du temps, tu ressembles à quelqu'un qu'on n'a pas envie de croiser dans une bagarre de bar.

— Bien, commenta Cloister, alors qu'il balançait ses hanches contre celle de Javi.

Il pouvait sentir le pouls de l'érection de Javi en lui tandis qu'elle venait à sa rencontre.

— C'est ce que je cherche.

Le plaisir bouillonnait comme du miel réchauffé dans son canal et se propageait à ses testicules. C'était doux et lent, presque gentil, mais ce n'était pas assez. Cloister resserra ses doigts sur la tête de lit et contracta les longs muscles de ses jambes tout en s'enfonçant brutalement sur le sexe de Javi.

Étalé sous lui, Javi frottait ses dents et sa langue sur l'épaule et la poitrine de Cloister, dans des baisers mouillés et féroces qui marquaient la peau là où personne ne pourrait le voir. Il reçut une morsure sur la pointe tendue de son mamelon, délivrant la sensation d'un choc dont Cloister n'aurait su dire – à cet instant – s'il s'agissait de plaisir ou de douleur, alors que Javi laissait ses mains vagabonder sur les formes fermes de son corps.

La douleur dans ses cuisses augmenta alors qu'il bougeait plus rapidement, de manière plus urgente, au-dessus de son amant. La douleur brûlante qui en résultait redessinait la carte des contusions sur sa hanche et ses côtes inférieures. Il pouvait sentir son emprise à chaque souffle irrégulier, mais cela en valait la peine pour ce qu'il y avait de l'autre côté du mur.

Cloister relâcha la tête de lit et s'assit pour pouvoir enrouler ses doigts froids autour de son membre. Il activa son poing avec impatience le long de sa hampe en admirant son amant. Le désir serrait la mâchoire de Javi et faisait briller la sueur sur sa poitrine et dans le chemin de poils qui descendait sur son ventre.

— Baise-moi, lâcha Cloister.

Les mots lui échappèrent comme un ordre, mais la douleur de l'intensité de son désir se cachait sous le :

— S'il te plaît ?

La supplique poussa Javi à avoir des difficultés à déglutir et à se lécher les lèvres. Il resserra ses doigts sur les cuisses de Cloister, puis se détendit.

— Je ne veux pas te faire de mal, répondit-il.

— Dans ce cas, blesse-moi juste un peu.

Une sombre tentation affamée scintilla dans les yeux bruns doux de Javi et il referma les mains sur les cuisses de Cloister. Ce n'était pas l'offre de douleur. Ce n'était pas le délire de Javi. Il voulait le contrôle, pas des bleus ou du sang, et Cloister venait de le lui donner.

— J'ai essayé d'être gentil, grogna-t-il en les retournant.

Cloister jura grossièrement quand l'angle du sexe de Javi se modifia et toucha sa prostate alors qu'il ressortait. Sa propre queue était coincée entre les lignes épaisses et moites de leur corps tandis qu'ils se replaçaient. Il vit des étoiles lorsque le choc du plaisir explosa comme un feu d'artifice le long de son dos. Son poignet lui fit mal quand le plâtre rebondit sur les oreillers, mais il nota à peine le fulgurant éclat douloureux.

— Fils de pute, gémit-il vulgairement en enroulant ses jambes autour de la taille fine, l'attirant vers le bas pour un baiser moite et une relance inégale. Et je ne t'ai pas demandé d'être gentil.

Javi se remit sur ses genoux et renifla tandis qu'il plaquait ses mains à l'arrière des cuisses de Cloister.

— Personne ne le fait jamais.

Il plongea d'un seul coup, profond et rapide. Cloister haleta et se cambra. Il tâtonna entre leurs corps, attrapa de nouveau son sexe et agita

80

ses doigts autour de sa hampe au rythme des poussées de Javi. Le plaisir fit vibrer et tendit ses cuisses levées, tirant comme un fil dans ses bourses.

Les draps s'emmêlaient sous eux et collaient à leurs corps trempés de sueur pendant qu'ils baisaient. Javi s'enfonçait profondément avec des coups rapides et durs qui ébranlaient le lit sous lui. Sa mâchoire était serrée, ses muscles crispés sous la peau, ses doigts creusaient la chair des cuisses de son partenaire.

Il se retira brusquement et Cloister se cambra dans un gémissement de protestation. Son cul se crispa soudainement face au manque et Javi le fit taire d'un baiser. Il plia son corps autour de Cloister, tâtonnant entre ses jambes. Ensuite, il jeta le préservatif loin du lit et poussa sa queue nue et veloutée contre le ventre de son amant.

Cloister enroula maladroitement ses doigts autour de leurs deux hampes pour les branler en même temps. Il gémit sauvagement en jouissant, le sperme s'étalant entre ses doigts et le long de son sexe. Une seconde plus tard, Javi se détachait, s'étendant sur le lit, tout en se finissant avec de brefs coups saccadés de son poing fermé.

Il essuya le sperme sur sa cuisse et resta sans force, rassasié, pendant un instant. Puis il roula jusqu'au bord du lit, s'assit et fouilla de nouveau dans la table de chevet pour trouver une lingette.

— Si tu veux, je peux m'en aller, proposa Cloister. Ou dormir sur le canapé.

Le dos toujours tourné, puisqu'il nettoyait ses mains et son sexe, Javi renifla.

— Tu ne vas jamais me permettre de l'oublier, pas vrai ?

S'étirant, Cloister réfléchit une seconde. Il avait toujours mal, mais cela semblait en valoir la peine à présent.

— Probablement pas.

Javi se rallongea et tendit à Cloister une lingette propre pour nettoyer ses propres fluides. C'était froid contre son ventre, encore plus froid sur sa queue. Il se sentit encore collant après, cependant il pourrait se doucher au matin.

Il ferma les yeux et attendit de voir s'il s'endormirait. Avant qu'il y soit parvenu, Javi repoussa ses cheveux de son front et ses doigts s'attardèrent aux bords de la meurtrissure sur son sourcil.

Cloister ouvrit à demi un œil pour le regarder.

— Je ne baise personne d'autre dans mon lit, déclara Javi. Je ne peux pas t'offrir plus que ça, mais je ne baiserai personne dans ton dos non plus. D'accord ?

— Je sais, déclara Cloister après un instant.

C'était même vrai. Si Javi n'était rien d'autre, il était honnête au sujet de sa place à ses côtés. C'était le problème de Cloister, parce que, juste pour une nuit, il voulait que quelqu'un mente. Ce ne semblait pas être le moment d'expliquer tout cela. Alors il se contenta de sourire et de frôler le dos de ses doigts le long de l'avant-bras de Javi.

— Tu veux un câlin ?

Comme prévu, la suggestion fit reculer Javi – qui dormait comme un lézard mort et changeait ses draps deux fois par semaine – de son côté du lit.

— Non !

Sa voix était redevenue irritée, Cloister se mit à rire. Javi se retourna, se retrouvant dos à son amant.

— Endors-toi avant que je change d'avis au sujet de ta présence ici.

Cloister supposa que cela ne ferait pas de mal de faire ce qu'on lui demandait, juste pour cette fois… au moins pour un temps

CLOISTER N'AVAIT jamais eu qu'un seul cauchemar, un seul dont il se souvenait en tout cas. C'était toujours la même nuit, mais cela ne se déroulait pas toujours dans le même ordre.

La petite voiture en métal n'était pas celle de Cloister. Elle était rouge vif et brillante, avec des bandes de peinture blanches et tous ses pneus. Il n'avait jamais possédé un jouet qui n'avait pas porté le nom de son frère gravé dessus et ce dernier s'amusait à le narguer avec ça.

Elle n'était pas à Cloister, mais il l'avait. Il la serrait dans sa main comme si elle était douce, comme si elle pouvait être un réconfort, tandis qu'il se cachait dans les longues herbes sèches. Il faisait chaud, sec et poussiéreux à cet endroit. Les bords du pick-up entaillaient les paumes tendres de Cloister qui s'y accrochait.

Dans le noir, quelqu'un siffla. Il ne pouvait pas encore entendre les chiens.

Quelque chose l'attrapa, le col de son tee-shirt s'enroula autour de son cou comme un fil de fer et il se pissa dessus. Pendant une seconde, il eut trop honte pour avoir peur. Il était trop vieux pour avoir des accidents. Tout le monde le disait. La main le traîna hors de sa cachette et…

Cloister se réveilla dans un sursaut, éjecté sans ménagement de son cauchemar. Il était à bout de souffle, trempé de sueur, et avec la certitude du rêve qu'il s'était pissé dessus. Ce n'était pas le cas. Une fois qu'il en fut certain, Cloister se rallongea, regardant le plafond banal tout en tentant de comprendre qui il était et où il se trouvait. Il lui fallut une minute pour que les murs rudimentaires et les draps de soie noirs soient plus réels que l'herbe piquante et la Matchbox rouge sophistiquée. Il finit par s'asseoir, posant ses pieds nus sur le carrelage froid, et passa sa main sur son visage fatigué.

Toutes les deux semaines – tous les deux jours, dans le pire des cas –, son cerveau le ramenait dans le passé pour lui faire revivre la disparition de son frère. Cela n'avait jamais aidé. Il y avait de grandes parties de cette nuit qui avaient disparu, ou son cerveau refusait d'admettre qu'ils étaient là. Sa mémoire se contentait de bégayer et de sauter comme une bobine de film brisée quand elle heurtait quelque chose d'utile.

À condition que ce *soit* d'ailleurs un souvenir. Il n'avait jamais eu de voiture Matchbox. Peut-être qu'il n'avait jamais vu ce qui avait pris son frère. Après tout ce temps, ce n'était que la tentative de son cerveau de combler les blancs.

Cloister supposait que cela n'avait pas d'importance. Il ne le saurait jamais. Il sortit du lit et attrapa son survêtement par terre. Un rapide coup d'œil sur le lit lui assura que Javi dormait toujours, à plat ventre, avec un bras niché sous sa tête. Il dormait même proprement.

Les réverbères toujours allumés projetaient de longues stries pâles sur son corps détendu. Cela ressemblait à de l'art. Cloister voulait seulement voir s'il avait réveillé Javi – il avait perfectionné ses excuses pour de telles occasions au cours des années –, mais il s'attarda pour admirer la vue.

Même sans ses coûteux costumes sur mesure et sa coupe de cheveux décoiffée par les doigts de Cloister, Javi continuait à avoir l'air élégant. Il était tout en muscles fins et en longues lignes lisses, sa peau éraflée par les marques de la bouche et des mains de Cloister. Le sommeil adoucissait les traits acérés et impatients de son visage, exposant la courbe désirable de sa bouche et l'épaisseur incroyable de ses courts cils noirs sur sa joue.

Le bâtard n'avait même pas la décence basique de ronfler ou de baver durant son sommeil. Il était juste allongé là, l'air... baisable.

En dépit de son épuisement et de la sourde douleur dans ses os, son sexe se contracta avec un intérêt paresseux. Cloister s'attarda un instant sur l'idée de retourner au lit et d'embrasser tous les creux ombragés que la lumière révélait. Le sexe était presque aussi bon qu'une course pour se débarrasser des dernières bribes collantes de ses cauchemars.

L'intérêt qui tirait sur son aine n'était pas si paresseux. Cloister fut tenté durant une seconde, mais, au bout du compte, il avait passé trop de nuits éveillé pour voler le sommeil de quelqu'un. Il déglutit difficilement et s'éloigna.

Sortant pieds nus de la chambre, il ferma doucement la porte derrière lui. Bourneville dormait à peu près dans la même position que Javi, sur le canapé, couchée sur le dos, le ventre en l'air. Ses pattes se contractant de temps à autre, tandis qu'elle chassait une odeur dans ses rêves.

— Bourneville, dit-il doucement en attrapant son haut raide de transpiration. Promenade.

Elle passa gracieusement du sommeil au réveil en se remettant sur ses pattes. Ses oreilles levées avidement dans sa direction, elle remua la queue. Cloister ressentit une pointe de culpabilité. Elle s'ennuyait. Une course dans les rues de Plenty et une partie de « va chercher » avec son bout de corde préféré n'étaient pas suffisantes pour un chien habitué à traquer des trafiquants de méthamphétamine sur des kilomètres chaque nuit.

Même lorsque le département avait perdu patience et avait obligé Cloister à prendre ses congés, il passait généralement le temps avec des entraînements de recherche et de sauvetage. Bourneville n'était pas habituée aux temps morts.

— Nous retournerons bientôt au travail, promit-il. En attendant, nous ferons plus de formation. Trouver des trucs morts, hein ?

Bourneville lui renvoya un sourire tout en dents pointues, avec la langue pendant sur le côté de sa bouche. *Mort* était l'un des mots non-commandes qu'elle captait toujours, avec *balle, friandise* et *chat.*

Elle sauta en bas du canapé, ses griffes cliquetant fort sur le sol lorsqu'elle se dirigea vers la porte pour l'y attendre.

Cloister retourna son tee-shirt à l'endroit, réalisant qu'il était à l'envers et réessaya de l'enfiler. Il finit par le passer par-dessus sa tête et le tira d'une main jusqu'à ce qu'il soit sur ses épaules. Il puait un peu – de la sueur sèche et une nuit passée sur le sol n'amélioraient jamais l'odeur de quoi que ce soit –, mais pas assez pour qu'il s'en inquiète à cinq heures du matin. Les attentes des gens étaient moindres avant l'aube.

Il s'assit sur la table basse pour mettre ses chaussures. Heureusement, il n'avait pas pris la peine de détacher les lacets la nuit précédente, car il lui avait fallu quinze minutes et ses dents pour les nouer.

— Pour un peu, dit Javi d'une voix traînante, encore rauque de sommeil, je pourrais croire que tu as quelqu'un chez toi et que tu dois rentrer en catimini à la maison.

Cloister leva les yeux.

— Donc, c'est une bonne chose que tu sois plus avisé.

— Tu ne m'as jamais dit ce que tu avais trouvé sur Morrow, rappela Javi.

Il s'appuya contre le chambranle de la porte, croisant les bras. Il était toujours nu, tout en peau douce et en muscles ferme. Il observa Cloister et eut un petit sourire en coin avec un rare éclair de chaleur sans retenue.

— Ou était-ce juste une excuse pour venir ?

— Non.

Cloister reposa son pied sur le sol et appuya les coudes sur ses genoux. Il tira distraitement un morceau au bord du plâtre, se demandant si ce qu'il venait de dire était totalement vrai. La culpabilité le frappait facilement, il pouvait en être distrait, mais il en avait l'habitude. Cela n'aidait pas – ni lui ni Janet –, alors il faisait de son mieux pour l'ignorer. Il se racla la gorge et admit :

— En tout cas, ce n'était pas *juste* une excuse. Je comptais t'appeler plus tard à ce sujet. Je ne voulais pas te réveiller.

Javi se passa la main sur les yeux et cligna des paupières, comme un hibou.

— Trop tard pour ça.

Il jeta un coup d'œil à Bourneville, qui attendait toujours patiemment devant la porte, et soupira.

— Attends une seconde.

Il s'écarta de la porte et traversa la pièce en direction du bureau étroit installé contre le mur du fond. Cloister se tourna pour l'admirer, principalement la courbe de son cul et la ligne maigre de son dos.

— J'apprécie la vue, admit-il. Mais je peux t'en parler plus tard. Je ne sais même pas si ça va… Cela n'aidera probablement pas.

Javi trouva ce qu'il cherchait sous son clavier Bluetooth, il le lança à Cloister. Celui-ci l'attrapa au vol, juste avant qu'il atterrisse sur sa poitrine.

— Tu me le diras tout à l'heure, quand je serai vraiment réveillé, déclara Javi en se dirigeant vers la chambre à coucher. Je vais prendre une douche. Pas la peine de sonner en revenant.

Cloister baissa les yeux sur la clé qu'il venait de recevoir. C'était un double sur un porte-clés quelconque, le genre de chose que vous remettiez aux voisins pour qu'ils puissent arroser vos orchidées pendant un long week-end ou que vous glissiez sous le paillasson pour le plombier lorsque vous deviez aller au travail.

Cela ne voulait rien dire. Cloister en avait conscience. Qu'il le *veuille* signifiait simplement qu'il recommençait à se ridiculiser au sujet de Javi Merlo.

Il entendit la douche se mettre en marche dans la salle de bain, les éclaboussures d'eau et le déclic de la porte. Son esprit créa un visuel : une peau mouillée et une traînée de savon parfumé qui attirerait sa bouche à les suivre plus bas.

— Comme si j'avais vraiment cessé d'être un imbécile, marmonna-t-il à Bourneville.

Elle inclina la tête avec intérêt, puis se retourna vers la porte. Cloister soupira et se releva de la table basse.

— Tu as de la chance d'être la meilleure chienne au monde, Bon, sinon je te dirais d'attendre.

X

UNE HEURE plus tard, Cloister sortit de la douche avec le survêtement emprunté à Javi, frottant maladroitement ses cheveux d'une seule main pour les sécher. Bourneville était étalée sur le côté, devant la fenêtre. Elle leva la tête quand Cloister entra, il lui fit signe de rester où elle se trouvait tandis qu'il rejoignait Javi dans la cuisine.

Il s'arrêta en se retrouvant face à… un petit déjeuner. Sur la table, il y avait un pichet de café, une énorme poêle avec des œufs, les jaunes encore chauds et fumants, et une pile de pains grillés beurrés sur une assiette. Il y avait de la sauce piquante pour les œufs et une bouteille de crème à la vanille pour le café. Javi, habillé décontracté – pour lui –, était vêtu d'une chemise de soie noire et d'un jean gris, il éteignit la cuisinière et se retourna.

— Sers-toi, dit-il en tirant une chaise et en prenant place. Si tu veux, il y a du jus de pomme dans le réfrigérateur.

— Hein ?

Cloister passa une dernière fois la serviette dans ses cheveux et s'assit. Il se sentait étrangement déstabilisé. Ce n'était pas comme s'ils n'avaient jamais mangé ensemble auparavant, mais c'était des plats à emporter, avec des fourchettes en plastique et des serviettes rugueuses, jamais un petit déjeuner. D'habitude, Cloister était déjà parti, ou ils étaient tous deux sur le point de sortir pour se rendre sur les lieux d'un crime. La table et la multiplicité de plats paraissaient – *intimes, domestiques, agréables* – étranges.

— Je… euh… Merci.

— Je mange, souligna Javi. Tout ce que j'ai fait, c'est ajouter une portion et une assiette supplémentaire.

— Et une fourchette.

Le pain grillé était à peine cuit, presque blanc. Que cela l'aide à se sentir mieux aurait dû être bizarre, supposa Cloister, mais c'était le cas. Un monde dans lequel Javi n'aurait pas fait attention à la façon dont il aimait son pain grillé avait tout son sens. Il attrapa la cuillère, garnissant son assiette d'œufs.

— Je ne pense pas que Janet Morrow soit venue en ville pour voir quelqu'un, déclara Cloister en recentrant son cerveau sur l'affaire en cours. Je pense que c'était pour voir *quelque chose*.

Javi haussa les sourcils.

— Tu crois qu'elle venait s'installer ici ?

Cloister secoua la tête, puis se ravisa et haussa les épaules.

— Peut-être. Nous ne sommes que lundi. Si elle avait un travail ou des endroits où elle devait se rendre, nous en entendrons probablement parler bientôt, mais je pense qu'elle était déjà venue ici auparavant. Quand elle a appelé le service de dépannage, elle a dit au chauffeur qu'elle le retrouverait à la station-service au bout de la rue, déclara Cloister.

Il piqua dans ses œufs, les utilisant pour dessiner une carte de la route.

— Comment a-t-elle su qu'il y en avait une là ? Il est impossible qu'elle ait pu passer devant avant. Elle n'était arrivée en ville que quelques heures plus tôt, donc elle devait connaître le secteur… suffisamment pour savoir qu'il s'agissait d'une station-service assez agréable pour y passer une heure à attendre quelqu'un en prenant un café.

Javi resta songeur tout en attrapant sa tasse.

— C'est possible, je suppose, dit-il avec un haussement d'épaules. Nous avions déjà émis l'hypothèse qu'elle connaissait probablement son agresseur. Il pourrait être un agent immobilier contrarié au lieu d'un rendez-vous déçu. Pour le moment, je ne sais pas si c'est important. Jusqu'à ce que nous en apprenions plus sur Janet Morrow, elle est comme le chat de Schrödinger. Tout est possible.

Cloister repoussa ses œufs sur un coin de son pain blanc. Maintenant que la nourriture était devant lui, brusquement, il n'avait plus faim. Les médicaments contre la douleur n'étaient plus efficaces, il avait mal à la tête, une douleur sourde et puissante qui promettait de s'aggraver. Mais un estomac vide ne l'aiderait pas à se sentir mieux.

— Peut-être qu'elle connaissait bien Plenty, c'est par là que tu devrais commencer.

Son téléphone sonna dans l'autre pièce alors qu'il prenait une bouchée. Le son familier du refrain de « Ol' Red » fut suffisant pour que Javi affiche un visage consterné. Cloister n'était jamais parvenu à déterminer si c'était dû à la chanson ou au rappel que Javi couchait avec quelqu'un qui écoutait de la country.

— Merde, marmonna Cloister en essayant d'avaler sa bouchée à moitié mâchée.

Il laissa tomber le pain restant sur l'assiette et se leva de table. Les manières que sa mère lui avait enfoncées dans le crâne à coups de claques à l'arrière du crâne le poussèrent à marmonner un « s'cuse moi » tout en s'essuyant les mains sur la serviette.

Le téléphone avait réussi à atterrir sous le lit la nuit précédente. Cloister jura en s'accroupissant et récupéra maladroitement le métal oblong au milieu du costume de Javi. Quand il le sortit enfin, « Ol » Red » recommença aux premières notes, le nom de Tancredi s'affichant à l'écran.

— Salut.

— Witte ?

La voix de Tancredi était forte pour dominer la dispute qui se déroulait en arrière-plan, la majorité en espagnol, trop rapide pour que Cloister puisse la suivre de loin. Les occasionnelles interventions bruyantes en anglais consistaient à demander à tout le monde de se calmer.

— Est-ce que je t'ai réveillé ?

Elle ne prit pas la peine d'attendre une réponse. Cloister ne pouvait pas lui en vouloir. Si elle le connaissait assez bien pour se souvenir de son anniversaire, elle savait qu'il n'était pas en train de dormir à six heures et demie du matin.

— Pourrais-tu venir à la fourrière ?

Il y eut une pause alors qu'elle écartait le téléphone pour crier :

— Silence !

Cela ne fit aucune différence, mais elle devait s'être éloignée suffisamment de la source du bruit, car les voix en colère devinrent étouffées.

— Je souhaiterais que tu viennes jeter un œil sur quelque chose.

Cloister s'assit sur le bord du lit.

— Je suis toujours officiellement en congé maladie, rappela-t-il.

— Tu es toujours officiellement un témoin, répliqua Tancredi. Il y a un pick-up ici, et je pense qu'il s'agit du véhicule qui t'a percuté, mais j'ai besoin d'une bonne raison pour refuser de le laisser partir. Juste cinq minutes.

Elle attendit. Cloister organisa la logistique dans sa tête.

— Je serai là dans vingt minutes. Ça ira ?

— Eh bien, c'est mieux que trente, répondit-elle, résignée. Simplement, arrive avant que la propriétaire appelle son avocat. À tout de suite.

Elle raccrocha. Cloister resta assis pendant une seconde pour essayer de se souvenir de détails au sujet du pick-up, en dehors de la manière dont il l'avait violemment heurté. Il devait avoir vu quelque chose. La rue était sombre, mais ses yeux s'étaient ajustés à ce moment-là et il avait eu sa lampe de poche. Toutefois, son cerveau ne semblait pas avoir retenu quoi que ce soit. Tout ce qu'il avait se résumait à la taille du pick-up et au choc de l'impact.

Peut-être qu'une fois qu'il aurait vu le véhicule, cela lui reviendrait.

Il enfila ses chaussures et ressortit de la chambre. Javi avait déjà jeté le pain, il était sur le point de balancer les œufs à la poubelle. Bourneville prit le raclement de la fourchette sur la porcelaine comme le signal que le repas était fini et qu'elle était autorisée à jeter un œil à la nourriture. Elle s'assit juste devant le seuil de la cuisine, le regardant s'activer.

— J'ai supposé que le petit déjeuner était terminé, déclara Javi.

Il lança un œil à Bon en levant les sourcils.

— Puis-je lui donner un truc ? Je sais que tu n'aimes pas que d'autres personnes la nourrissent.

— Les étrangers, corrigea Cloister. Elle mangera les œufs si tu les lui proposes.

Javi eut un regard dubitatif sur la mâchoire de Bourneville et transvasa les œufs dans une assiette. Il la posa par terre. Cloister donna une poussée sur l'épaule de Bon pour s'assurer de son attention en disant :

— Bourneville ? Prends.

Elle souffla joyeusement en s'avançant et engloutit la louche d'œufs. L'assiette cliqueta contre le sol lorsque son nez en fit le tour, au cas où elle en aurait manqué un morceau. Sa queue cogna les jambes de Javi et il s'écarta prudemment.

— Je dois aller au poste.

— Moi aussi, déclara Javi. Je vais te déposer.

Cloister lui jeta un regard surpris. Il se moquait de ce que les gens savaient ou ne savaient pas de lui en général. Il n'avait jamais eu à le faire. Les responsables K9 n'avaient pas tendance à obtenir de promotions – il n'en avait jamais vraiment voulu – et les connards trouvaient généralement une proie plus facile que celle que représentait une personne aussi grande et à l'allure aussi méchante que Cloister. Cela n'était pas vrai pour Javi qui préférait garder sa vie privée… privée.

— Quelqu'un pourrait nous voir, fit-il remarquer.

Javi se rinça les mains sous le robinet.

— Tu as été renversé par une voiture il y a quelques jours. Je ne suis peut-être pas aussi populaire que Saul dans le secteur de Plenty, mais je ne pense pas que quiconque me voyant te donner un coup de main en conclurait que je m'attaque sexuellement aux invalides.

Cloister ricana en demandant :

— C'est ainsi que tu définis la nuit dernière ?

— La nuit dernière ? Non.

Javi s'approcha, crochetant ses doigts à la ceinture du survêtement d'emprunt de Cloister. Ses articulations frôlèrent son ventre tandis qu'il l'entraînait dans un rapide baiser au goût de café amer.

— Si je me souviens bien, c'est toi qui m'as attaqué, conclut-il.

Cloister sourit contre la bouche de Javi en admettant :

— J'aime bien cette idée.

Javi mordit la pulpe de la lèvre inférieure de Cloister, puis la laissa glisser entre ses dents lorsqu'il se recula.

— Ou peut-être que tu as supplié. Un truc comme ça.

Il sortit de la cuisine, Cloister renifla et riposta derrière lui :

— Oui, j'avais déjà l'habitude de confondre quand j'étais enfant.

POUR UNE raison quelconque, Cloister s'attendait à ce que le pick-up soit rouge, coloré par le souvenir du rêve d'une voiture miniature qu'il n'avait jamais eue. Au lieu de cela, il se tenait sur l'asphalte inégal de la fourrière qui renvoyait la chaleur alors que la température augmentait en fixant une Chevrolet brillante, couleur café, striée de chromes en argent poli et de traînées de boue séchée.

Au moins, bien qu'elle ne soit pas rouge, il y avait quelque chose de familier à son sujet.

— Alors ? demanda Tancredi avec espoir en levant les yeux vers lui.

— Je ne sais pas, répondit Cloister.

Il contourna le pick-up, essayant de reconnaître le moindre détail pouvant faire correspondre ce jouet pour riche et son souvenir de la silhouette sombre.

— Accorde-moi une minute.

Tancredi s'éventa avec le bloc-notes à pince en le suivant, de courtes boucles s'enroulant autour de ses oreilles. La chaleur avait enlevé l'amidon du col de sa chemise qui s'affalait mollement sur ses clavicules.

— Il a été remorqué samedi matin. Quelqu'un l'a abandonné, garé illégalement dans les Heights, les portes déverrouillées, les clés sur le contact. Il espérait probablement que quelqu'un s'en débarrasserait pour lui.

— Vraiment ?

C'était le mauvais secteur de Plenty pour y parvenir. Les habitants des Heights n'étaient pas des criminels. Ils étaient juste pauvres. Un trafiquant de méthamphétamine tentait occasionnellement de mettre sur pied une production indépendante des big boys de la scène de la drogue, mais la plupart des gens n'avaient pas le temps de se lancer dans des crimes entre leur boulot, leur job secondaire et leurs enfants. Si l'occasion se présentait, ils pouvaient décider de faire les poches d'un type ivre – ou mort –, ou de tirer la radio d'une Jeep en panne. Une voiture comme ça ? C'était trop riche pour eux.

S'ils la prenaient, qu'en feraient-ils ? Ils ne pouvaient pas la garder – même si elle n'était pas ostensiblement volée, la Chevrolet consommait probablement vingt-huit litres aux cent – et la plupart des garages clandestins de désossage locaux penseraient qu'il s'agissait soit d'un piège des flics soit de la caisse d'un trafiquant de drogue.

La victime connaissait donc la ville, mais son agresseur non ?

Cela n'avait pas de sens.

— Et le propriétaire ? interrogea Cloister.

Il se pencha sur le côté en plissant les yeux. Il était difficile de voir sous la boue, mais il y avait un arc de rayures gravé dans le coûteux travail de peinture et une bosse qui aurait pu être causée par une collision avec un corps.

Tancredi vérifia son bloc-notes.

— Cristina Lopez.

Elle désigna le bureau d'un signe de tête, là où l'on pouvait voir le dos d'une femme blonde à la silhouette rustique qui se disputait avec le gardien en service. Alors qu'elle continuait, la voix de Tancredi était sèche :

— Apparemment, madame Lopez n'utilise cette voiture que pour remorquer son bateau, le reste du temps, son employé de maison l'utilise pour faire ses courses. Elle n'a donc rapporté le vol que ce matin, lorsque son employé est revenu de son week-end de repos et a découvert sa disparition. La dernière fois qu'elle l'a vu, c'était vendredi matin. On l'a informé que son véhicule était ici, puis j'ai été appelée quand elle a commencé à s'énerver au sujet de l'amende et de l'état de la voiture. Donc, pourrais-tu identifier cette voiture comme celle qui t'a renversé, Witte ?

— Peut-être.

Tancredi soupira.

— Ce n'est pas suffisant, Witte. Au cas où tu l'aurais manqué, le fait qu'elle a un bateau à faire remorquer par sa voiture signifie que madame Lopez est une femme très riche, et Frome ne sera pas heureux si nous la mettons en colère sans raison.

Tous deux jetèrent un coup d'œil vers le bureau, juste à temps pour voir madame Lopez prendre la tasse de café du gardien et la jeter par terre.

— Ou davantage en colère, corrigea Tancredi.

Cloister s'arrêta de l'autre côté de la voiture, il s'accroupit devant la portière passager. Sa cuisse lui fit mal quand le muscle s'étira, il dut serrer la mâchoire pour ne pas gémir. Il se souvenait que son beau-père avait l'habitude de grogner chaque fois qu'il se mettait à genoux pour faire quelque chose, ses articulations usées par une vie de bagarres dans les bars et de gadins en moto. Si c'était ce que l'on ressentait quand on vieillissait, Cloister devrait arrêter de malmener son corps aussi durement qu'il le faisait.

— Quoi ? interrogea Tancredi.

Cloister passa son pouce sur les creux au niveau de la poignée de porte, en haut et en bas, frottant avec sa main pour faire tomber une partie de la boue située en bas. Sous celle-ci, de longues entailles régulièrement espacées courraient le long de la portière, là où la peinture avait été grattée jusqu'au métal. Bourneville s'était vraiment déchaînée l'autre soir.

Cloister s'assit sur ses talons, essuyant la poussière sèche de sa main sur son genou.

— Dis à madame Lopez que nous sommes désolés, déclara-t-il.

Tancredi relâcha son souffle de soulagement et fit claquer le bloc-notes contre sa cuisse tandis que Cloiser annonçait :

— Mais je pense qu'elle va devoir trouver une autre voiture pour remorquer son bateau.

AMBROSE ENROULA ses cheveux gris terne au-dessus de sa nuque et les coinça avec un stylo égaré. Elle avait déjà enlevé la partie supérieure de sa combinaison tachée d'huile, dénudant ses bras maigres et les pointes du tatouage de Batman se répandaient dans les cicatrices sur sa poitrine. Derrière elle, le pick-up couleur café était installé au-dessus de la fosse pour qu'Ambrose puisse l'examiner.

— Je pourrai le démonter une fois que la scientifique sera passée, je vais les laisser dénicher toutes traces d'indices dans les coussins, dit-elle en essuyant ses mains graisseuses sur ses hanches. Et je pourrai extraire les données de l'enregistreur d'événements et de l'ordinateur de bord. Je devrai l'envoyer pour analyse, cela dit. Ça va prendre un moment. Les techniciens devront contacter Chevrolet pour obtenir les codes d'accès et les clés data.

— Combien de temps ? demanda Cloister.

Derrière Ambrose, un des jeunes mécaniciens ouvrit le capot d'une Dogge Charger et passa la tête en dessous. D'après son « Bordel de merde » étouffé, ça n'avait pas l'air bon.

— Ça pourrait prendre des semaines, répondit Ambrose.

Elle haussa les épaules au soupir de Tancredi.

— Pour mon job, je peux me dépêcher, adjoint. Une fois que ça sort d'ici ? Les techniciens ne s'inquiètent pas du fait que des mécanos attendent les résultats de leurs tests.

— Si cela permet à madame Lopez de récupérer sa voiture plus tôt, Frome acceptera peut-être de leur mettre la pression, supposa Tancredi.

Ambrose haussa les sourcils.

— Madame Lopez ?

— Elle n'a pas… Elle ne conduisait pas, expliqua Tancredi. C'est juste sa voiture.

— Non, ce n'est pas ce que je pensais, affirma Ambrose. C'était juste…

Cloister interrompit les excuses :

— Puis-je avoir dix minutes ? pria-t-il. Laissez Bourneville jeter un œil à la voiture ?

Ambrose se gratta le nez et y laissa une tache de graisse, à gauche de l'arête. Elle braqua son regard à l'endroit où Bourneville était étendue, à l'ombre d'une table de travail. Bourneville leva la tête de ses pattes quand elle réalisa qu'on la fixait.

— N'êtes-vous pas la victime ? demanda Ambrose.

— Je ne toucherai à rien, promit Cloister, la main levée comme s'il était sur le point de jurer sur la Bible. Si Bon trouve quelque chose, Tancredi pourra le récupérer. Il n'y aura aucun risque que j'interfère.

Ambrose l'observa une seconde, puis haussa les épaules et se tourna vers Tancredi.

— À vous de voir.

Tancredi mordit sa lèvre inférieure, indécise. Finalement, elle grimaça et acquiesça.

— D'accord, dit-elle.

94

Puis elle pointa un doigt sur sa poitrine en guise d'avertissement.

— Mais tu ne t'approches pas de la voiture, Witte. Si Bourneville trouve quelque chose ? Je le récupère. Je le mets dans un sac.

Cloister acquiesça et siffla son chien. Bon se mit debout, se secoua dans une ondulation de lourde fourrure noire et rouille et trottina jusqu'à eux. La laisse traîna dans la poussière derrière elle. Quand elle l'atteignit, Bon mit son museau dans la main de Cloister, son nez était humide et froid, et elle haleta entre ses doigts.

— OK, Bon, il est temps de gagner tes œufs, lui dit Cloister en s'accroupissant.

Il détacha la laisse – il était peu probable qu'elle se blesse dans l'espace contrôlé du garage, mais il ne voulait pas risquer de la laisser s'accrocher dans quelque chose – et l'enroula autour de son avant-bras. Ambrose fit deux pas en arrière pour laisser la voie libre, croisant les bras pour observer. Cloister passa ses doigts dans le collier de Bon et pointa en direction du pick-up. Il pouvait sentir le frémissement d'impatience sous sa peau alors qu'elle attendait son commandement.

— Bourneville ? Tu sens RJ ? Nous devons trouver RJ.

Elle gémit à l'ordre codé – aucun parent ne voulait entendre un chien recevoir l'ordre de chercher un cadavre et aucun policier ne voulait que la presse l'entende – et tira sur le collier. Cloister la laissa partir et elle s'éloigna.

La tête baissée, le nez presque collé au béton rugueux et la queue levée, elle fit un tour rapide du garage. Cloister se déplaça sur le côté pour la garder à l'œil. L'un des autres mécaniciens cria quand elle se tortilla entre ses jambes pour renifler le flanc d'un pneu déchiré. Ce qui avait attiré son nez la poussa à faire une pause pendant une seconde, mais elle se retourna ensuite vers eux.

— Bourneville, dit Cloister en indiquant la Chevrolet. *Hupf* !

Elle lui jeta un regard mécontent. La commande « up » l'envoyait généralement grimper sur les murs ou passer par les fenêtres du deuxième étage, et non sur le marchepied d'un pick-up. Mais elle obéit et sauta souplement sur le siège conducteur. Ses pattes s'enfoncèrent dans le cuir pendant qu'elle se retournait pour renifler le siège puis le volant. Après un passage, elle perdit tout intérêt et se dirigea du côté passager.

— Alors quoi ? Il n'y a rien ? questionna Tancredi avec suspicion. Peut-être qu'il n'y a pas assez de traces ?

Ambrose s'éclaircit la gorge.

— La voiture sent l'eau de Javel. Il n'y a pas eu assez de temps pour procéder à un nettoyage complet, mais quelqu'un a essayé de dissimuler ses traces.

— Cela n'a aucune importance, affirma Cloister.

S'il y avait du sang sur le volant, Bourneville aurait dû le trouver et, après que le conducteur en avait eu fini avec Janet, il aurait dû y avoir des traces sur ses mains et ses vêtements. Cela n'avait pas de sens.

Bourneville se coucha sur le siège passager et gémit, la queue bien serrée entre ses jambes, exprimant ainsi distinctement qu'elle avait une trace.

— Bonne fille, s'exclama chaleureusement Cloister.

Bourneville se détendit et se releva.

— Bon chien. RJ. Trouve-le.

Elle grogna et se tortilla entre les sièges pour passer vers le large espace arrière de la voiture. Sa queue apparaissait et disparaissait par la vitre tandis qu'elle montait et descendait de la banquette arrière. Puis elle s'aplatit de nouveau, presque immédiatement, le menton appuyé contre la boucle de la ceinture de sécurité, dans l'attente de sa récompense.

— L'attaquant aurait pu la mettre dans la voiture à un moment donné, suggéra Tancredi alors qu'elle se hissait sur la pointe des pieds pour voir à l'arrière. Elle s'est échappée et il l'a poursuivie ? Tu as dit que tu avais perdu sa piste. Cela aurait du sens si elle était montée dans une voiture.

— Peut-être, admit Cloister.

Cela ne sonnait pas juste. Elle n'aurait pas pu aller très loin, pieds nus et blessée, sous la pluie, alors pourquoi l'agresseur l'avait-il laissée là ? Il n'avait pas eu d'autres choix pour laisser autant de traces dans la voiture.

Il claqua des doigts et tapota sa cuisse pour rappeler Bourneville. Elle grommela tout en descendant et effectua des cercles serrés et nerveux, son flanc appuyé contre ses genoux. Cloister s'accroupit pour la cajoler.

— La meilleure chienne du département de Plenty, Bourneville.

Mais elle soupira et grommela sourdement dans sa poitrine au lieu de s'installer.

Après quelques secondes, elle s'éloigna de lui et retourna à la voiture où elle se tint sur ses pattes arrière, les pattes avant plaquées contre le marchepied, aboyant de nouveau en direction de la banquette arrière.

Cloister leva la main pour empêcher Tancredi de s'approcher.

— Bourneville, cherche, ordonna-t-il.

Elle poussa un soupir de soulagement et sauta dans la voiture. Cette fois, elle tapota avec sa patte sur le siège et aboya.

— Il y a quelque chose à cet endroit, pas seulement une trace, déclara Cloister.

Il se pencha dans l'habitacle et attrapa le collier de Bourneville pour la tirer en arrière.

— Tancredi ? Veux-tu vérifier sous le siège ?

Cette fois, Bourneville fut encline à se laisser dorloter pour avoir été une si bonne chienne. Elle se traîna à demi sur ses genoux, les pattes pendantes, tandis que Tancredi et Ambrose repliaient le long siège en cuir.

— Il y a quelque chose ici, déclara Tancredi.

Elle était à plat ventre, sa lampe de poche dirigée dans les supports sous le siège.

— Comme des cartes ou un truc du genre ? Elles sont coincées sous les glissières. Quelqu'un a-t-il une pince à épiler ou quelque chose dans le genre ?

L'un des mécaniciens, qui avait pris une pause pour regarder Bourneville en action, s'avança avec une pince noire, si pointue qu'elle aurait pu passer pour une aiguille. Tancredi murmura des remerciements en l'attrapant et retourna au travail.

— C'est une carte de fidélité pour un salon de beauté, annonça-t-elle après une seconde.

Une personne ricana avant de plonger dans un silence inconfortable lorsque Tancredi précisa :

— Elle est couverte de sang. C'est sec, mais ça a l'air récent.

Ambrose présenta un sac de preuves ouvert afin que Tancredi puisse y déposer la carte avec précaution. Elle le scellait tandis que Tancredi se penchait de nouveau.

— Il y a autre chose.

Elle retourna à l'intérieur avec un grognement, tendant son bras aussi loin que possible.

— Attendez. Je… presque… hum. Je peux à peine le lire. Ça ressemble à une très vieille carte de visite… d'un avocat ? Il y a quelque chose d'écrit au dos.

La carte se retrouva dans un autre sac de preuves, et Ambrose passa les deux à Cloister pendant qu'elles remettaient le siège en place. Il les emmena jusqu'à la porte et les inclina afin que la lumière du soleil éclaire le plastique.

Le recto de la carte avait autrefois été brillant, mais à présent, elle était fissurée et maculée de sang. Il n'y avait pas grand-chose à cacher. Les mots noirs défilaient explicitement sur la carte, les quelques lettres dissimulées faciles à compléter. *And ew Maci osh – Droit Pén l.*

Il la retourna. Quelqu'un avait noté ses coordonnées au dos et gribouillé son numéro personnel à l'encre bleue. Son nom avait été écrit en lettres désordonnées au-dessus.

Cloister grimaça, frustré, en déchiffrant la signature.

Sean Stokes, le détective privé divorcé avec qui Javi avait dîné le soir où il avait décliné l'invitation de Cloister à aller boire un verre. Ce n'était pas quelqu'un que Cloister souhaitait particulièrement revoir, sans parler de l'accuser de tentative de meurtre.

XI

L'ENVELOPPE AVAIT déjà été soigneusement posée au centre de son bureau quand Javi arriva. Son grade était soigneusement mis entre parenthèses sous son nom sur l'étiquette : Agent spécial de Surveillance par *intérim*. Même si Kincaid l'avait envoyé par courrier express, il était déjà en route avant leur conversation de la nuit précédente. Et à la vitesse à laquelle fonctionnait la bureaucratie fédérale, le transfert devait avoir été approuvé des semaines auparavant.

La futile bonne humeur de la feinte matinée domestique avec Cloister chuta et il se renfrogna. Il ramassa l'enveloppe et en remarqua le poids. Il y avait plusieurs heures de travail scellées dans l'enveloppe kraft ; des formulaires à contresigner et à archiver, des autorisations et des accès à l'ordinateur à configurer…

Un coup sec sur le verre l'interrompit. Il leva les yeux lorsque Sue Daly, l'administratrice du bureau, passa la tête par l'encadrement. La femme mince et efficace, aux cheveux coiffés au carré dans un impitoyable gris flatteur, dirigeait la succursale depuis son ouverture. Il ne serait pas le premier agent qu'elle avait vu arriver et partir, et elle connaissait les signes. Ses yeux bleu pâle effleurèrent l'enveloppe, puis remontèrent vers lui.

— J'ai entendu dire qu'ils avaient confirmé la nouvelle ASS, déclara-t-elle.

— Quand ? demanda Javi en jetant l'enveloppe sur la table.

Ses paupières papillonnèrent et elle entra dans le bureau. La porte se referma derrière elle.

— Je ne colporte pas les ragots, dit-elle. Avant ce matin, je supposais que vous l'aviez compris. Saul pensait le plus grand bien de vous en tant qu'agent, et ses rapports en témoignent.

L'envie de demander « pourquoi » démangeait la gorge de Javi. Il avait toujours été reconnaissant pour l'intervention de Saul, mais ne l'avait jamais vraiment comprise. La partie sur le bon agent était vraie, mais il y avait de bons agents qui n'avaient pas foiré aussi complètement que lui à Phoenix.

À la place, il s'assit derrière son bureau et appuya sur une touche pour allumer le moniteur.

— L'ASS Joel sera le nouvel agent principal, déclara-t-il. Cependant, jusqu'à son arrivée, je reste le responsable de l'affaire Morrow. Avez-vous eu l'occasion d'entrer en contact avec le lieutenant Frome, ce matin ?

Javi aurait été surpris si elle ne l'avait pas fait. Sue était aussi efficace qu'une lame de rasoir. Fidèle à ses attentes, elle sortit son téléphone de sa poche de costume.

— C'est pour ça que je suis venue vous voir, en fait, dit-elle en faisant glisser son doigt sur l'écran. Le lieutenant Frome a envoyé cette information ce matin. Le professeur de Janet Morrow a contacté le département du shérif hier soir. Elle arrive ce matin et devrait être à l'aéroport d'ici deux heures. Le shérif a envoyé quelqu'un la chercher. J'étais sur le point de vous envoyer un e-mail, mais puisque vous étiez sur le point d'arriver… ?

L'ordinateur qui venait juste de démarrer fit entendre un « ping » lorsque Sue envoya le lot d'informations sur le vol dans sa messagerie électronique.

— Saul se serait également soucié de cette affaire, déclara-t-elle en marquant une pause au moment de sortir.

Ses lèvres se retroussèrent dans un mince sourire passablement hostile.

— Il n'est pas le seul à penser que vous êtes un bon agent.

Javi haussa les sourcils, interrogeant sèchement :

— Mais pas une bonne personne ?

La réponse prit un temps plus long qu'il ne l'avait imaginé à arriver. Sue finit par hausser les épaules.

— Je ne pense pas vous avoir déjà vue *être* une personne. Donc, je ne peux pas me prononcer sur ce sujet.

Ce n'était pas une insulte, c'était un constat. Sue quitta le bureau avec un signe de tête poli et un « ASS Merlo ». Javi se laissa retomber en arrière dans son fauteuil, le cuir était glacé contre sa chemise, il se demanda s'il devait se sentir offensé. Il ne l'était pas, mais cela ne voulait pas dire qu'il ne devait pas l'être.

Probablement, pensa-t-il, pince-sans-rire, il devrait être flatté qu'elle ne lui ait pas lancé un « non ». Il connaissait beaucoup de gens, à la fois à Plenty et à l'extérieur, qui l'auraient fait.

Le courrier électronique s'ouvrit et il remit cette pensée à plus tard. L'e-mail de Ruth Belford était maigre et direct, un monotone résumé de faits qui se terminait par les informations sur le vol de nuit qu'elle avait pris à JFK ce matin. Elle avait atterri deux heures plus tôt.

C'était quelque chose que Frome aurait pu lui envoyer directement. Javi attrapa son téléphone et afficha le numéro du lieutenant.

Il y eut deux sonneries, puis Frome aboya :

— Quoi ?

— J'aurais apprécié un avertissement, concernant le professeur Belford.

— Vous avez reçu le courrier électronique cinq minutes après que je l'ai réceptionné, déclara Frome. Belford a demandé à son équipe de nous envoyer les détails. À ce moment-là, elle était déjà dans l'avion. Auriez-vous préféré que je la laisse prendre un Uber de San Diego en attendant de faire le point avec vous ?

— Si l'attaque de Janet Morrow est un crime de haine, cela relève de ma juridiction, dit calmement Javi. Le bureau de Los Angeles me soutiendra à ce sujet.

Frome prit une profonde inspiration.

— Je veux être shérif un jour, admit-il.

Javi se prépara pour l'explication égoïste du fonctionnement de la politique, comme si le département du shérif local avait quoi que ce soit contre le gouvernement. Le soupir le surprit, de même que la voix résignée de Frome qui continua :

— Puis quelque chose comme ça me pousse à me demander si je suis taillé pour l'être. Je n'aurais pas dû laisser les questions politiques troubler mon jugement, et cela n'aurait dû faire aucune différence que Janet Morrow soit transsexuelle et que cela signifiait que des personnes allaient soudain se préoccuper de ce qui lui était arrivé. J'aurais dû m'en soucier.

L'aveu plat prit Javi au dépourvu. Il se rassit dans sa chaise et fronça les sourcils en fixant la porte du bureau. Autrefois, il y avait eu un jeu de fléchettes à cet endroit, une bizarrerie de Saul qui y avait épinglé ceux à qui il en voulait le plus. Peut-être qu'il était là pour lui offrir quelque chose à regarder pendant ce genre de conversations.

— Vous ne semblez pas heureux, fit-il remarquer.

Frome soupira.

— Eh bien, je serais plus heureux si je pensais toujours avoir fait ce qui convenait, déclara-t-il. La vie serait aussi plus facile. Au lieu de cela, le conseil se donne de grands airs au sujet d'une vérification interne. Je dois m'excuser auprès de l'un de mes adjoints et rédiger une déclaration à propos de Morrow pour la presse, qui reviendra sans aucun doute nous harceler. Vous avez eu raison de poursuivre cette enquête, ASS Merlo, mais je doute que ce soit un réconfort pour l'un de nous quand cela touchera le public.

— Ça ne l'est jamais, accorda Javi. Mais croyez-moi, se tromper n'aide pas beaucoup non plus. Est-ce que vous emmenez d'abord le professeur Belford à l'hôpital ou au poste de police ?

Il y eut une pause pendant que Frome cliquetait bruyamment sur un clavier.

— Ici, répondit-il. L'adjoint Collins est encore en route, mais il sera là d'ici une vingtaine de minutes. Je vous enverrai quelqu'un quand il arrivera.

Frome raccrocha sans cérémonie.

Javi reposa le téléphone et attrapa l'enveloppe toujours fermée sur la table. Il pouvait aussi bien commencer. Comme ça, si l'affaire allait au diable, il n'aurait pas à en subir les conséquences.

La Ruth Belford que Javi s'attendait vaguement à découvrir – une femme qui, au cours du même week-end, avait pris une longue pause romantique et un vol de nuit pour venir en aide à quelqu'un – n'était pas la femme que Collins avait escortée au poste. Elle était plus petite et moins sévère, avec un carré long et des ongles rongés. Le genre de femme qui s'était réveillé un jour en étant passé de « mignonne » à « gentille », sans transition. Pour une enseignante dans une école de mode, ses vêtements étaient agressivement indescriptibles, allant du tee-shirt à motifs de roses aux baskets blanches.

— Professeur Belford, la salua Javi, s'avançant pour lui tendre la main. Je suis l'ASS Javier Merlo, du FBI.

— Ruth, corrigea-t-elle.

Sa main était douce et moite lorsqu'elle serra la sienne. Elle le détailla rapidement, de la tête aux bottes, de ses yeux injectés de sang, et elle laissa échapper un rire nerveux.

— Le vrai FBI ? Pas un acronyme de comédie dont nous ririons plus tard ?

— Non, le Bureau Fédéral d'Investigation, confirma Javi.

Il lui montra son badge pour le prouver. Il ne semblait pas que Ruth pensait qu'il mentait, simplement que toute la situation lui paraissait bizarre.

— Merci de prendre le temps de me parler. Je suis sûr que Janet appréciera votre venue.

— Non, ce ne sera pas le cas, contredit Ruth avec un rictus désabusé sur ses lèvres gercées.

Elle réalisa finalement qu'elle tenait toujours sa main dans la sienne et la relâcha avec des excuses embarrassées.

— Comment va Janet ? Peut-elle recevoir des visiteurs désormais ?

Javi posa ses doigts sur son coude et fit un geste vers le couloir.

— C'est probablement mieux si nous parlons dans la salle d'attente, dit-il. Il y aura un peu plus d'intimité.

Elle hésita une seconde, mais fit ce qu'on lui proposait. La pièce se trouvait à quelques portes du standard de Mel et sa voix était tout juste audible – Adjoint Graves, nous avons un signalement de personne disparue à Green Isle. Adjoint Jane, nous avons un rapport de 10-33 en cours sur Able Road. Quel est votre 10-20 ? – jusqu'à ce que Javi ferme la porte derrière eux.

— Que s'est-il passé ? s'enquit Ruth en s'asseyant avec précaution au bord d'un siège bas et carré.

Elle retira nerveusement une peluche sur le tissu de son jean.

— Le lieutenant à qui j'ai parlé a dit que Janet était à l'hôpital, qu'elle avait été agressée. Que s'est-il passé ?

— C'est ce que nous essayons de découvrir, déclara Javi.

Il s'assit à côté d'elle et sortit son téléphone. Il appuya sur l'application Enregistrement, puis le posa sur la table entre eux.

— Nous n'avons pas pu apprendre grand-chose sur mademoiselle Morrow. Nous ne trouvons ses dossiers nulle part. Elle a à peine une existence sur les réseaux sociaux et l'université dit qu'elle n'est pas étudiante ?

Ruth se frotta les mains.

— Elle ne l'est pas.

— Quand elle vous a désignée comme contact d'urgence, nous avons supposé qu'elle était votre étudiante.

— Nous sommes amies, c'est tout.

Javi la scruta.

— Pourtant, vous avez fait tout ce chemin ?

Elle détourna ses yeux rouges de fatigue du voyage pour les poser sur les affiches accrochées aux murs, comme si le service d'assistance téléphonique en cas de violences domestiques lui importait soudainement.

Un rougissement apparut sur les joues de Ruth alors qu'elle déglutissait nerveusement.

— Je ne pense pas qu'elle ait quelqu'un d'autre à contacter, déclara Ruth.

Elle reporta son attention sur le visage de Javi, puis la dévia de nouveau, cette fois-ci sur l'affiche de conduite en état d'ébriété. Elle remua sa mâchoire.

— Je sais qu'elle n'a personne d'autre, et je me sentais… coupable.

Le ton prudent de Ruth se brisa en quelque chose de douloureusement honnête sur le dernier mot.

— Pourquoi ?

Ruth se frotta les yeux. Les larmes se coincèrent entre ses doigts. Peut-être que ce n'était pas seulement l'air sec de l'avion qui en avait rougi leur blanc.

— Désolée. Parce que je mens. Parce que je suis une merde. Je ne le pensais pas. Je suis désolée. C'est juste une habitude.

Javi attendit. Il n'avait pas la même attitude que Cloister avec les gens : le sérieux facile et décontracté qui invitait aux confidences. Sa réserve froide pouvait également fonctionner. Cela donnait envie aux gens de combler le silence.

— Nous avons eu une… Ce n'était pas une liaison.

Ruth se passa la main dans les cheveux et des touffes sombres se coincèrent entre ses doigts. Le rire étranglé qui s'échappait de sa gorge n'eut rien de plaisant.

— Je continue de mentir. Je ne sais pas pourquoi. Je suppose que les mensonges ont la vie dure.

C'était vrai.

Javi ignora la crispation de sympathie dans sa gorge, il ramena la conversation sur les rails.

— Vous avez eu une liaison.

Ruth prit une profonde inspiration et hocha la tête. Elle laissa retomber ses mains sur ses genoux, les tordant comme un étudiant sur le point d'avoir des ennuis.

— Oui. Nous en avions une.

Elle grimaça et se corrigea brutalement :

— J'en avais une. Je suis celle qui est mariée, alors… c'est moi. C'était seulement quelques mois, c'est fini désormais. C'est fini depuis près de six mois.

104

— Pourtant, elle a quand même noté votre nom comme personne à prévenir en cas d'urgence.

Ruth sourit tristement.

— Elle m'aimait. Et comme je l'ai dit, qui d'autre a-t-elle ?

La liaison se glissa à l'arrière du cerveau de Javi, comme un sujet à creuser plus tard. Cela mettrait Ruth sur la défensive de la pousser maintenant, et il voulait d'abord obtenir d'elle autant d'informations que possible.

— Nous n'avons pas été en mesure de trouver beaucoup d'informations sur Janet, déclara-t-il, laissant les aveux de Ruth irriter sa conscience. Savez-vous quelque chose sur elle que nous pourrions utiliser pour retrouver son plus proche parent ?

— Non, répondit Ruth.

Elle haussa les épaules au froncement de sourcils de Javi.

— Janet ne parlait jamais du passé : sa famille, son ancien nom, où elle avait grandi. Je lui ai demandé quelquefois, mais elle a dit que c'était « BFNY », Before New York, et que ça n'avait pas d'importance. Pour elle, la vie a commencé quand elle est devenue celle qu'elle voulait être, la personne que j'ai rencontrée.

— C'était quand elle a fait sa transition ?

Ruth fit la moue.

— Je suppose que c'est de notoriété publique désormais, commenta-t-elle.

Son menton plongea dans un hochement de tête amer et empli de ressentiment.

— Mais, oui. C'était il y a un an, ou un peu plus à présent. Peu de temps avant notre rencontre. C'était – et c'est vraiment la seule chose que je sais d'elle, avant ça – après le décès de sa mère. Janet a reçu de l'argent, assez pour l'opération et un billet d'avion pour New York, elle n'a jamais regardé en arrière.

— Aucune idée de l'endroit où elle a vécu avant New York ? Elle n'avait pas un accent ou un plat préféré ?

— Elle était instruite, déclara Ruth. Elle parlait mieux que moi. Et elle... New York était son obsession, monsieur Merlo. Elle n'aimait rien de ce qui n'était pas fabriqué en ville.

L'impression que Janet Morrow avait laissée sur le monde restait vaporeuse. Tout ce qu'ils savaient, c'était que quelqu'un l'avait brutalisée.

Cela ne semblait pas juste. Qui que soit celui ayant essayé de la tuer, cela ne devrait pas pouvoir la définir.

— Avez-vous une idée de la raison pour laquelle elle est venue à Plenty ?

— Nous n'avions pas discuté depuis un moment, déclara Ruth.

Avant que Javi ne puisse ressentir plus qu'une déception, Ruth poursuivit :

— Cependant, elle est venue me voir il y a deux semaines. Pas à propos de Plenty – elle n'en a jamais parlé –, mais… à propos de l'avenir ?

— Avec vous ?

Un air mélancolique adoucit le visage de Ruth. Elle baissa les yeux sur ses mains, toujours coincées entre ses genoux, comme si elle ne pouvait pas leur faire confiance.

— Non. Elle m'aimait, mais Janet était son seul véritable amour. C'était son idée, son plan, de ce que serait sa vie une fois qu'elle pourrait *être* Janet. Elle n'allait pas se languir de moi, alors qu'elle avait encore des ambitions. C'est ce dont elle voulait parler : de son avenir en tant que styliste. C'était toujours quelque chose qu'elle voulait faire… nous nous sommes rencontrées lors d'un défilé de mode que ma femme avait organisé… mais, à présent, elle semblait le vouloir tout de suite.

Javi haussa les sourcils.

— Et elle avait l'argent pour ça ?

Ruth pinça les lèvres.

— Non. Elle ne l'avait pas. C'est ce qui la faisait se dépasser, car je sais qu'elle avait récemment manqué de chance. Elle avait perdu son travail et les amis avec qui elle vivait la rejetaient pour… quelque chose, je ne sais pas quoi exactement. Elle dormait dans sa voiture. C'est la raison pour laquelle nous ne nous étions pas parlé depuis longtemps. Je voulais l'aider, mais elle m'a dit que je ne pouvais plus le faire désormais. Janet pouvait être irritable, pas à propos d'argent, mais au sujet d'une aide ?

— Et ? pressa Javi délicatement. Qu'est-ce qui avait changé ?

Ruth finit par libérer ses mains pour pouvoir esquisser un mouvement d'incompréhension.

— Je ne sais pas. Au début, je pensais qu'elle allait essayer de me faire chanter pour obtenir de l'argent… pas que j'en aie. Ce n'était pas ce qu'elle voulait, de toute manière. Elle a dit qu'elle pourrait obtenir l'argent *si* elle pouvait se rendre en Californie. Il y avait quelqu'un là-bas qui lui devait de l'argent ou qui lui en donnerait.

106

— Une dette ?

— Je ne sais pas. Elle était réticente, bouche cousue à ce sujet, mais persuadée de revenir avec suffisamment. Je lui ai prêté l'argent pour le vol et une location de voiture. J'espérais que ce serait la dernière fois que j'en entendrais parler. J'espérais peut-être qu'elle ne reviendrait pas, qu'elle resterait ici. C'est la dernière fois que je lui ai parlé et je ne sais rien d'autre. Je suis désolée. Puis-je aller à l'hôpital maintenant ? Je voudrais voir Janet.

Ruth le regarda avec espoir, délivrée de ses secrets. Javi réfléchit une seconde, mais il était persuadé qu'elle lui avait dit ce qu'elle savait… ou du moins ce qu'elle croyait connaître.

— Bien sûr, dit-il. Je suis sûr que le lieutenant Frome s'arrangera pour que quelqu'un vous emmène afin de vous permettre de passer du temps avec elle. Si vous envisagez de quitter la ville, faites-le-moi savoir. Juste au cas où nous aurions d'autres questions.

Ruth hocha la tête avec soulagement.

— D'accord.

Elle se leva et tira sur ses vêtements pour en lisser les plis. Puis elle tendit les mains à Javi. Il se leva et accepta l'étreinte de ses doigts autour des siens.

— J'espère que vous trouverez qui lui a fait ça.

— Je m'en occupe.

Ruth lui serra la main une dernière fois et le relâcha. Il y avait des larmes dans ses yeux, elle les essuya avant qu'elles puissent s'échapper. Avec un dernier geste maladroit et humide pour lui, elle commença à s'éloigner. Javi se pencha pour récupérer son téléphone, le compteur toujours en action alors qu'il indiquait les minutes de la conversation. À ce stade, Javi ne voyait pas en quoi cela causerait des dégâts si Ruth se mettait sur la défensive.

— Votre compagne est-elle au courant ?

Elle se retourna brusquement pour le fixer. Cela aurait été un regard coléreux si elle ne demeurait pas clairement mal à l'aise d'être interrogée par le FBI.

— Bonnie sait que je… j'ai merdé, admit-elle. Et elle sait que je l'ai choisie elle… elle et notre fils, notre vie. Mais si vous sous-entendez qu'elle est impliquée dans cette affaire de quelques manières que ce soit…

— Les médecins ne savent pas quand ni même si Janet reprendra connaissance, l'interrompit Javi.

Il vit la lueur de chagrin dans le regard de Ruth avant qu'elle détourne les yeux... et la culpabilité. D'après l'expérience de Javi, les mensonges s'arrêtaient difficilement, mais la culpabilité plus difficilement encore. Cela dit, c'était aussi un excellent moyen de pression.

— Janet ne peut pas m'aider à découvrir qui lui a fait ça. Je dois donc vous poser ces questions. Il n'y a personne d'autre.

— Vous voulez savoir qui a fait ça ? riposta Ruth. C'est votre question ? Je ne sais pas. Je ne sais pas pourquoi quelqu'un ferait du mal à Janet. Qui qu'elle souhaite être, c'était désormais une femme de ménage qui devait dormir dans sa voiture parce qu'elle était à court d'amis et de canapés. C'était peut-être un bigot. Il y en a suffisamment dans les parages. Je peux vous dire que ce n'était pas Bonnie. Elle n'est pas comme ça.

— Les gens peuvent vous surprendre.

Un sourire amer tordit la bouche de Ruth.

— Si Bonnie pouvait encore me surprendre, je n'aurais pas couché avec quelqu'un d'autre, déclara-t-elle. C'est Bonnie qui a rencontré Janet en premier. Elle l'aimait bien. Elle s'est sentie désolée pour elle. Elle...

Ruth s'arrêta brusquement. Javi vit une pensée assombrir son visage – une ombre de suspicion – puis disparaître lorsqu'elle la repoussa.

— Vous venez de penser à quelque chose, déclara Javi. Quoi ?

Ruth pinça ses lèvres l'une contre l'autre.

— Ce n'est... rien, prétendit-elle. Quelque chose que Bonnie a dit une fois, mais elle s'invente des drames à partir de rien. Quelqu'un n'a pas de compte Facebook et, tout à coup, il devient un témoin protégé, oh, et s'il a déjà été au Japon, alors ça vient probablement d'un Yakuza.

— Je garderai cela à l'esprit. Mais les médecins ne savent pas si Janet va reprendre connaissance. Elle ne peut donc pas me dire qui voudrait lui faire ça. Votre femme devait avoir basé « l'histoire » qu'elle vous a racontée sur quelque chose. Cela pourrait aider.

La lutte entre le désir d'aider et le besoin de garder sa femme en dehors de tout cela s'afficha sur son visage. L'aide gagna d'un cheveu. Elle soupira avec ressentiment et croisa les bras sur son ventre, ses doigts enroulés autour de ses coudes.

— Janet n'a jamais parlé de son passé, donc j'ignore où Bonnie a pêché cette idée, déclara Ruth. Mais elle était convaincue que la famille de Janet avait été abusive, qu'elle avait essayé de l'envoyer dans l'un de ces camps bibliques pour qu'elle soit « soignée ». Elle pensait que c'était la

108

raison pour laquelle Janet n'accepterait aucune aide, pour laquelle elle ne pouvait faire confiance à quiconque.

— A-t-elle mentionné des noms ou…

— Non, s'écria Ruth, avant que sa voix se brise. C'était juste une histoire, d'accord ? Bonnie raconte des histoires sur les gens. La seule chose que Janet ait jamais dite à propos de son passé, c'est que quelqu'un lui devait de l'argent. Trouvez-le. Peut-être qu'il aura vos réponses.

Elle sortit en claquant la porte derrière elle.

Javi éteignit son téléphone d'une pression.

— Plus facile à dire qu'à faire, marmonna-t-il. Comment trouvez-vous quelqu'un qui a une dette envers un fantôme ?

XII

LES APPELS que Galloway passait depuis la morgue étaient toujours de qualité particulière. Le bruit de fond était étonnamment banal, interrompu uniquement par le grincement d'une roue ayant besoin d'huile et du crissement sourd d'une scie. Cela aurait pu être la rénovation d'une cuisine autour d'elle au lieu d'un démontage de corps humains avant leur remise en état.

Du moins, jusqu'à ce que vous entendiez le craquement des os et le bruit de succion des organes déplacés.

— J'ai analysé le profil ADN de certaines affaires de disparition encore ouvertes, annonça Galloway.

D'après le son légèrement étouffé de sa voix, Javi supposa que le téléphone était collé à son épaule pendant qu'elle travaillait.

— Toutes celles qui correspondent à l'âge et à la description générale de mademoiselle Morrow. Rien n'est ressorti. Si vous voulez savoir qui elle est, vous allez devoir attendre de voir s'il existe une correspondance dans le CODIS.

— Combien de temps cela prendra-t-il ? interrogea Javi.

Quelqu'un avait laissé un plateau de beignets dans la salle de repos. Il n'était pas le premier à les découvrir. La moitié de la boîte avait disparu, il ne restait qu'une empreinte grasse sur le papier là où les autres s'étaient trouvés. Il en saisit un, glacé à la cannelle, avec une serviette, puis le reposa quand il vit l'empreinte creuse d'un doigt ressortir distinctement sur le glaçage.

— Qui est venu en premier, la poule ou l'œuf ? riposta Galloway.

Il se contenta d'attendre la suite, elle soupira et posa quelque chose de mouillé.

— Croisez les doigts pour qu'aucune personne digne de ce nom ne soit kidnappée ou assassinée. Si la recherche ne se fait pas doubler par un cas de priorité supérieure, deux semaines. Peut-être. Autre chose ?

— Un détail, répondit Javi.

Il se servit une tasse de café. Au lieu du liquide noir goudron habituel, il sortit de la carafe avec la couleur d'un thé. Il le goûta avec soin et grimaça devant sa saveur amère et huileuse. Quelqu'un qui devait être à court de café avait décidé de faire couler une autre cruche avec la même mouture déjà serrée.

— Lorsque Janet a fait sa transition, il semble qu'elle ait payé elle-même l'opération, probablement la totalité, parce que je doute qu'elle ait eu une assurance. Existe-t-il un moyen qui permette de savoir plus facilement où ça a été fait ?

— Hum. Avec précision ? Non. Les chirurgiens ne signent pas leur travail, excepté les idiots. Cependant, si elle n'avait pas d'assurance, je doute qu'elle ait été riche ?

— Elle vivait dans sa voiture avant de venir ici. Apparemment, elle a reçu un petit héritage lorsque sa mère est décédée.

— Tijuana.

— Je ne vous suis pas.

— C'est une supposition, mais elle est logique. À moins que Janet ait été prompte à l'euphémisme, un petit héritage ne suffirait pas à payer une procédure effectuée aux États-Unis. En outre, si elle l'a fait aux États-Unis, cela ne vous aidera pas vraiment à résoudre le problème. Il est plus probable qu'elle soit allée à l'étranger. La Thaïlande est plus populaire, mais Tijuana serait moins cher pour elle et moins intimidant si elle était seule.

Galloway fit une pause et Javi imagina son haussement d'épaules.

— Ou elle a choisi complètement autre chose. Je n'ai aucune preuve. C'est à vous de voir.

— Merci. Si quelque chose d'autre remonte, faites-le-moi savoir.

— Bien sûr, accorda Galloway.

Avant que Javi puisse écarter le téléphone de son oreille, Galloway laissa échapper :

— Si vous pouviez faire la même chose au sujet de mademoiselle Morrow ? Je saurai si elle meurt, mais si elle se rétablit, j'aimerais aussi savoir ce qu'il en est. Ce sera une première pour moi.

Elle rit avec autodérision. Javi promit de le faire et raccrocha. Alors qu'il rangeait son téléphone, il nota mentalement d'envoyer un bon café à Galloway. Il ne prévoyait toujours pas de rester à Plenty assez longtemps pour avoir besoin d'amis, mais une pathologiste bien disposée était une autre histoire.

Le sucre et la crème donnèrent au café une teinte plus pâle que celle de Javi, mais ne firent rien pour le goût. Il résista à l'envie de recracher sa gorgée comme un enfant et se dirigea vers l'évier pour y vider le reste de la tasse.

La porte s'ouvrit et Tancredi jeta un coup d'œil à l'intérieur pendant qu'il rinçait la tasse. Des cheveux s'étaient échappés de sa tresse, frisottant avec l'humidité et une longue ligne de graisse couvrait sa mâchoire. Elle nota la présence de Javi et un mélange de ressentiment et d'inquiétude creusa le pli entre ses sourcils.

— Agent Merlo, dit-elle. Pardon. Je ne voulais pas vous déranger. Je cherche Collins.

— Il a emmené le professeur à l'hôpital, l'informa-t-il. Elle voulait voir Janet.

L'irritation qui marquait le front de Tancredi se transforma en un véritable froncement de sourcils.

— Je voulais qu'il apporte le disque dur de la voiture au laboratoire, expliqua-t-elle.

— Cloister l'a identifiée ? questionna Javi. À qui appartient-elle ?

— Une veuve riche d'âge moyen.

Un sourire ironique étira le coin de la bouche de Tancredi alors qu'elle ouvrait la porte en grand avec son pied.

— Nous ne pensons pas qu'elle était au volant.

— Parce qu'elle est riche, qu'elle est d'âge moyen ou qu'elle est veuve ? demanda Javi en inclinant la tête.

Le sourire disparut du visage de Tancredi.

— Elle était sur un yacht la nuit de l'accident. Nous avons des photos de son compte Instagram et de celui de son amie. Hashtag la vie commence à quarante ans.

— Tout de la veuve joyeuse, alors.

Tancredi haussa les épaules.

— Ivre, en tout cas, dit-elle. Peut-être que ceux qui ont pris la voiture savaient qu'ils auraient quelques jours devant eux avant que quiconque remarque sa disparition.

— Vous êtes sûr que c'était cette voiture ? demanda Javi.

— Pick-up, corrigea Tancredi, puis elle leva les yeux au ciel. Witte a identifié des marques laissées par son chien sur les portières. Bourneville a également trouvé des traces de sang dans la voiture et des objets pouvant appartenir à Janet. Nous les avons envoyés à la scientifique. Il y avait du sang dessus, alors nous devrions pouvoir dire si c'était le sien ou non.

Javi acquiesça. Une comparaison directe avec un échantillon existant serait plus rapide que de passer en revue tous les échantillons du CODIS parce qu'ils gardaient espoir.

— Quels étaient les objets ? interrogea-t-il.

— Des cartes de visite.

Tancredi fronça le nez et haussa les épaules en ajoutant :

— Nous n'avons jamais trouvé de portefeuille. Quiconque l'a pris l'a probablement emporté sans remarquer qu'il avait laissé tomber les cartes quand il les avait retirées. Oh ! L'hôtel a rappelé.

Pendant une seconde, Javi eut un blanc. Puis il se rappela l'e-mail qu'il avait envoyé avant que Cloister ne frappe à sa porte. D'autres événements le lui avaient fait sortir de l'esprit.

— La valise ?

Tancredi hocha la tête en s'écartant de la porte.

— L'accueil n'était pas ouvert à son arrivée à l'hôtel. Elle l'a laissée derrière le bureau pour la récupérer plus tard. Un idiot l'a mise dans les objets trouvés. Il attendait que quelqu'un vienne la réclamer. J'irai après avoir fait mon rapport au lieutenant au sujet de la saisie de la voiture de madame Lopez.

Elle avait un air inquiet. Soit la nouvelle volonté de Frome d'examiner l'affaire ne s'était pas répercutée jusqu'à ses adjoints, soit sa mauvaise humeur l'avait fait.

— Je vais m'en charger, proposa Javi. Cloister peut me renseigner et Frome voudra lui parler de la recherche de Bourneville.

Tancredi inclina la tête sur le côté, lui adressant un regard mesuré. Parfois, elle lui rappelait sa grand-mère. La finalité qu'elles y mettaient était différente – une carrière dans l'application de la loi par opposition à une règle génétiquement despotique de son cercle social –, mais l'acuité derrière leurs yeux était la même.

Aucune des deux femmes n'apprécierait probablement la comparaison.

— Vous êtes sûr ? demanda Tancredi.

Javi acquiesça.

— Je dois apporter des informations à Frome sur ce que nous avons découvert sur les antécédents de Janet, de toute façon. Il est logique de tout faire en même temps.

— D'accord. Merci.

Tancredi aplatit ses cheveux et tenta de replacer les mèches rebelles dans sa tresse.

— Dans ce cas, je vais aller à l'hôtel récupérer la valise. J'espère qu'il y aura plus que des vêtements dedans.

Avant qu'elle puisse partir, Javi lui tendit une serviette.

— Là, indiqua-t-il en se frottant la mâchoire avec son pouce. Vous avez quelque chose sur le visage.

Tancredi rougit, cracha sur la serviette et la passa sur sa peau. Elle regarda Javi avec espoir lorsqu'elle eut fini. La salissure était maintenant une tache qui ressemblait à la pire ecchymose au monde.

— C'est mieux, mentit-il. Et, cela m'importait, l'autre nuit.

Elle frotta de nouveau la serviette le long de sa mâchoire, lui adressant un léger sourire.

— Je sais que ce n'était pas mes affaires, mais Witte ne vous aurait jamais appelé. Il ne nous a même pas dit que c'était son anniversaire le mois dernier. Comme si cela risquait de trop nous déranger de lui offrir une carte et un gâteau ? *Nous* aurions pu nous aussi manger du gâteau.

Javi souhaitait poser la question. Il n'allait pas le faire. Ce n'était probablement pas si mal qu'il ignore la date d'anniversaire de Cloister – les anniversaires n'étaient pas inclus dans ce qu'ils faisaient, et Cloister n'en faisait manifestement pas grand cas –, mais l'idée de devoir demander à Tancredi pour avoir cette information le hérissait. En plus, il pouvait deviner la date. Il s'était montré mal à l'aise quelques semaines plus tôt.

— La prochaine fois, préparez du poulet frit, dit-il, pince-sans-rire. Je pense qu'il ne vit que de ça.

Tancredi éclata de rire, puis sortit.

La porte se referma derrière elle et Javi s'autorisa finalement à froncer les sourcils. Il était évident que Cloister n'annoncerait à personne que c'était son anniversaire, pensa-t-il aigrement. Il sortit son téléphone et commanda un café sur son application avec des mouvements de doigts impatients et furieux. *Non, il t'a juste piégé pour le laisser tomber à la place.* Ainsi, il pouvait toujours jouer le martyr, même s'il était le seul à le savoir.

La colère eut un goût de mauvais café dans la gorge de Javi. Il ne savait pas ce qui l'irritait le plus, que Cloister ait essayé de le piéger pour qu'il devienne un vrai – un genre de – rendez-vous, ou que Javi se soit – en quelque sorte – excusé pour tout cela.

Javi n'aimait pas les jeux, surtout quand il pensait que Cloister et lui s'étaient déjà mis d'accord sur les règles. Kincaid aimait faire cela : déplacer les poteaux de but lorsque vous ne regardiez pas ce qui se passait.

Javier. Crois-moi, Javier.

Mais une petite voix claire relevait, à travers l'irritation de Javi, que Cloister était si direct que vous pouviez l'utiliser comme une règle. Même ses problèmes émotionnels étaient exposés à tous ceux qui se donnaient la peine de regarder, avec sa caravane Airstream cabossée et sa pile d'affaires de personnes disparues. Et en ce qui concernait la part martyre ? Ce n'était pas lui non plus. Cloister ravalait sa douleur. Il partait avant même que vous puissiez vous excuser.

Il restait un connard, mais ce n'était pas un jeu.

Cela n'aidait pas Javi à se débarrasser de sa mauvaise humeur. Cela lui permettait juste de comprendre qu'il savait peut-être contre qui il était fâché, mais qu'il ne savait pas pourquoi.

Javi fit une grimace et paya son café d'un coup de pouce. Une fois la transaction effectuée, il fourra son téléphone dans sa poche et son agacement au fond de son esprit. Cloister pourrait attendre. Javi avait – du moins jusqu'à ce que Joel revienne – un travail à faire.

LE LABORATOIRE avait perforé un bout du coin de la carte de visite. Cela ressemblait à une carte de fidélité à l'ancienne mode : dix procès en justice et vous obteniez une heure gratuite. Une bonne affaire si vous posiez la question à quiconque ayant déjà eu recours à un avocat.

— Andrew Macintosh, déclara Javi alors qu'il finissait son café. Le nom ne me dit rien.

— Vous n'avez jamais entendu parler de Mac le Couteau ? s'étonna Frome, presque stupéfait.

— La chanson ? demanda Cloister.

Javi lui lança un regard sévère.

— Je doute que le lieutenant prépare un chant en cœur, déclara-t-il.

Frome renifla et se laissa aller contre le dossier de son fauteuil. La porte du bureau était fermée et quand Frome avait vu la carte, il avait également fermé les rideaux.

— Non, mais Mac était un requin, c'est vrai, dit-il. Si quelqu'un engageait Andrew Macintosh pour le représenter, alors vous saviez qu'il était plus que probablement coupable.

Javi retourna le sac de preuves et plissa les yeux sur le verso de la carte. Les détails du contact avaient été griffonnés, mais il pouvait distinguer la forme des lettres en dessous.

— Pourtant, il était basé à Plenty ? demanda-t-il, sceptique. À Delacourt.

Frome renifla et leva deux doigts.

— Delacourt était beaucoup plus agréable à l'époque, et Mac en possédait la moitié, dit-il en baissant un doigt. Et Plenty était bien pire. Je ne l'ai rencontré qu'une fois. J'étais un adjoint débutant, et mon coéquipier et moi avions intercepté ce conducteur qui s'est avéré avoir un cadavre dans le coffre de sa voiture. Mon coéquipier a été blessé lors de l'arrestation et a ensuite été remisé à un poste de bureau jusqu'à ce qu'il parte. Il ne pouvait tout simplement pas le croiser dans les rues. Le procès est arrivé et Mac nous a coupé l'herbe sous le pied. Son client venait juste d'emprunter la voiture, il avait un syndrome de stress post-traumatique après un car-jacking non signalé, ce que son thérapeute soutenait avec des fichiers très fraîchement imprimés, et ce petit gars avec une femme à l'hôpital se présentait pour admettre qu'il avait commis le meurtre. Le chauffeur s'en est sorti avec la charge d'imprudence avec arme à feu, le petit gars a été condamné à une peine de prison et une âme généreuse a payé les factures de sa femme. À l'époque, Plenty convenait à Mac.

— Alors que s'est-il passé ? questionna Cloister. A-t-il été évincé lorsque le département de la police a été nettoyé ?

— Non.

Frome fronça les sourcils pour la première fois. Il tendit la main vers le bureau pour prendre la carte et pinça les lèvres tandis qu'il étudiait les bords repliés et les lettres affadies. Il était évident qu'elle s'était trouvée dans le portefeuille de quelqu'un pendant un long moment. Après une pause, il la posa sur la table et déclara :

— Il a assassiné sa famille.

Javi leva un sourcil sous la surprise.

— Cela expliquerait pourquoi il n'exerce plus.

— Du moins, quelqu'un a assassiné sa famille. C'était il y a plus de dix ans. À ce moment-là, je n'étais pas impliqué dans l'enquête, mais tous ceux que Macintosh avait bousillés suivaient ce qui se passait. Il a essayé de donner l'impression que quelqu'un qui lui en voulait avait tué sa femme et ses fils, mais il s'est avéré qu'il était beaucoup plus difficile de manipuler les perceptions des gens dans le monde réel que dans une salle d'audience. Les gens l'ont soupçonné d'être impliqué dès le début, avant même qu'il apparaisse qu'il n'avait pas une famille aussi heureuse que ça. Sa femme s'était entretenue avec un avocat spécialisé dans les divorces l'année précédente. Et c'était sa deuxième femme. Macintosh était déjà passé par là une fois. L'affaire est passée devant les tribunaux, mais Macintosh avait encore des amis – et de l'argent – donc, ça n'a pas coincé. Il n'avait même pas pris la peine de monter une défense, aucune excuse, aucun alibi, il s'est assis et a attendu que le jury rende son verdict. Cependant, tout le monde savait qu'il l'avait fait, même la femme du jury dont il avait acheté le « innocent », et la culpabilité a quand même fini par *le* rattraper. Il a commencé à perdre des affaires, à se saouler et a fini par simplement disparaître. Mac le Couteau s'était évaporé depuis longtemps avant que le département du shérif ait pris le pouvoir ici.

— Alors, pourquoi une créatrice new-yorkaise désireuse d'avoir sa propre chance aurait-elle sa carte ? questionna Cloister.

Il fit une pause. Cela n'avait peut-être pas été souligné.

— Ou peut-être la carte de Stokes.

Ce n'était probablement pas une pique. Même la fausse date d'anniversaire de Cloister était un instrument moins brutal que ce que Javi aurait choisi. C'était simplement le mauvais jour pour évoquer le nom de Stokes.

— Peut-être qu'elle voulait filer quelqu'un, supposa Javi d'un ton glacial. Ou elle collectionne les anciennes cartes de visite. À ce stade, les spéculations sont inutiles. Jusqu'à ce que nous en sachions plus, Janet aurait pu avoir cette carte pour une multitude de raisons.

Frome lança un regard d'avertissement à Cloister, la main partiellement levée pour signifier « restez calme ». Du coin de l'œil, Javi vit le mouvement de la large carrure alors que Cloister haussait les épaules. Il y avait eu des moments où Javi soupçonnait que son désir de garder sa vie privée précisément ainsi était aidé par le fait que Frome croyait qu'il n'aimait pas beaucoup Cloister. Il aurait été plus facile de rester courtois si cela avait été vrai. Les gens que Javi n'aimait pas ne se glissaient pas sous sa peau. Surtout, ils ne glissaient pas sous sa peau sans qu'il sache pourquoi.

— Je suggère que nous cessions avec les théories, déclara Javi, comme s'il n'avait pas remarqué l'échange. Jusqu'à ce que nous ayons eu la possibilité de discuter avec Stokes. Il pourrait peut-être nous aider à faire la lumière sur ce que Morrow voulait, et peut-être qui elle est. Je vais le contacter, organiser un entretien.

— Cela ressemble à un plan, déclara Frome.

Il se leva, mit sa veste et la rabattit correctement par-dessus son arme à feu.

— Je vais déjeuner et prendre un café. Monsieur Witte, puisque vous pensez apparemment ne pas avoir besoin de récupérer, vous pouvez aider l'ASS Merlo pour les recherches qu'il doit effectuer. Cela pourrait vous éviter des ennuis.

Ou alors, pensa Javi, pince-sans-rire, alors qu'ils suivaient le lieutenant à l'extérieur du bureau, Frome était parfaitement conscient de leur... appelez ça une implication, faute d'un meilleur mot... et aimait simplement les regarder ne plus savoir où se mettre.

MADAME CRISTINA Lopez n'était pas heureuse.

Elle n'avait probablement que dix ans de plus que Javi, ce qui l'incitait à se demander à quelle distance de l'âge moyen Tancredi le situerait.

— Je suis la *victime* d'un *crime*, affirma madame Lopez.

L'accent était mis sur les mots, comme si elle pensait que l'adjoint chargé des tâches administratives avait des difficultés à comprendre. Elle frappa ses mains à plat sur le comptoir.

— Je suis venue ici pour *récupérer* ma *voiture* et, maintenant, je suis *retenue* contre mon *gré*. *J'exige* de parler à un *responsable*.

L'adjoint avait l'expression lasse de quelqu'un qui avait entendu ce discours à plusieurs reprises.

— Si vous pouviez juste être patiente, madame Lopez. Quelqu'un va bientôt venir vous voir.

Madame Lopez renifla.

— Vous avez *déjà* dit ça.

Elle fit un geste derrière elle en direction du grand homme blond assis sur le banc derrière elle. Il avait l'air embarrassé.

— Mon employé doit aller chercher les enfants à l'école. S'ils sont kidnappés ou fuguent parce qu'ils pensent que je ne les aime pas, ce sera votre faute.

— Les officiers savent que vous êtes ici, madame Lopez.

Elle soupira et retourna aux côtés de son employé de maison. Il lui tapota le genou quand elle s'assit auprès de lui, murmurant quelque chose. Madame Lopez leva les yeux au ciel.

— Ce n'est pas le sujet, Jim, répliqua-t-elle.

Javi se tourna vers Cloister, lui tendant le dossier.

— Emmène madame Lopez dans l'une des salles d'interrogatoire et calme-la. Je dois passer quelques appels avant, mais je ne veux pas qu'elle perde patience et parte en claquant la porte.

— Pourquoi moi ? demanda Cloister.

— Parce que les gens t'aiment, Witte.

— Les chiens et les petits enfants m'aiment, corrigea Cloister. Les femmes riches énervées, pas tellement.

Javi l'observa rapidement. Son tee-shirt noir était tendu sur ses larges épaules et son pantalon était accroché bas sur ses hanches minces. Malgré la pointe d'agacement dont Javi avait été incapable de se débarrasser, il sentit un profond sentiment de désir dans son ventre. Même le plâtre griffonné et les ecchymoses qui couvraient son sourcil avaient une certaine vulnérabilité qui l'attirait.

La plupart du temps, Cloister ressemblait au mauvais garçon que vous pourriez rencontrer dans un bar louche, espérant qu'il ne vous casserait pas la mâchoire pour lui avoir parlé. En ce moment, il avait l'air d'un dur à cuire qui avait besoin d'un cookie et d'un endroit où se pieuter. Ça avait son charme.

— Eh bien, si elle ne devient pas aimable avec toi, déclara Javi, enlève ton tee-shirt. Ça a fonctionné sur moi.

Il laissa Cloister affronter la veuve irritée pour se diriger vers le parking. La porte s'ouvrit juste au moment où il l'atteignait et un homme d'âge mûr, vaguement familier, entra.

— Agent Merlo, dit-il en tendant sa main. J'espérais vous parler de quelque chose en rapport avec l'affaire.

Définitivement familier. Javi ne fut pas fier de le reconnaître, mais ce fut l'odeur de javel et de fumée de cigarette acidulée qui raviva sa mémoire.

— Monsieur Hewitt. Comment allez-vous ?

Hewitt fronça les sourcils et se gratta le cou. La peau était écorchée par les produits chimiques.

— Un peu sur la brèche, admit-il. Écoutez, ce cas sur lequel vous étiez, Witte et vous, l'autre jour. Le nettoyage ? Après votre départ, un sans-abri est sorti de nulle part. Il a posé des questions, et juste la façon dont il le faisait… ce n'était pas normal.

— Comment ? interrogea Javi.

— Ça sonnait faux, déclara Hewitt. Content de soi, comme s'il pensait que c'était drôle. Et il avait ça. Il l'a agitée pendant un moment, mais je la lui ai prise.

Il sortit une écharpe rose tachée de sa poche. À un moment donné, il l'avait pliée et mise dans un sac scellé. Un ex-adjoint, se souvint Javi.

— D'accord, dit-il.

Il se tourna et fit signe à Collins de venir.

— Dites à cet adjoint tout ce qui s'est passé. Il va l'enregistrer comme preuve. Je suis heureux que vous soyez venu, monsieur Hewitt.

— Tim. Ou Hewitt. J'ai été adjoint assez longtemps pour m'habituer aux deux. J'espère que ça va aider. Si ce gars a blessé cette pauvre gamine et a essayé de tuer Witte, il mérite ce qui va lui arriver.

Javi sortit et laissa Collins recueillir les détails. Il s'éloigna de l'odeur de fumée stagnante et du mélange distinct et peu attrayant d'odeur corporelle d'adolescent et de solvant sniffé. Parfois, il était difficile d'avoir des invités qui quittaient le nid après être sortis des cellules au matin. Il afficha le numéro de Sean sur son téléphone et appuya sur le bouton d'appel.

Le téléphone sonna assez longtemps pour qu'il envisage de raccrocher et de réessayer. Puis l'appel aboutit brusquement sur des éclats de rire et la voix de Sean au milieu d'une phrase.

—… besoin de prendre cet appel. Cela dit, je te promets que je sais ce que je fais.

Quelqu'un grogna quelque chose en retour, puis la voix basse et rauque de Sean résonna dans son oreille.

— Agent spécial Merlo, quel plaisir inattendu. Ne me dites pas que vous avez reconsidéré l'offre de mon client ?

— Non, affirma Javi. Votre client a des informations sur la personne qui a assassiné trois agents *fédéraux* et leurs familles. Je ne le payerai pas pour ça. Il ira en prison avec le tueur quand nous le trouverons.

Il put percevoir le haussement d'épaules dans la voix de Sean.

— Comme vous voulez. Alors, à quoi dois-je le plaisir de cette conversation ? Ce qui, en passant, réduit mes heures facturables ici. Est-ce à propos de votre flic favori qui a été renversé par une voiture ? Parce qu'en réalité, il est de votre responsabilité de le garder en laisse au plus près.

Aussi ennuyé que Javi soit avec Cloister, la pichenette désinvolte dans la voix traînante de Sean l'incita à se mordre la langue d'irritation. Il se demanda vaguement si d'autres personnes pensaient qu'il ressemblait à ce point à un connard privilégié lorsqu'il parlait sèchement à Cloister.

— En fait, Sean, votre nom est apparu dans cette affaire, déclara-t-il une fois qu'il eut ravalé la réplique rageuse qui souhaitait se faufiler entre ses dents.

Sean éclata de rire.

— Vous rigolez.

— Non.

— Ne vous méprenez pas, Merlo.

La voix de Sean chuta dans un grognement rauque.

— Vous donnez l'impression d'être amusant pour quelques nuits, et loin de moi l'idée de passer à côté d'une mauvaise décision, mais vous ne valez pas la peine de risquer d'être jeté en prison. J'ai eu beaucoup d'occasions de commettre des crimes lorsque j'étais au département de police de Plenty et cela m'aurait rapporté plus.

Javi grimaça.

— Je suis sûr que votre client apprécie cette vision de votre cabinet.

— S'il vous plaît, mon client apprécie un enfoiré qui va encore plus loin, déclara Sean.

Le sourire réussit à être audible dans sa voix.

— Tout comme le font les hommes avec qui je couche. Au cas où vous vous lasseriez de Witte.

Javi réprima le bref éclair de tentation avant que son cerveau ne puisse le justifier. Même s'il ne se souciait pas de Cloister, Sean serait une grave erreur.

— Nous devons vous parler, déclara-t-il. Pouvez-vous venir au poste ?

— Je suis à L.A. en ce moment, répondit Sean après une pause.

La voix teintée de sexualité disparut quand il réalisa que Javi était sérieux.

— J'ai une audience au tribunal demain pour témoigner dans une affaire de harcèlement criminel. À moins que vous ne vouliez m'arrêter, vous devrez attendre mercredi.

— Quelle heure ? interrogea Javi sèchement.

— Je vous tiens au courant. Passez le bonjour à l'adjoint.

Il raccrocha.

Javi éloigna le téléphone de son oreille, faisant rouler sa tête d'un côté à l'autre. Ses vertèbres grincèrent sous la tension, toutefois il prit une profonde inspiration et passa son second appel.

— Inspecteur Yuen. Je me demandais si vous pouviez apporter votre aide pour un cas sur lequel je travaille. Nous pensons que la victime a passé quelque temps dans un hôpital de Tijuana. Je peux vous envoyer tous les détails…

— Cela ne semble pas être relié aux cartels.

— Appelez ça une coopération inter-agences.

Yuen renifla.

— Envoyez-moi les informations. Je mettrai quelqu'un sur l'affaire. Vous me serez redevable, agent Merlo.

— Dans des limites raisonnables, admit Javi.

Puis il raccrocha.

XIII

— L'AVEZ-VOUS FAIT avec une théière ? demanda madame Lopez en prenant la tasse à Cloister.

Au lieu d'attendre une réponse, elle prit une gorgée de thé et plissa son nez légèrement trop étroit pour être naturel.

— Oubliez ma question.

Cloister haussa les épaules. Il y avait une théière quelque part dans la cuisine, une bouilloire de camping qui traînait dans le fond du placard avec de vieux sachets de thé aux fleurs. Elle était bosselée, avait une couleur de nicotine brunâtre à l'intérieur, et personne ne se souvenait de qui l'avait apportée. C'était probablement une relique de l'ancien département de police. Il ne pensait pas que le thé aurait eu un meilleur goût dedans.

— L'ASS Merlo sera là dans une minute, madame Lopez, promit-il en s'asseyant avec précaution sur la chaise en métal. Si vous avez besoin de quelqu'un pour aller chercher vos enfants, nous pouvons envoyer une voiture de patrouille pour emmener votre employé de maison à leur école ?

Madame Lopez leva les yeux au ciel.

— Ce sont des adolescents. Ils ont des activités après les cours, dit-elle avec impatience en se levant. Il reste quelque chose comme quatre heures avant qu'ils envisagent de rentrer chez eux. En plus, ils ont des téléphones et j'ai un compte Uber. Je ne veux tout simplement pas rester ici.

Elle lui tourna le dos et commença à faire les cent pas. Ses talons claquèrent sur le vieux linoléum qui recouvrait le sol. Alors qu'elle atteignait la porte, elle s'arrêta et jeta un coup d'œil à Cloister à travers ses cheveux.

— Ce sont mes beaux-enfants, expliqua-t-elle. Les fils de mon défunt mari. Ils vivent toujours avec moi, mais ils ne sont évidemment pas les miens. Je n'étais pas une jeune mariée.

— Je ne jugeais pas, déclara Cloister. J'ai grandi à la campagne. Je rentrais déjà à pied de l'école quand j'avais huit ans.

La tragédie avait déjà frappé sa famille. Sa mère avait l'impression que c'était comme une immunisation : quelqu'un avait enlevé son frère, donc sa famille était en sécurité. C'est ce que Cloister s'était dit en tout cas. Mais après avoir eu son demi-frère, elle l'avait conduit à l'école et ramené à la maison. Alors peut-être qu'elle ne se souciait pas de ce qui pourrait arriver à Cloister.

Il essaya d'ignorer la direction que prenaient ses pensées tandis qu'il regardait madame Lopez faire un autre tour de la pièce. Finalement, elle soupira et s'assit en face de lui. En dépit de ses airs frivoles, ses yeux gris pâle étaient perçants lorsqu'elle le fixa.

— Alors, dit-elle.

Elle prit une gorgée de thé et son rouge à lèvres laissa une trace brillante sur la tasse. Elle le posa sur la table et arqua ses sourcils.

— Qui est Lara ?

Cloister plissa les yeux. Elle rit et pointa son plâtre.

— Remets-toi vite, lut-elle. Lara. Pas de bisous ?

— C'est une amie, déclara Cloister en jetant un coup d'œil sur le plâtre gribouillé.

Ce n'était pas tout à fait la vérité, mais la vérité – son fils avait été pris pour cible par un kidnappeur et son deuxième fils avait disparu, aussi Cloister avait une idée de ce à quoi cela ressemblait – était difficile à résumer.

— Ses enfants voulaient qu'elle écrive quelque chose.

Il se recula sur sa chaise et posa le plâtre sur sa cuisse. Maintenant que Frome l'avait remis au travail, il supposait qu'il devrait trouver un moyen de le couvrir. Le joyeux opossum de Tancredi pouvait être mignon pour certains, mais il n'avait pas l'air très professionnel.

Madame Lopez faillit dire quelque chose, puis se ravisa. Elle pencha la tête sur le côté et pressa ses articulations contre sa lèvre supérieure pour se contraindre au silence.

— Êtes-vous l'adjoint qui a été blessé l'autre nuit ? Le délit de fuite ? questionna-t-elle.

Sa voix démarra avec l'enthousiasme de la proximité du drame, puis sombra brusquement dans la consternation alors qu'elle reculait.

— Oh, mon Dieu, est-ce que c'était ma voiture ? Et ils ont dit qu'une fille avait été attaquée. *Oh, mon Dieu*, a-t-on agressé une pauvre fille dans ma voiture ?

Sa voix partit en vrille sous une panique consécutive. Cloister tendit la main par-dessus la table et poussa sa tasse de thé encore chaude vers elle.

— Madame Lopez, essayez de rester calme, s'il vous plaît. L'agent Merlo vous expliquera tout quand il arrivera.

Elle enroula ses mains autour de la tasse de manière machinale. Le clic du métal sur la céramique incita Cloister à jeter un coup d'œil. Veuve joyeuse ou pas, elle portait encore son alliance.

— Je savais que j'aurais dû vendre cette voiture, murmura-t-elle en portant la tasse à ses lèvres. Elle est maudite.

Cloister l'aurait interrogée, mais Javi poussa la porte juste au moment où il ouvrait la bouche, il mit donc sa curiosité de côté pour plus tard.

— Agent Merlo, dit-il.

— Adjoint Witte.

La manière sèche dont Javi prononça son nom lui valut un regard curieux de la part de Cloister. Un geste des doigts de Javi écarta la question informulée, ou du moins la remit à plus tard. Il coinça ses dossiers dans le creux de son bras et se pencha au-dessus de la table pour offrir sa main à la femme.

— Madame Lopez, je suis désolé de vous avoir retenue. Nous avons juste quelques questions.

— Bien sûr, accorda madame Lopez rapidement.

Elle tordit nerveusement ses mains autour de la tasse.

— Je suis désolée d'être une pét… d'être difficile. Je ne savais pas que c'était à propos de cette pauvre fille.

Un muscle de la mâchoire de Javi s'agita et il se tourna légèrement vers Cloister pour lui lancer un regard noir.

— Je vois que l'adjoint Witte vous a déjà renseignée.

Cloister fit un geste pour désigner son front. Le violet et le noir de ses bleus s'étaient déjà un peu atténués. Il guérissait toujours rapidement, mais les points de suture étaient toujours là.

— Elle a deviné.

— Je vois, commenta Javi avant de s'asseoir et d'ouvrir le dossier devant lui. Madame Lopez, nous soupçonnons que votre voiture a été utilisée durant un crime ce week-end. J'ai juste quelques quest…

— Je n'étais pas en ville, l'interrompit madame Lopez. Si j'ai besoin d'un alibi, je peux contacter une amie ou…

— Ce n'est pas nécessaire, déclara Javi. Nous ne vous soupçonnons pas d'être impliquée, madame. Ce que nous avons besoin de savoir, c'est qui avait accès à votre voiture ?

Elle était sur le point de répondre. Sa bouche s'ouvrit et « Juste moi et… » en sortit. Puis elle s'arrêta brusquement. Ses yeux devinrent intransigeants tandis qu'elle pressait ses lèvres l'une contre l'autre.

— Je crois que j'aimerais parler à un avocat. Avant d'aller plus loin.

Elle posa la tasse devant elle et croisa les bras.

Il y eut une pause.

— Madame Lopez, reprit Javi. Nous voulons juste clarifier ce détail. Actuellement, vous n'êtes *pas* suspecte…

Elle releva le menton.

— Actuellement, répéta-t-elle. Je. Veux. Mon avocat.

Ce fut tout.

VINGT MINUTES plus tard, madame Lopez quittait le poste en Uber, son employé de maison confus sur les talons. Cloister se tenait à la fenêtre du bureau de Javi et la regardait d'en haut. Il gratta sous son plâtre en s'écartant de la vitre. La dernière fois qu'il avait eu un plâtre, c'était quelques années plus tôt, quand il s'était cassé le pied lors d'une chute au cours d'une opération de sauvetage sur une falaise. Il avait oublié à quel point les démangeaisons étaient désagréables.

— Alors, à ton avis, qui protège-t-elle ? demanda Javi en faisant pivoter sa chaise de bureau pour faire face à Cloister. Son employé de maison ? Un amoureux ?

Cloister secoua la tête.

— Nous savons que l'employé utilisait la voiture, répondit-il. Ce n'est pas lui qui l'inquiète. Ses beaux-fils sont des adolescents, et si Tancredi dit vrai, madame Lopez était sur un yacht vendredi soir, ce qui signifie que ses beaux-fils étaient probablement seuls à la maison. Cependant, avoir accès à la voiture ne signifie pas qu'ils l'ont fait. Quel rapport les garçons Lopez pourraient-ils avoir avec Janet Morrow ?

— À moins que madame Lopez fasse vraiment bonne figure, réfléchit Javi. C'est une famille riche. Du moins, du point de vue d'une femme de ménage sans-abri de New York, ils le sont probablement. Peut-être que ce sont les personnes auxquelles elle se référait et qui lui devaient quelque chose.

— À quoi tu penses ? questionna Cloister. Ils sont à l'école, alors ils ont quoi, seize ou dix-sept ans ? Comment Janet pourrait-elle même les connaître ?

— En ligne, peut-être ? Ou cela pourrait être une connexion avec madame Lopez, dont les garçons ont connaissance, déclara Javi.

Un coup d'œil à sa montre le fit froncer les sourcils, il se leva pour rejoindre rapidement la porte du bureau. Il l'ouvrit et la retint pour Cloister.

— Pourquoi n'irais-tu pas le découvrir, adjoint Witte ?

Cloister regarda la porte et hésita. Il voulait l'interroger. Ce matin, Javi était agréable. Même sa paranoïa habituelle selon laquelle une tasse de café enverrait les mauvais signaux était restée en suspens. Maintenant, il n'était plus qu'impatience et réserve glaciale.

Cloister ne savait pas s'il récolterait des engelures ou du sang s'il embrassait Javi.

Il voulait l'interroger, mais il ne le fit pas… ses vieilles habitudes et la crainte de ne pas aimer la réponse. Il haussa donc les épaules et sortit. Le déclic de la porte derrière lui enfonça le clou alors qu'il se dirigeait vers les ascenseurs.

— Adjoint Witte, lança madame Daly lorsqu'il passa devant son bureau.

Elle tendit le cou brièvement pour jeter un œil à ses pieds.

— Pas de chienne aujourd'hui ?

— Je vais la chercher, répondit Cloister en appuyant sur le bouton en métal pour appeler l'ascenseur.

Daly renifla et baissa les yeux sur les formulaires sur lesquels elle avait griffonné sa signature.

— Repasse cette commande. Je vais devoir laisser moins de vide.

Elle se gratta la tempe avec le bout de son stylo, puis leva à nouveau les yeux.

— Eh bien, je suppose que nous ne vous verrons plus autant par ici à l'avenir.

Cloister lui aurait demandé une explication, si l'ascenseur était arrivé une seconde plus tard. Il s'éloigna pour laisser passer un employé avec une pile de dossiers coincée entre ses avant-bras et son menton irrégulier.

— Il s'agit de la moitié des dossiers que vous avez demandés pour examen, déclara le greffier en jetant un regard soupçonneux à Cloister, puis en reportant son attention sur Daly. Nous devons encore récupérer le reste.

— Pour l'amour de Dieu, murmura Daly.

Elle se leva de son bureau et s'empressa de saisir des dossiers avant qu'ils ne tombent tous par terre. Elle les tria vivement, posa trois piles sur son bureau et en garda un dans ses bras.

L'occasion de lui demander une explication était révolue. Cloister monta dans l'ascenseur, appuya sur le bouton du rez-de-chaussée et attendit que les portes se ferment. En dépit du murmure « aie de la fierté » dans le fond de son cerveau – ressemblant à celui de sa mère, sa voix dure alors qu'elle marchait dans la rue devant des voisins qui gloussaient, se moquant ouvertement et marmonnant derrière leurs mains –, il regarda à travers les portes en verre vers Javi.

Sa tête était penchée sur son bureau, ses cheveux noirs retombaient en avant par vagues épaisses. Il ne leva pas les yeux.

Idiot.

Cloister renifla et s'appuya contre la paroi du fond de la cabine tandis que les portes se fermaient. Il posa son bras sur sa poitrine et plaça le plâtre contre son épaule.

Cette voix ressemblait également à celle de sa mère. Elle avait toujours été aussi obligeante. Cloister laissa le sentiment amer le ronger durant le court trajet entre les étages. Puis il écarta son auto-apitoiement lorsque les portes s'ouvrirent.

Certes, Javi soufflait le froid et le chaud, mais quelqu'un avait laissé Janet Morrow pour morte sous la pluie, comme une poupée dont on s'était lassé. Sur une échelle d'importance, ses problèmes étaient plus urgents que ceux de Cloister.

Il n'avait pas besoin de l'écho sec de la voix de sa mère pour le lui dire.

S'il y avait un lien entre Janet et les enfants Lopez, il le trouverait.

APRÈS DEUX jours et beaucoup trop d'emojis, Cloister n'avait toujours pas trouvé le lien.

Il s'assit sur la plage, à un kilomètre et demi du parc de mobile-homes, et ignora un autre magnifique coucher de soleil californien au profit de son téléphone. Il fit coulisser l'écran – le sable gratta fortement sous son pouce et toutes nouvelles rayures se perdirent dans celles auxquelles il s'était habitué – et regarda les sept derniers mois de la vie de Janet se dérouler, une partie désincarnée à la fois.

L'Instagram de Janet Morrow était un assemblage minutieux de morceaux : des pieds en cuir verni Mary Janes, un hologramme sur un ongle de pouce accroché à une ceinture tressée, une clavicule tatouée et des rouleaux de tissu. La seule photo qui ne correspondait pas au restant était un selfie flou pris avec un homme aux cheveux argentés, à l'air perplexe, vêtu d'un costume chic, où Janet se penchait de côté dans un éclair de cheveux roux et d'un long bras. C'était une photo affreuse, mais elle avait l'air heureuse.

Toutefois, il semblait improbable que Tim Gunn ait été impliqué dans une tentative de meurtre perpétrée à Plenty.

En comparaison, les beaux-fils Lopez possédaient une douzaine de comptes sur les réseaux sociaux, remplis de photos de groupe désordonnées et de vidéos peu judicieuses contre lesquelles leurs enseignants les avaient probablement mis en garde. Les garçons Lopez aimaient le baseball, la plage et, étonnamment, leur belle-mère. Les filles aussi, pour l'un d'entre eux, mais il n'y avait aucune mention de New York, d'une rousse ni d'aucun commentaire rageur ou équivalent. Il avait aussi jeté un œil à leur casier et parlé au directeur de l'école. Le plus âgé avait été surpris avec une bouteille ouverte dans son véhicule et le plus jeune avait été réprimandé à la suite d'une bagarre à l'école : rien de dramatique.

Selon le principal Vasser, pour deux garçons dont le père s'était suicidé – un an auparavant à son bureau de San Diego, Cloister avait demandé qu'on lui envoie les dossiers au cas où – et dont la mère ne montrait aucun intérêt à récupérer leur garde auprès de la belle-mère, ils s'en sortaient aussi bien qu'on pouvait l'espérer.

Cela pouvait signifier soit qu'il n'y avait pas de liens soit qu'il en existait un que Cloister n'avait tout simplement pas trouvé. C'était possible. Il n'était pas un habitué des réseaux sociaux : pas de Facebook, pas de Twitter. Sa seule présence sur Instagram était une séance photo occasionnelle pour le compte officiel du département du shérif. Cela se résumait principalement à ses jambes et à sa chienne.

Les liens numériques demeuraient des liens. D'ailleurs, qu'y mettrait-il ? Les aventures d'un insomniaque au bord de la plage ?

Il n'était pas coutumier des réseaux en ligne, alors il avait peut-être raté quelque chose. Il voulait croire que ce n'était pas le cas. Si la voiture Lopez avait vraiment été choisie au hasard, leurs seuls indices étaient une carte de visite sale, vieille de plusieurs décennies, et ce fichu foulard qu'Hewitt avait rapporté. Ce n'était pas grand-chose. Les vêtements de Janet avaient été dispersés partout dans la rue. Le sans-abri sur lequel Hewitt s'était focalisé pouvait juste l'avoir ramassé.

Bon aboya après lui.

— Désolé, dit Cloister distraitement en verrouillant le téléphone.

Il le posa sur le morceau de bois flotté sur lequel il s'appuyait et se pencha pour attraper une longue racine d'algues séchées dans du sable.

C'était sablonneux, très collant et trop léger pour être lancé, mais Bon ne semblait pas s'en soucier. Son nouveau jouet, un nœud en caoutchouc lourd et texturé, supposé être indestructible d'après la publicité, avait été abandonné sur la plage depuis une heure. Elle lui râla dessus et sauta d'impatience d'une patte sur l'autre dans le sable compact en attendant qu'il continue.

— Tu es prête ?

Il plaça la racine au-dessus de son épaule et Bon remua son arrière-train, alors qu'elle anticipait le lancer. Le sable recouvrit ses pattes et ses jambes jusqu'à ce qu'elle semble presque être noir et brun-roux.

— *Bleib*, dit brusquement Cloister en jetant le bâton.

Il se cambra dans les airs et retomba dans les vagues. Bon frémit du désir de s'élancer, mais elle obéit à l'ordre de « rester », et maintint sa position. Elle se concentra sur lui alors qu'il levait la main, paume vers le haut et immobile.

— Bonne fille. Bonne chienne. Assis.

Elle planta son arrière-train dans le sable, assez brusquement pour que ce soit audible, ses yeux ne le quittant pas.

Cloister garda la main en l'air jusqu'à ce qu'il soit certain qu'elle n'allait pas bouger avant d'avoir reçu son accord. Puis il laissa tomber sa main dans un geste vif.

— Vas-y, Bon ! Rapporte !

Elle décolla à toute vitesse, une flèche noire qui fila sur la plage dans un sillage de sable projeté derrière elle. Les vagues avaient promené le bâton et l'avaient lavé. Cloister regarda Bon éclabousser son objectif, tout en éternuements offensés quand l'eau rentra dans son nez. Elle finit par le repêcher et le ramena, l'extrémité de la racine humide traînant dans le sable.

Cette fois, Cloister n'en fit pas un travail pour elle. Il le jeta aussi loin que possible sur la plage. Elle galopa derrière et Cloister la regarda jouer jusqu'à ce que son téléphone revienne subitement à la vie dans un bruit de crécelle. Les vibrations manquèrent presque de le faire basculer sur le côté du bois flotté. Cloister le récupéra et accepta l'appel en le montant à son oreille.

— Où es-tu ?

La voix était celle de Javi, le numéro en revanche – Cloister vérifia deux fois pour être sûr – ne l'était pas.

— Ça t'a traversé l'esprit que j'évitai tes appels ? demanda-t-il.

— Non, je viens de casser mon téléphone. J'aurais dû m'en inquiéter ?

Cloister sentit la brève envie puissante de prétendre que oui, mais ce serait l'équivalent conversationnel d'un doigt accusateur.

— Non, admit-il à la place en époussetant du sable sur les genoux de son jean délavé. J'ai juste raté quelques appels, Agent Merlo.

Javi expira un sifflement exaspéré à l'oreille de Cloister.

— Je me suis excusé à ce sujet, rappela-t-il. Des trucs m'avaient énervé, mais je n'aurais pas dû m'en prendre à toi.

Bon s'approcha de lui, laissant tomber la tige d'algues fortement mâchouillée à ses pieds. Reculant de trois pas, elle le fixa avec espoir. Sa langue sortait au milieu d'un sourire plein de dents tandis qu'elle haletait.

— Oui, dit Cloister. Et j'ai dit que je n'avais besoin de personne pour prendre soin de moi.

Il enfonça la pointe de son pied chaussé dans le sable sous le bâton et lui donna un coup de pied. Cela ne l'envoya pas loin, mais Bon bondit après. Elle le plaqua avec ses pattes et grogna dessus.

— Tu as un bras cassé…

— Un poignet, le corrigea Cloister. Et j'ai vécu pire.

— Je pensais qu'il serait logique que tu restes quelques jours dans mon appartement, déclara Javi.

Même si c'était la troisième fois qu'il faisait cette offre, ces mots donnaient toujours l'impression qu'il devait faire un effort pour les sortir. Sa voix était crispée et amère.

— Tu es à peine un adulte fonctionnel avec deux mains, Cloister, et tu en as une de moins. Comment feras-tu si tu as besoin d'ouvrir une boîte de conserve pour chien ? Tu utiliseras tes dents ?

Cloister renifla. Il aurait été vexé s'il n'avait pas dû ouvrir une bière de cette façon une nuit, après avoir perdu sa bataille avec le décapsuleur.

— La première fois que j'ai couché avec toi, tu m'as fait dormir sur le canapé, déclara-t-il. Maintenant, tu veux que moi, mon chien et des vêtements de rechange venions t'encombrer ? Tu serais vraiment à l'aise avec ça ?

— Non, reconnut Javi, la voix sèche comme du sel. Cela semble horrible, mais j'ai déjà fait face à pire. Je ne veux pas que tu sois blessé à nouveau, Cloister.

Il y avait quelque chose à vif dans la voix de Javi quand il l'énonça… un arrière-goût de sang. Cela resta en suspens entre eux pendant une seconde – l'un incapable d'offrir plus, l'autre incapable d'accepter ce qui était proposé –, puis Javi s'éclaircit la gorge.

— Mais tu es un adjoint libre. Si tu veux choper la gangrène et perdre un doigt, c'est ton problème. Ce n'est pas pour ça que je t'appelais. Stokes m'a finalement passé un coup de fil, il est de retour en ville. Si tu désires assister à l'entrevue, retrouve-moi à la Caille Grandiose dans deux heures.

La Caille bien sûr, c'était l'endroit où Sean Stokes voulait que la rencontre se passe. C'était un homme aux goûts onéreux qui pouvait se le permettre depuis son divorce. La Caille était un « authentique » vieux tripot de Plenty que quelqu'un avait transformée en pub à thème, construisant un hôtel tout autour. Tout était en planchers d'origine et en comptoirs en bois rayé, encadrés par des tables recouvertes de cuivres et de bières maison.

— Sélect, commenta-t-il.

Sa voix était si intentionnellement neutre qu'elle en parut acerbe.

— Ouais, tu devras probablement porter l'uniforme si tu veux qu'ils te laissent entrer.

— Tu es sûr, ce n'est pas juste pour toi ?

Il y eut une pause. C'était stupide, mais Cloister aurait pu jurer qu'il avait entendu la courbe du sourire sombre et lent de Javi à travers la ligne. La prise de conscience déclencha un picotement qui rampa le long de sa colonne vertébrale, se refermant autour de ses bourses.

— Je te préfère sans rien, mais tant que ce n'est pas avec quelque chose sorti de la poubelle de recyclage, je m'en contenterai.

Il raccrocha.

Expirant lentement, Cloister jeta un coup d'œil à Bon, elle charriait la souche déchirée de son jouet de fortune à ses pieds.

— Ne me juge pas, lui dit-il. Je ne peux pas me retenir avec ce que je trouve sexy.

Bon pencha la tête d'un côté, puis de l'autre, avant de baisser sa truffe pour pousser la racine vers lui.

— Plus tard, annonça Cloister.

Il posa son coude sur le morceau de bois flotté et se releva. Ça fit mal. Le sable était humide et sa hanche était raide. Ce fut laborieux, mais il y parvint. Il n'avait besoin de l'aide de personne. Il n'avait *besoin* de personne. Il devait y croire. C'était déjà assez mauvais quand on aimait quelqu'un et qu'on vous laissait tomber. Si vous commenciez à croire qu'on vous aimait, c'était pire.

Cloister tapota sa cuisse.

— Viens, Bon. Nous allons dîner. Tu dois enfiler ton harnais chic.

Elle poussa de nouveau la racine, levant des yeux pleins d'espoir vers lui. Lorsqu'il ignora l'allusion et leva la main de la plage vers le parc de mobile-homes, elle soupira profondément et, délicatement, ramassa le morceau de bois durci par le sel entre ses dents. Elle remonta en haut de la plage à grandes enjambées, en mode travail, comme toujours quand elle recevait ses ordres.

Cloister commença à la suivre, mais s'arrêta. Il ombragea ses yeux avec sa main pour pouvoir regarder la mer et le coucher de soleil qu'il avait ignoré. Le ciel était coloré de nuances de rouge et d'or, les nuages se déchirant à l'horizon comme des banderoles.

C'était magnifique. Cloister le savait, mais il ne parvenait jamais vraiment à se résoudre à l'apprécier. Il pouvait apprécier les levers de soleil, mais les couchers de soleil étaient simplement une provocation indiquant qu'il ne dormirait plus. Il gratta distraitement le plâtre, enfonçant son pouce aussi loin que possible, songeant aux voitures en métal dures et brûlantes et à la raison pour laquelle il évitait les appels de la personne qu'il souhaitait entendre.

Il y avait des moments où il pensait qu'il allait bien. Bien sûr, il ne parvenait pas à dormir, mais qui le pouvait de nos jours ? Puis quelqu'un disparaissait ou un anniversaire se présentait et il n'allait plus bien. Toutes ces années, et une partie de lui-même restait coincée là-bas, dans la nuit qu'il ne pouvait pas – ou peut-être que sa mère avait raison, et c'était *ne voulait pas* – se souvenir. C'était peut-être toujours le cas.

Peut-être était-ce la raison pour laquelle il voulait des réponses pour Janet.

Un tiraillement sur son bras lui fit baisser les yeux. Bourneville avait son plâtre entre les dents alors qu'elle essayait de l'entraîner hors de la plage. Cloister se mit à rire et passa sa main sur son visage – regarder le soleil rendait vos yeux larmoyants, vous comprenez – et se mit en route derrière elle.

Cloister espérait qu'elle avait juste faim et qu'il ne l'avait pas inquiétée. Apparemment, c'était l'effet qu'il faisait à trop de gens.

— OK, OK.

Il se pencha pour attraper le jouet en caoutchouc intact, là où elle l'avait laissé tomber, et la laissa l'emmener loin de la plage.

— Allons nous mettre sur notre trente-et-un et dépenser notre salaire d'une semaine pour nous payer une bière.

XIV

Il y avait du sable dans le plâtre de Cloister. Il se tenait dans le hall de la Caille et essayait discrètement de s'en débarrasser. Les grains s'étaient glissés entre son poignet et le creux de sa paume, où la sueur les avait transformés en une pâte collante et granuleuse, tout juste hors de portée, peu importe par quel bout il se grattait. Ce n'était pas insupportable – pour le moment –, mais il ne parvenait pas totalement à ignorer l'avertissement de Javi au sujet de la gangrène. Si Cloister souffrait d'une septicémie induite par le sable, il ne lui permettrait jamais de l'oublier.

— Quelque chose ne va pas, monsieur ? demanda le réceptionniste en revenant à son poste.

Il jeta un coup d'œil nerveux à Cloister, comme s'il ne savait pas s'il devait être consterné par les contusions ou impressionné par l'uniforme.

— Avez-vous besoin d'un... euh... d'un cure-dent ?

Cloister dut admettre qu'il était un peu déçu que le gamin ne paraisse pas plus snob. Comment était-il supposé détester un endroit parce qu'il était devenu prétentieux quand le personnel était aimable ?

— Je ne pense pas. Est-ce que monsieur Sean Stokes est ici ?

Le serveur cligna des yeux et acquiesça.

— Je suis désolé. Oui, il est là, mais l'agent Merlo n'est pas encore arrivé. Mon responsable a réservé une pièce privée pour vous, si vous voulez bien l'y attendre.

Cloister leva les sourcils.

— Le chien ou l'uniforme ? questionna-t-il.

Un rapide sourire apparut sur le visage du serveur avant de disparaître.

— Un peu des deux. Je suis désolé. Si vous voulez bien me suivre.

Il prit un menu par habitude et se fraya un chemin à travers le labyrinthe de tables. Personne ne les fixa sur leur passage – ils étaient plongés dans leurs assiettes de pâtes ou de steaks –, mais des murmures tourbillonnaient derrière eux, comme dans le sillage d'un bateau.

— Que fait la police ici ?

— Cet homme dans la salle du fond, je pense l'avoir vu aux informations. Quelque chose en rapport avec la drogue...

— Que pensez-vous qu'il se passe ?

Puis une voix d'enfant coupa le murmure spéculatif avec une question directe et un risque de larmes.

— Mais pourquoi je ne peux pas caresser le toutou ?

Cloister dut se mordre l'intérieur de la joue pour retenir son rire. Il baissa la main pour donner une tape affectueuse du pouce à la pointe de l'oreille de Bourneville. C'était toujours pareil. Les enfants – et les adultes qui auraient dû avoir plus de jugeote – désiraient toujours caresser les chiens du K-9. Les K-9 étaient tous bien tenus et entraînés, ils pouvaient passer pour amicaux, mais Bon en avait toujours eu plus que sa part parce qu'elle était la plus mignonne.

Le serveur ouvrit la porte de la pièce privée et introduisit Cloister. Ce n'était pas vraiment une salle privée : les murs étaient simplement en verre fumé et en dioramas découpés en cuivre.

Stokes leva les yeux de son menu. La dernière fois que Cloister l'avait vu, le flic devenu détective privé avait la gueule de bois et portait les sous-vêtements de la veille. Il était passé à un costume qui, même pour Cloister, aurait pu être qualifié de sophistiqué pour cette réunion. Son gilet gris foncé était boutonné sur sa poitrine et il avait retroussé les manches d'une chemise en soie pour faire miroiter la lourde montre à son poignet, tandis qu'il agitait la main en direction de la chaise face à lui.

— Adjoint Witte, s'écria Sean.

Il sourit tout en détaillant Cloister.

— On dirait que quelqu'un vous a durement secoué et vous a recraché.

Cloister leva le bras pour montrer le lourd plâtre. En rentrant chez lui, il avait acheté un cache noir à la pharmacie pour couvrir le message « Soigne-toi bien », multicolore.

— Si vos chevaux finissent dans le plâtre, peut-être avez-vous besoin de plus de leçons, déclara-t-il.

Le sourire s'agrandit jusqu'à atteindre les yeux de Sean. Il fixa le menu, jeta un coup d'œil à Bourneville et haussa les épaules.

— C'est ce qui se dit, ajouta-t-il. Je prendrai l'une des bières BrewDog. Surprenez-moi. Et vous, Witte ? Êtes-vous en service ou souhaitez-vous boire un verre ?

Cloister tira une chaise et s'assit. Il jeta un coup d'œil au menu tout en descendant. Il n'indiquait pas les prix, c'était juste une liste de bières, une sous-section pour le whisky et des amuse-gueules de bar comprenant un haggis pakora.

— Si vous en avez, je prendrais une Bud, décida-t-il.

Le serveur retint un soupir, triste de devoir annoncer cette commande au bar, tout en la griffonnant.

— C'est moi qui régale, déclara Sean. Je suis plein aux as pour le moment, jusqu'à ce que les avocats de mon ex en aient vent.

— Dans ce cas, déclara Cloister, deux Bud.

Le serveur hésita une seconde, puis assura être de retour rapidement et se retira. Bourneville s'assit à côté de Cloister et bâilla, toutes dents blanches dehors et la mâchoire largement ouverte.

Posant son bras sur le dossier de sa chaise et levant ses sourcils épais et droits dans l'expectative, Sean prit la parole :

— Alors, Witte. Dois-je tout ça au fait que vous pensez que j'ai baisé votre petit ami ? Parce que je ne l'ai pas fait. Pour l'instant.

Il lui fit un clin d'œil, sourit, il avait l'air presque agressivement irritant. Cloister se moqua de lui. Ce n'était pas la réaction attendue par Sean, il plissa les yeux en fixant Cloister. Il lui fallut une seconde avant de décider s'il devait s'agacer pour la blague à ses dépens ou s'amuser à son tour. Il choisit de s'en amuser.

— Ne me dites pas que le garçon de ferme devenu policier maître-chien est plus avancé sexuellement qu'il ne le laisse présager. De quoi s'agissait-il, Witte ?

Sean se pencha en avant, un bras toujours sur le dossier, laissant sa voix prendre un timbre suggestif :

— Un week-end lubrique à Sin City ? Un trio avec un couple accommodant ? Un obscène petit secret ?

La table était recouverte de cuivre poli et d'une fine couche de polymère gravée de cartes stylisées. C'était une mauvaise main, de ce que Cloister pouvait voir, un peu comme celle qu'il venait de recevoir. Il y avait plus de chance que la conversation tourne mal qu'il n'y en avait qu'elle finisse bien.

— Vous venez de me prendre au dépourvu, Stokes, dit Cloister après un moment. Je peux vous assurer qu'il n'y a rien de personnel dans ce qui nous amène à vous parler à cet instant précis. Et je n'ai aucun secret, pas même obscène.

Le sourire suffisant fut de retour sur le visage de Sean quand il répliqua :

— Je pense que j'en serai seul juge.

Cloister ne réalisa pas du tout avoir réagi avant de sentir Bourneville se raidir contre sa jambe. Il se pencha automatiquement pour l'agripper par la peau du cou, plongeant ses doigts dans l'épaisse fourrure et sentant la tension dans ses épaules et sa mâchoire. De l'autre côté de la table, Sean s'était reculé dans son propre espace. C'était un avantage de s'appuyer sur un visage de voyou.

— Je sais que Javi ne vous a pas baisé, déclara Cloister doucement en apaisant Bourneville d'une caresse.

Il ressemblait à son père – parlant tranquillement, d'une voix douce et clairement disposée à blesser quelqu'un. Ce n'était pas une chose dont il était fier.

— S'il l'avait fait, ce serait ses affaires, pas les miennes. Tout comme mon passé ne vous concerne pas.

Il n'y avait aucun secret à extraire de la vie de Cloister, juste de la douleur et les monstres sombres de la nuit dont il ne se souvenait plus. Il ne voulait pas que Sean les remue pour faire remonter les vieilles coupures de journaux de son triste petit traumatisme. Il ne voulait pas que sa mère reçoive l'appel d'un étranger enjôleur au sujet de choses qui avaient brisé sa vie.

Sean jeta un coup d'œil à Bourneville et se lécha les lèvres.

— C'est un peu hypocrite.

Sa voix fut plus prudente qu'elle ne l'avait été auparavant, mais pas effrayée. Cloister supposa qu'il ne s'exprimait pas exactement comme son beau-père finalement.

— Puisque nous sommes ici pour que vous puissiez fureter dans ma vie.

Il marquait un point.

— Je peux vivre avec ça, affirma Cloister.

Sean haussa de nouveau les sourcils et, pour la première fois, parut légèrement intrigué. Un sourire pensif joua sur sa bouche.

— Vous êtes un rien intéressant, n'est-ce pas ? dit-il. J'avais raté ça, la dernière fois.

— Pas vraiment.

— Et un menteur aussi, se moqua gentiment Sean. Est-ce l'influence de Plenty ou cela tient-il de vous ?

Javi arriva, suivi par le serveur avec un plateau de bières, il sauva Cloister d'une tentative de réponse à cette question. Le barman avait apparemment choisi une bière avec un charmant furet sur la bouteille pour Sean et un verre dépoli quelconque pour la Bud de Cloister.

— Agent, le salua Sean en désignant la chaise à côté de Cloister. Juste à temps. Nous étions en train de parler de vous.

— Pas du tout, le contredit Cloister alors que Javi s'asseyait.

— C'est exact, accorda Sean.

Il prit la bière du serveur et en avala une gorgée. Il sourit autour du goulot de la bouteille, ses yeux bruns foncés étaient vifs et brûlants lorsqu'il fixa Cloister.

— Nous parlions de vous.

— Cela semble fascinant, commenta Javi.

Il jeta un coup d'œil au serveur en attente.

— C'est tout. Je vous remercie.

La déception s'inscrivit sur le visage du jeune homme qui marmonna lentement des excuses et s'éclipsa de la pièce. Javi attendit le déclic de la serrure de la porte, soupira d'exaspération et se tourna vers Sean pour demander :

— Connaissez-vous une Janet Morrow ?

Sean releva la bouteille et prit une longue gorgée.

— Ainsi le savoir-vivre est dépassé ? questionna-t-il sarcastiquement en reposant la bouteille sur la table.

Puisque Javi se contenta d'attendre, Sean haussa les épaules et répéta :

— Janet Morrow ? J'ai entendu ce nom, mais seulement ces derniers jours. C'est la femme trans qui a été agressée ? Les gens ne sont pas vraiment impressionnés par votre enquête jusqu'à présent.

— Qu'en est-il de Macintosh ? s'enquit Cloister. Connaissez-vous quelqu'un de ce nom ?

Les yeux de Sean passèrent de l'un à l'autre.

— Je connais un Andrew Macintosh, admit-il lentement, choisissant ses mots avec soin. C'était un connard, mais un bon avocat si vous étiez de l'autre côté de la barrière. Ou il l'était.

— Savez-vous où il se trouve actuellement ?

— Dans le caniveau, dit Sean.

Il eut presque l'air satisfait en le disant. Cloister s'apprêtait à faire un commentaire à ce sujet, mais Javi reprit la parole avant qu'il ne le puisse.

— Vous ne donnez pas l'impression d'en être particulièrement affecté, nota-t-il.

— Je n'étais pas de ce côté de la barrière, déclara Sean.

Il prit une nouvelle gorgée et s'essuya la bouche avec le dos de sa main.

— Écoutez, les choses étaient différentes à Plenty à l'époque. Même si vous n'étiez pas corrompu, parfois les règles étaient infléchies. J'ai un peu travaillé au noir pour Macintosh, fait quelques vérifications d'antécédents et suivi quelques maîtresses. C'est tout. Mais comme je l'ai dit, c'était un connard. La seule qualité qu'il avait était qu'il payait ses factures sans délai. Aucune personne qui le connaissait ne pourrait être triste à propos de son brusque… revers de fortune.

— Y compris sa famille ? demanda Cloister.

— Eh bien, il les a tués, dit Sean. Ou c'est ce que tout le monde croyait. S'il ne l'a pas fait ? Eh bien, la première fois que j'ai travaillé pour lui, c'était quand il m'a fait suivre sa première femme à la salle de gym. Vous savez pourquoi ? Parce qu'elle avait grossi et qu'il trouvait ça drôle. Même les escrocs pour lesquels Macintosh travaillait pensaient que c'était un connard. De quoi est-ce qu'il s'agit ? La dernière fois que j'ai travaillé pour Macintosh remonte à presque dix ans. Presque aussi longtemps que j'ai pensé à lui.

Javi sortit son téléphone et tapota l'écran pour afficher et agrandir une photo de la carte de visite griffonnée. Il la fit glisser sur la table en direction de Sean.

— Nous pensons que cette carte était en possession de Janet la nuit de l'attaque, déclara-t-il. En fait, elle a été retrouvée à Delacourt, près du vieux bureau de Macintosh. C'est votre numéro.

Sean jeta un bref coup d'œil à la carte et acquiesça.

— Oui, reconnut-il. Ce n'est pas comme si j'avais des cartes de visite à l'époque. J'étais encore flic. Donc, si j'avais besoin, j'écrivais simplement mon numéro sur l'une des cartes de Macintosh. J'en ai distribué des dizaines.

— Il y a dix ans, souligna Javi. Pourquoi quelqu'un la garderait-il aussi longtemps ?

— Je ne sais pas.

Sean prit une autre gorgée de sa bière.

— C'est votre travail, pas vrai ?

Bourneville bâilla et posa son menton sur les genoux de Cloister. Il frotta distraitement sous sa mâchoire, les moustaches étaient rugueuses entre ses doigts. Il y avait une pile de cartes de visite dans son bureau au poste. De temps en temps, il réapprovisionnait son portefeuille. La plupart du temps, il savait que les cartes se perdraient au fond d'un tiroir, jetées à la poubelle lors du nettoyage de printemps suivant, et que les personnes dont il espérait l'appel ne le contacteraient jamais. Puis il y avait ceux qui, il le *savait*, l'appelleraient.

— Avez-vous déjà regretté d'en avoir donné une à quelqu'un ? demanda-t-il. L'avoir tendue à quelqu'un, tout en sachant qu'il reviendrait vous mordre le cul ?

C'était la première fois que Sean n'eut pas de réponse toute prête. Il hésita, la bière à mi-chemin de sa bouche, pendant qu'il réfléchissait.

— Quelques-unes, admit-il. Il y avait un Irlandais pour lequel Mac travaillait parfois... beaucoup d'argent et un faible pour les jolis garçons. Il a dit qu'il avait du travail à me donner, mais je savais que c'était un mensonge alors même que je lui passais mon numéro. Pas ma meilleure décision. J'ai aussi pris ses appels, plusieurs fois. C'était les pires appels.

Il finit par prendre une gorgée de sa boisson et grimaça en avalant. Il semblait que le souvenir de l'Irlandais lui laissait encore un mauvais goût dans la bouche.

— Pouvez-vous me donner son nom ? demanda Javi.

Sean se lécha les lèvres et acquiesça.

— Ouais. Les autres aussi. Il y en a peut-être quatre qui se démarquent, avec ce type. Oh, et celle que j'ai donnée à Tommy.

Cloister ne connaissait pas ce nom – pas en rapport avec ce cas-ci, en tout cas –, cependant, Javi fronça les sourcils en s'étonnant :

— Le fils de Macintosh ? Le plus jeune ?

Sean renifla.

— Ouais. J'ai su que c'était stupide à la minute où je l'ai fait. C'était sa façon de la prendre, comme si je lui avais donné la clé de sa cellule. Je pouvais difficilement la lui reprendre, alors... Celle-là m'a presque fait virer. Macintosh pensait que je faisais des avances au gamin.

— Était-ce le cas ? interrogea Javi.

— Non, répondit Sean avec mépris et un peu de dégoût. Tommy ne devait pas avoir plus de quatorze ou quinze ans, et il en faisait peut-être douze. Je suis loin d'être parfait, mais je ne trempe pas là-dedans. Je me sentais juste... désolé pour lui.

Il en avait presque l'air honteux.

— Pourquoi ? demanda Cloister.

Quand il avait cet âge, beaucoup d'adultes avaient eu pitié de lui. La plupart d'entre eux savaient pourquoi, mais même les rares personnes qui avaient raté les rappels sporadiques sur son frère « toujours disparu » dans le journal local pouvaient se rendre compte que quelque chose n'allait pas. Dans le cas de Tommy, peut-être que tout ce qui n'allait pas était assez grave pour avoir un impact.

Sean soupira et gratta distraitement l'étiquette de sa bière avec son ongle.

— C'était un gamin, il était gay – probablement, je n'ai pas posé la question – et ses parents n'ont pas compris qui il était ni ce qu'il voulait. Je me souvenais encore de ce que c'était, de se sentir basculer dans la mauvaise vie, déclara Sean.

Il arracha une longue bande de papier fripé du verre et la jeta sur la table. Un froncement rapprocha ses sourcils alors qu'il parlait, donc peut-être qu'il se souvenait encore à quoi avait ressemblé cette mauvaise vie.

— Je lui ai donné la carte parce que… Macintosh était un homme dur. Il portait de beaux costumes et buvait du Starbucks, mais il était dur comme la pierre et il s'attendait à ce que ses fils soient à la hauteur de son exemple. Son aîné, avec sa première femme, l'a fait.

— Mais Tommy avait besoin de quoi ? demanda Javi. Un revers occasionnel pour le maintenir dans les rails ?

Cette histoire était plutôt familière. Au moins deux fois par semaine, Cloister devait arrêter quelqu'un qui protestait contre le fait de ne pas avoir d'autre choix que d'en mettre une à leur gamin. Cloister fut vraiment très surpris quand Sean secoua énergiquement la tête.

— Non. Pas autant que je sache. Ce n'était rien de ce genre. Il allait envoyer Tommy dans un camp d'été de survie pour l'endurcir, en faire un homme. Tommy ne voulait pas y aller et je lui avais dit que si c'était trop moche, il pouvait m'appeler. Que je ferais ce que je pourrais.

Sean fit une pause et secoua la tête alors qu'il soulevait sa bière pour une nouvelle gorgée.

— Heureusement, il ne l'a jamais fait. Je n'ai aucune idée de ce que j'avais prévu de faire. Sauver le…

Javi l'interrompit :

— Pensez-vous que Macintosh s'attendait à ce que son fils devienne hétéro avec ce camp ?

Sean y réfléchit en buvant sa bière. Il déglutit, essuya la mousse de sa lèvre supérieure avec la pulpe de son pouce. Cette fois, son objection était beaucoup moins confiante.

— Je ne pense pas. Si c'était le cas, Tommy ne le savait pas. Il craignait que l'endroit soit plein de sportifs comme son frère et qu'il ne soit pas autorisé à utiliser son téléphone. Il n'a jamais parlé de religion, de filles, ou quoi que ce soit de ce genre. Ça aurait pu. Je n'en ai aucune idée. Pourquoi ?

Cloister voulait le savoir également. Il devrait attendre. Au lieu de répondre, Javi reprit son téléphone sur la table et secoua la tête.

— Je veux juste m'assurer que nous avons toute l'histoire, déclara-t-il en faisant disparaître la photo de la carte de visite.

Cloister jeta un coup d'œil et vit le visage de Janet remplir l'écran à la place. C'était celle de son permis de conduire : toutes en boucles brillantes et sourire. Javi la montra à Sean.

— Êtes-vous sûr de ne pas la reconnaître ?

Sean jeta un coup d'œil au téléphone et se détourna rapidement.

— Elle ne me dit rien.

— Regardez mieux, s'il vous plaît, insista Cloister. Elle le mérite.

— Vous étiez plus intéressant comme menteur, dit Sean.

Il poussa un soupir, mais prit le téléphone de Javi pour étudier la photo.

— Je ne la connais pas, mais…

— Quoi ?

— Les infos disaient qu'elle était de New York, que c'était une touriste.

— Ouais.

— J'ai raté un appel, il y a environ deux semaines. C'était un numéro de New York. Une femme a laissé un message sur ma boîte vocale indiquant qu'elle venait à Plenty et qu'elle avait besoin de me voir. C'était peut-être elle.

— Vous auriez pu nous le dire avant.

Javi tendit la main vers son téléphone.

Sean le déposa soigneusement dans sa paume.

— J'aurais pu également ne pas tromper mon mari et m'épargner une pension alimentaire, déclara-t-il. Le parfait retour en arrière. Pour être honnête, je n'y pensais pas du tout. Si tous ceux qui téléphonaient au bureau venaient réellement pour m'embaucher, je… devrais payer beaucoup plus de pension alimentaire. La plupart des gens m'appellent, puis trouvent eux-mêmes des excuses : le parfum sur son col venait juste de la serveuse, les seins sur son téléphone étaient une erreur de destinataire, les honoraires des avocats vont nous mettre sur la paille. Ils ne veulent tout simplement pas savoir. Cet appel ne se distinguait pas des autres et, qui que ce soit, elle

142

n'a jamais rappelé. Ce n'était peut-être même pas votre Janet. Ce n'est pas parce qu'elle avait mon numéro qu'elle l'a appelé.

— Cela ne veut pas dire qu'elle ne l'a pas fait, répliqua Javi. Pouvez-vous…

— Vous donnez accès à mon service ? Non, dit Sean. Je peux cependant récupérer une copie de ce message en particulier. Et la prochaine fois que j'aurai besoin d'une faveur…

— Je suppose que vous allez également nous transmettre les noms de toutes les autres personnes à qui vous auriez pu donner cette carte, toutes celles dont vous vous souvenez, coupa Javi.

Sean leva les yeux au ciel et se leva.

— Comme je l'ai dit, peu d'entre eux se démarquent. Je vais voir ce que je peux faire. S'il n'y a rien d'autre… ?

Il n'y avait rien.

Javi attendit le départ de Sean, puis se maudit à mi-voix. Il se rembrunit face au visage de Janet sur son téléphone, le fixant pendant un moment, puis rejeta la photo hors de l'écran d'accueil d'un geste impatient du pouce.

— Quoi ? s'enquit Cloister.

— Je ne sais pas, déclara Javi.

Il remit le téléphone dans sa poche et fronça les sourcils en marmonnant :

— Probablement rien. Cela n'a aucun sens.

Cloister écarta la tête de Bourneville de son genou. Il y avait une tache humide sur son jean, là où elle avait bavé. Elle bâilla, éternua et se remit debout. Il repoussa sa chaise et se leva.

— Je t'ai dit que le restaurant de poulet frit était de nouveau ouvert, indiqua-t-il.

Javi s'adossa à son fauteuil, levant les yeux vers Cloister. Son regard paresseux détailla son corps, s'attardant sur sa poitrine et ses épaules, enroulant sa chaleur sous sa peau. Il ne prit pas la peine de prétendre que ce n'était pas le cas.

— En quoi est-ce que ça va aider ? demanda Javi, pince-sans-rire.

— Tu pourras me raconter ta théorie pendant le dîner. Faire d'une pierre deux coups.

Cloister sourit, une courbe lente releva le coin de sa bouche quand Javi leva un sourcil sceptique.

— C'est toi qui prétendais que je ne pouvais pas me débrouiller seul.

Quelque chose de prudent passa dans le regard de Javi tandis qu'il se levait de la table. Il réagença les poignets de sa veste.

— Cela ressemble à ce qui passe pour un rendez-vous au Montana, déclara-t-il.

— Si c'était un rendez-vous, tu me dirais à quel point mon cul est beau, répliqua Cloister en se dirigeant vers la porte, la tenant pour que Bourneville puisse sortir la première. Tu ne parlerais pas d'un meurtre et d'avocat disparu.

Javi s'avança derrière lui, assez près pour que Cloister puisse sentir sa chaleur, et il glissa sa main sur la courbe de son fessier. Le muscle se contracta sous l'effleurement des longs doigts, comme s'il s'agissait d'une gifle au lieu d'être un léger contact.

— Je complimente ton cul tout le temps.

— Je sais, admit Cloister en regardant Javi par-dessus son épaule. Tu as rendu tout ça un peu bizarre avec ta manière d'être collant, mais je ne savais pas comment l'amener.

Javi resserra brutalement sa prise sur les fesses de Cloister.

— Juste pour ça, je peux choisir où nous mangeons.

XV

EST-CE QUE du chinois à emporter et le canapé de l'appartement de Javi en faisaient moins ou plus un rendez-vous ? Javi était incapable de trancher, même si le vin qu'il venait de déboucher ne penchait pas vraiment en faveur de l'option « moins ». Il versa deux verres et les apporta dans la pièce principale.

Cloister s'était d'abord installé sur le canapé, mais il était maintenant par terre, avec la pile de dossiers, et Bourneville était allongée sur les coussins. Elle ouvrit un œil – un ambre brillant dans un encadrement de fourrure noire – pour suivre Javi du regard, puis elle le referma.

— Est-ce qu'elle… fait semblant de… dormir ? s'enquit Javi, dubitatif.

— Oui, répondit Cloister.

Il tendit distraitement la main et grattouilla sous l'une des pattes de Bourneville. Elle la replia, mais elle ne rouvrit pas les yeux.

— Elle ne souhaite pas bouger.

Javi n'était pas sûr d'aimer cette idée. Il admettrait que Bourneville était intelligente pour un chien et bien dressée – il l'avait déjà vue s'entraîner avec les autres K-9 et elle était meilleure que la plupart d'entre eux –, mais la capacité à feindre semblait aller bien au-delà.

Les gens prétendaient toujours que leurs animaux domestiques étaient intelligents, qu'ils comprenaient le chagrin et s'habillaient pour Halloween. Javi trouvait l'idée un peu déroutante. La moitié du temps, il ne l'aimait pas beaucoup. S'il avait un animal de compagnie, il ne voudrait pas qu'il soit suffisamment intelligent pour comprendre ses défauts.

— Je pensais qu'elle était obéissante, déclara Javi en remettant le vin à Cloister.

— Elle descendrait si je lui disais de le faire.

Il prit une gorgée de vin et ne fit aucune grimace, ce qui était plus que Javi avait espéré.

— Cela dit, elle redevient parfois une chienne. Tu veux que je la fasse bouger ?

Javi regarda la chienne, qui l'ignorait ostensiblement.

145

— Non. Laisse-la tranquille.

Un chien capable d'essayer de vous berner était un chien assez intelligent pour garder rancune. Si Bourneville le prenait en grippe, il n'aurait pas à s'inquiéter de savoir s'il s'agissait ou non d'un rendez-vous, car tout serait terminé. Cloister… éventuellement… se souciait de lui plus qu'ils n'avaient convenu de le faire, mais pas plus qu'il n'aimait Bourneville.

Javi se laissa tomber sur le sol à côté de son amant. Il attrapa une boîte de poulet à l'orange et déplia prudemment le couvercle pour laisser s'échapper la vapeur.

— Alors ?

Il remua le riz dans la sauce avec ses baguettes, tout en regardant Cloister qui entreprenait une seconde consultation attentive des dossiers sur l'enquête pour meurtre des Macintosh.

— Qu'est-ce que tu en penses ?

— Que tu as des fourchettes ?

Javi ignora cette pique, récupérant une bouchée de poulet et de riz, les transférant tranquillement dans sa bouche. Il mâcha, déglutit, puis regarda par-dessus l'épaule de Cloister.

— L'attaque de la famille Macintosh a eu lieu juste en périphérie de la ville de Plenty, indiqua Javi. C'est peut-être une erreur de la part du tueur, parce que cela signifiait que l'affaire dépendait de la juridiction du shérif. Quelqu'un a vraiment fait du bon travail sur l'enquête.

— Cela ne semble pas avoir aidé, déclara Cloister.

Il parcourut le rapport. Il était intéressant de constater que son attention s'arrêtait et s'attardait, plus ou moins sur les mêmes choses qui avaient interpellé Javi.

— L'enquête a peut-être été approfondie, mais elle ne les a menés nulle part. Entre l'incendie et les tentatives des secouristes pour atteindre la famille, il n'y avait plus beaucoup de preuves à recueillir.

— Le département du shérif aurait-il raté quelque chose ? questionna Javi.

Cloister leva les yeux en commentant :

— Ce n'est pas une question qui va te rendre populaire.

— Auprès de toi ?

Cloister se pencha vers lui et l'embrassa, un effleurement paresseux de lèvres salées au soja qui n'envisageait pas de mener quelque part. Ce n'était ni une séduction ni une invitation, juste un baiser. Javi ne sut pas pourquoi cela lui nouait le ventre. Peut-être que le fait qu'il ne veuille pas faire mal à Cloister ne l'aiderait pas à se sentir mieux le jour où cela arriverait.

— Je supporte le pire de ta part, déclara Cloister en reculant.

Son attention se reporta sur les dossiers alors qu'il échangeait le rapport contre des photos de la scène. La famille avait réservé une suite haut de gamme dans un hôtel Disney pour un long week-end. Jessica Macintosh se rendait à Los Angeles avec son fils et son beau-fils, et Andrew comptait les retrouver le lendemain. Il avait un procès cet après-midi-là – d'ailleurs, il l'avait gagné, avant d'apprendre la nouvelle –, il avait préféré faire la route à vélo plutôt que de se faire déposer en voiture. C'était une habitude qui s'était avérée très pratique pour lui.

Pour une raison quelconque, Jessica avait décidé de ne pas prendre l'autoroute à L.A. À la place, elle avait emprunté la Pacific Coast Highway. À un kilomètre et demi de Plenty, son meurtrier lui avait fait signe de descendre sa vitre, lui avait tiré dessus, ainsi que sur les deux garçons, puis avait mis le feu à la voiture. Celui-ci était déjà éteint au moment où quelqu'un les avait trouvés. Il ne se mettrait probablement plus jamais en danger comme cela.

La route était cloquée et noircie, avec des morceaux de métal incrustés dans la surface, et les corps l'étaient aussi. Le prédécesseur de Galloway les avait examinés, il avait dû utiliser des échantillons d'ADN prélevés sur des dents intactes.

— Je ne sais pas ce que tu veux me voir trouver, déclara Cloister.

— N'importe quoi.

Javi s'éclaircit la gorge et attrapa son verre de vin, prenant une brève gorgée pour humidifier ses lèvres. C'était plus doux que ce qu'il aimait, avec un arrière-goût presque sirupeux et, bien qu'il vienne juste de le réaliser, le genre de vin que Cloister préférait probablement, d'après lui. *Pathétique.*

— Tout ce qui te semble inhabituel. S'il n'y a rien, c'est que je me trompe. Ou ça le serait si je te disais ma théorie.

Cloister lui jeta un coup d'œil en biais.

— La dernière fois que j'ai eu une hypothèse, tu m'as demandé de te convaincre. Maintenant, tu en as une, et je dois te convaincre, toi ?

— Contente-toi de trouver quelque chose, répliqua Javi. Ou rien. L'un comme l'autre sera utile.

Cloister se la coulait douce en tant qu'adjoint. Ses collègues l'aimaient bien, Frome appréciait sa contribution au K-9, mais aucun d'eux n'espérait davantage de lui.

Javi était le seul à être au courant de la pile de dossiers d'affaires non résolues que Cloister passait en revue les nuits où il ne parvenait pas à dormir. Il avait le chic pour trouver les brèches dans une enquête, les angles morts et les protocoles ignorés qui pouvaient empêcher une personne de revenir à la maison. Peut-être que c'était juste de l'obsession et de l'entraînement.

Cela n'avait pas d'importance. Il restait doué pour ça.

Javi termina son poulet et son vin pendant que Cloister examinait les dossiers. Il revenait sans cesse sur une photo – un gros plan de l'intérieur de la voiture – et les premières pages du rapport.

— Cela a certainement simplifié la vie de l'enquêteur quand il a décidé de choisir Macintosh comme suspect, déclara Cloister. S'ils avaient dû faire le tour des gens ayant une rancune contre ce type, eh bien, cela aurait fait une longue liste.

C'était vrai. Il y en avait de nombreuses pages : les victimes que Macintosh avait privées de justice devant les tribunaux, son ex-femme, les avocats dont il avait terni la réputation quand il ne pouvait pas les battre, et même ses propres clients, qui craignaient que Macintosh ne les vende un jour. Quelque part dans la pile se trouvait une collection de menaces de mort photocopiées, quatre par page.

— Rien d'autre ?

— Je ne sais pas, répondit Cloister. Je ne sais pas si c'est ce que tu voulais que je trouve. Ce n'est certainement pas grand-chose. Tu as dit n'importe quoi, cependant.

— Qu'est-ce que c'est ?

Cloister attrapa l'assiette de poulet sel et poivre froid qu'il avait commencée presque une heure auparavant. Il planta sa fourchette dans les filets froids et prit une bouchée.

— Il y a eu un gros débit qui est apparu sur le compte de Macintosh après le meurtre de sa famille ! annonça-t-il. L'accusation a fait valoir que c'était le paiement du contrat, sauf que Macintosh travaillait pour le genre de personnes qui le faisaient. Il savait qu'il valait mieux éviter d'effectuer le paiement depuis son propre compte bancaire. Ensuite, il y a le feu. Vous emmenez quelqu'un dans un endroit isolé comme celui-là pour le tuer, puis vous envoyez une fusée éclairante ? Si c'était un tueur à gages, c'était désordonné. Si c'était quelqu'un qui en voulait à Macintosh, est-ce qu'ils n'auraient pas voulu qu'il voie leur visage ?

— Peut-être qu'il voulait se débarrasser des preuves ?

— Quelles preuves ? Il n'est jamais entré dans la voiture. Il a tiré à travers la fenêtre.

Cloister avait raison. Ce n'était pas grand-chose.

— Y a-t-il quoi que ce soit d'autre ?

— Aucun des deux garçons n'a essayé de sortir de la voiture.

Cloister s'essuya les doigts sur une serviette et tendit à Javi la photo qu'il avait étudiée. Il pointa la ceinture de sécurité de la banquette arrière. Le tissu avait fondu et le plastique était déformé et tordu, mais ils étaient toujours bien attachés.

— Sean a déclaré que le fils aîné était un sportif et que Macintosh les avait tous deux élevés pour qu'ils soient des durs. Pourtant, ils sont restés assis là, pendant que quelqu'un tirait sur leur mère ou leur belle-mère, sans chercher à la défendre, à sortir de la voiture ou même à se cacher. Tous les trois avaient encore leur ceinture de sécurité lorsque la voiture a été incendiée. Soit il y avait plus d'un attaquant – ce qui semble peu probable, car une seule arme a été utilisée pour les trois meurtres – soit le meurtrier était une personne qu'ils connaissaient. Même dans ce cas, une fois qu'il a tiré sur Jessica, cela aurait dû les affoler. C'est… étrange.

Étrange n'était pas exactement la preuve tangible que Javi avait espérée. Cela devrait suffire, cependant. Javi saisit la moitié du dossier qu'il n'avait pas remis à Cloister et fouilla dedans afin de retrouver la photo de sa famille qu'Andrew Macintosh avait donnée à la police. Elle avait été prise lors d'une soirée quelque part, où Macintosh avait l'air obséquieux, vêtu d'un costume coûteux, et où sa famille était passablement mal à l'aise autour de lui.

Javi tapota son doigt sur le visage du plus jeune Macintosh. Le gamin se tenait raide sous le bras de son père, le visage tendu et misérable avec le col empesé de sa chemise.

— C'est Tommy Macintosh, précisa Javi. Celui que le père allait envoyer dans un camp qui le « durcirait ». Quand j'ai parlé à Ruth Belford, elle a laissé entendre que la famille de Janet avait essayé de l'envoyer dans un camp de « conversion ». Janet et Tommy pourraient-ils être la même personne ?

— Je ne sais pas, déclara Cloister en prenant la photo.

Il toucha le gros nœud brillant sous le menton d'Andrew Macintosh.

— Mais *lui,* je l'ai déjà vu auparavant. Il était présent ce soir-là. C'était l'un des sans-abris sous le pont.

CLOISTER FAISAIT les cent pas devant le long mur en verre, tout en discutant avec le central au téléphone. L'éclairage de la rue était éteint à l'extérieur, il ne restait donc que le reflet de Cloister, pris dans le verre sombre, les pieds nus et vêtu de son uniforme. Javi avait passé suffisamment de temps au cours des derniers mois avec cette image dans la tête pour faire tressauter son sexe dans une réponse pavlovienne.

Il en détourna son attention et se concentra sur son appel, attendant que l'adjoint chargé des preuves situé à Kearny Mesa termine sa liste d'excuses, expliquant pourquoi elle n'avait probablement pas trouvé la boîte de preuves demandée par Javi. C'était une affaire non élucidée, quelqu'un l'avait demandée trois ans plus tôt, elle avait pu être mal rangée après son transit depuis l'ancien centre de stockage.

— Adjoint Ergobah, trouvez juste les preuves du dossier, lui dit Javi d'un ton sec. Gardez vos excuses pour le cas où vous ne les récupérez pas. Bien que je ne voudrais pas les entendre à ce moment-là non plus.

Ergobah toussota pour stopper le flot d'excuses, elle s'éclaircit la gorge et recommença.

— Quand en avez-vous besoin ?

— Demain.

— Agent, protesta Ergobah. Ce sont de vieux dossiers. Avec la meilleure volonté du monde, il me faudra du temps pour les rechercher. Ensuite, je vais devoir organiser le transport jusqu'à Plenty et…

— Bien, l'interrompit Javi. Demain après-midi.

Le bruit de frustration d'Ergobah avait probablement été destiné à ses seules oreilles. Javi se pinça les lèvres de contrariété.

— Adjoint, il s'agit d'une enquête fédérale. J'ai besoin de ces preuves pour une affaire impliquant une agression contre un adjoint du shérif. Pouvez-vous me faire parvenir ces preuves ou pas ?

Il y eut une pause, suivie par le son d'une frappe rapide sur un clavier.

— Vous l'aurez demain, annonça Ergobah. Mais c'est un vieux dossier. Je ne peux pas garantir l'état dans lequel il sera.

— Je ne vous ai pas demandé de le faire. Juste de me l'envoyer ici.

Javi raccrocha. Il posa son téléphone et capta la fin de la conversation de Cloister.

— Je sais que vous avez cherché les gens présents ce soir-là.

150

Cloister se pencha sur le dossier du canapé pour frotter les oreilles de Bourneville. Elle soupira et posa son menton sur ses pattes, ses yeux rivés sur Cloister lorsqu'il se remit à marcher.

— C'est cet homme en particulier que je veux que vous gardiez à l'œil. J'ai scanné une photo et je vous l'ai envoyée. Il est plus âgé maintenant, plus grisonnant et il a une barbe. Quand je l'ai vu, il portait une veste grise, un pantalon de jogging et un tee-shirt bleu, sale. Je sais que cela correspond à beaucoup de sans-abris. Faites-moi simplement savoir si quelqu'un pense le voir. Merci.

Il raccrocha et jura à mi-voix en frottant son visage avec sa main.

— Ce n'est pas de ta faute, déclara Javi.

Cloister lui jeta un regard en biais.

— Ce n'est pas ta ligne de conduite habituelle.

Pour une raison quelconque, cela le fit tiquer, peut-être parce que ce n'était pas totalement faux. Ce n'était pas comme si Javi ne s'entendait pas quand il aboyait après Cloister, mais la plupart du temps, il pouvait justifier ses paroles acerbes. Cloister n'était pas censé se soucier de lui.

C'est juste qu'il n'avait pas réalisé que cela fonctionnait. Il ravala l'envie de s'excuser, de dire quelque chose de gentil et préféra reculer. Il était plus facile de se refermer, de prétendre l'indignation que le regret.

— Peut-être que c'est généralement ta faute, dit Javi. Ou que tu dois passer plus de temps avec des gens qui sont plus sympas.

Cloister eut l'air perplexe.

— Comme qui ?

Pris au dépourvu, Javi fut incapable d'inventer quoi que ce soit. La réponse évidente était quelqu'un qui serait plus gentil, quelqu'un qui aimerait les chiens, quelqu'un qui l'emmènerait sortir le jour de son anniversaire.

Quelqu'un d'autre.

— Quelqu'un en qui tu aurais confiance, déclara Javi.

Sa voix sembla plus sèche qu'il ne le souhaitait, presque désagréable alors que les mots se frayaient un chemin au milieu de toutes les choses dont ils n'allaient pas parler. Ce n'était pas ainsi qu'il voulait que cela sorte, mais les mots serpentaient alors que son mauvais caractère remontait de l'endroit où il l'avait repoussé l'autre jour.

— Quelqu'un de qui tu pourrais accepter de l'aide sans penser qu'il est en train de… quoi… d'essayer de te manipuler ?

Cloister se renfrogna, frustré.

— Ce n'est pas juste. Ce n'est pas contre toi. Simplement… j'ai toujours pris soin de moi. Fait ma propre nourriture, coupé mes cheveux…

— Organiser ta propre fête d'anniversaire ?

Le piège sans enthousiasme que Cloister lui avait tendu – aller à un rendez-vous amoureux ou être un connard – était l'une des choses que Javi ne comptait pas mentionner. Quel était le but ? Javi avait évacué son irritation sur la paperasse de Joel et avec des commentaires sarcastiques à l'imperméable Collins. Une fois fait, il avait pu admettre que c'était juste un mauvais timing.

Sauf qu'apparemment ce n'était pas le cas.

— Ce n'était pas contre toi non plus, déclara Cloister.

— Flatteur, riposta Javi sèchement. Mais ce serait plus convaincant si cela ne te dérangeait pas quand je te pose un lapin.

Pendant une seconde, Cloister sembla à vif. Il déglutit difficilement et passa nerveusement sa langue sur la douce courbe de sa lèvre inférieure, comme s'il avait finalement été suffisamment poussé pour confier quelque chose. L'estomac de Javi se tordit, lui donnant envie de reprendre ses paroles. Il ne voulait pas d'honnêteté, ne voulait pas avoir à faire face à…

— Tu as toujours des draps de rechange ? demanda Cloister avec raideur.

Il passa sa main le long du canapé.

— Si ça t'importe autant, je vais me pieuter ici. D'accord ?

Cela n'avait aucun sens d'être frustré que Cloister ait fait ce que Javi voulait qu'il fasse, une seconde plus tôt.

Connard.

Javi ne savait pas à qui d'eux deux ce mot se destinait. Peut-être aux deux. Il s'éloigna pour récupérer le linge dans le tiroir de la chambre et lança les carrés soigneusement pliés d'un drap blanc immaculé sur le canapé. Bourneville sursauta et jeta un regard autour d'elle.

— Si tu pars dans la nuit, jette les draps dans la machine, dit-il. Comme ça, ce sera comme si tu n'avais jamais été là.

Il laissa Cloister faire son lit dans le salon et alla prendre une douche. L'eau chaude lava sa mauvaise humeur, la faisant tourbillonner autour de ses pieds, puis disparaître dans les égouts. Néanmoins, il se retrouva avec une profonde frustration.

Qu'est-ce qu'il avait voulu dire à Cloister ? Qu'il se rendait compte qu'il avait repoussé les limites de sa zone de confort lorsqu'il lui avait proposé de rester ? Lui expliquer pourquoi Cloister n'avait pas semblé croire qu'il était important pour quelqu'un ?

Ou bien Javi voulait-il vraiment parler de lui après tout ? En dépit de tout ce qu'il avait dit.

Il sortit de la douche, s'essuya avec brusquerie en retournant dans la chambre. Sa peau avait un parfum de vanille et de grenade, mais il aurait préféré celui du sel et de la sueur. Il laissa ses cheveux humides, un frisson courant le long de son dos, tandis qu'il fixait le bois noir et luisant de la porte fermée.

Quelqu'un de plus gentil s'excuserait. S'il sortait, il prononcerait de nouveau ce qu'il ne fallait pas, même s'il savait que ce serait mauvais. Simplement, Cloister... lui faisait peur parfois. Personne ne devrait se soucier aussi peu de lui-même, surtout pas de quelqu'un qui méritait... eh bien... au moins quelqu'un de plus gentil.

Javi ravala le « désolé » et, à la place, choisit d'aller se coucher.

Le matelas bougea sous lui. Javi se réveilla en sursaut et attrapa l'arme sur sa table de chevet. Il était trop tard, l'informa son cerveau avec une clarté limpide. Les conséquences potentielles jaillirent à l'intérieur de son crâne, puis identifièrent à retardement la silhouette aux épaules larges se découpant au clair de lune comme étant celle de Cloister.

— Merde, murmura-t-il en se laissant retomber dans le lit. J'aurais pu te tirer dessus.

— Peut-être, répondit Cloister, d'une voix basse et rauque de sommeil.

Cela ressemblait à la langue d'un chat contre la peau de Javi, qui y réagissait par une sorte de chatouillement des nerfs, annihilant sa fatigue.

— Ton canapé est inconfortable.

C'était un mensonge, ou du moins une excuse. Cloister ne pouvait jamais dormir longtemps, mais il pouvait le faire n'importe où. Javi l'avait vu faire une sieste, affalé sur un siège de voiture ou appuyé contre une porte. Même sur le canapé critiqué, bien qu'il soit parti le matin venu.

Javi avait la bouche ouverte, sur le point de le lui faire remarquer, mais son cerveau reprit la main et le fit taire. Il avait suffisamment dormi pour apaiser sa mauvaise humeur et pour admettre qu'il était malvenu de faire dormir un homme blessé sur son canapé. Il s'éclaircit la gorge et bascula sur le dos, les bras croisés derrière la tête.

— Reste, dit-il. Si le matelas est à la hauteur de tes exigences.

Cloister renifla et se glissa dans le lit. La longue étendue de peau nue, à l'exception d'un slip blanc, ressemblait à du miel en contraste avec les draps sombres. Son poids tira sur le drap-housse et Javi put sentir la chaleur de son corps commencer à se répandre sur le matelas.

Javi se demanda si le canapé était si inconfortable – même autrefois, lorsqu'il avait des rencards, il aimait avoir des draps frais et son propre espace –, néanmoins, il resta à sa place. Bien que cette proximité l'irrite, elle ressemblait également à une branche d'olivier. Le silence s'étira entre eux et Javi sentit le poids du sommeil nocturne l'attirer.

— Ma mère n'a jamais abandonné, pour mon frère, déclara subitement Cloister.

Sa voix était faible – si basse que Javi l'avait presque manquée – et quelque peu irrégulière. Javi retint son souffle, comme si cela pouvait aider. Cloister ne parlait pas souvent de son frère, ou de sa vie avant Plenty, de manière très détaillée. Javi rassemblait les quelques informations qu'il avait partagées et les avait archivées comme s'il allait devoir plaider sa cause contre quelqu'un.

— Il y avait toujours des appels ou des pistes, des interviews avec des journalistes et des affiches à placarder. Elle se sentait mal de ne pas faire de fête pour mon anniversaire ou de ne pas me mettre de pansements sur mes genoux, mais c'était important.

— Tu l'étais aussi.

Cloister s'arrêta une seconde.

— Maman avait tendance à récupérer les dossiers de la police. Je suppose que le shérif était désolé pour elle. J'avais l'habitude de les lire quand elle avait fini ; tellement d'enfants qui avaient été enlevés et jamais retrouvés, sans parler de ce qui avait été fait à ceux qui l'avaient été. Cela rendait Liam plus important que moi. Il le fallait et c'était normal. J'ai toujours été un enfant indépendant. Ma mère n'avait pas besoin de s'inquiéter pour moi.

Quand Javi avait six ans, sa mère l'avait emmené à New York au lieu de la fête de son meilleur ami et, parfois, il avait encore le sentiment d'avoir été trompé pour ça. Cloister paraissait juste triste, et même pas pour lui-même.

— Peu importe, continua Cloister après s'être raclé la gorge. C'était il y a des années, mais, je suppose… j'ai l'habitude de dire aux gens que je n'ai pas besoin d'eux. C'est ce qu'ils ont généralement besoin d'entendre.

Javi tendit la main pour passer ses doigts dans les cheveux de Cloister. C'était granuleux sous ses doigts, avec du sable aux racines et un restant de shampooing non rincé collé à la base.

— Ça... nous... ça a une date d'expiration, admit Javi.

Il avait encore la gorge sèche de sommeil et les mots étaient durs à mesure qu'il les prononçait. Cela avait toujours été vrai, mais puisque désormais Joel allait être son superviseur, Javi était assuré d'être transféré d'ici peu, probablement en Alaska.

— Mais si tu as besoin de moi, je veux le savoir.

— Je sais, affirma Cloister.

C'était un mensonge. Pour une raison quelconque, Javi pensa à Janet Morrow ; pas seulement à son corps brisé, mais au fait qu'elle était si seule que l'unique personne qu'elle pouvait appeler lorsqu'elle avait été en difficulté avait été le chauffeur d'une dépanneuse.

— J'ai perdu quelqu'un autrefois, déclara Javi avant qu'il ne puisse y réfléchir.

Cela lui donna l'impression d'être déshabillé, mis à nu d'une manière qui allait au-delà de sa peau nue sous le drap. C'était la première fois qu'il en parlait depuis l'audience disciplinaire de Phoenix. Cela ne rendait pas ça plus facile, mais les mots se répandirent malgré tout.

— Je ne l'aimais pas... peut-être que cela aurait été différent si ça avait été le cas... mais lui m'aimait. Il est mort et c'est de ma faute.

Des joints colorés. Des vêtements ensanglantés dans un sac en plastique. La voix de Kincaid alors qu'il demandait : « À quoi pensais-tu, Merlo ? »

Javi ravala les souvenirs et les mots qui les accompagnaient. Telle une pierre, le silence lui noua la gorge, de sorte qu'il ne put terminer. Cloister tourna la tête et déposa un baiser à l'intérieur de son poignet.

— Tu ne provoqueras pas ma mort, Javi, dit-il.

Ses lèvres se plissèrent en un sourire ironique contre la peau de son amant.

— Crois-moi. Si quelqu'un est sur le point d'être responsable de ma mort, ce sera moi.

Javi grimaça, sa main agrippa les cheveux de Cloister et il l'attira à lui pour un baiser violent. Il voulait voir si *idiot* avait un goût. Ce n'était pas le cas.

— Ce n'est pas rassurant, commenta Javi en le repoussant de son côté du lit.

La frustration lui fit mal aux cuisses lorsque Cloister s'étendit en face de lui, mais Javi l'ignora. Son sexe ne savait pas toujours ce qui était bon pour lui. Il avait trop de désordre dans son cerveau ce soir et, contrairement à Cloister, il ne pouvait pas se contenter de deux heures de sommeil et d'une tasse de café.

— Contente-toi de ne plus te faire renverser par d'autres voitures, Witte. J'en ai assez sur la conscience.

XVI

— LE PATIENT a utilisé le nom de Clyde Granfeld, annonça l'inspecteur Yuen par téléphone à Javi. D'après l'infirmière à qui j'ai parlé, la facture a été payée en liquide. La procédure – même si elle a refusé de me dire de quoi il s'agissait – s'est bien déroulée et la patiente était satisfaite. Ils ont fourni le nom d'un médecin à…

Il y eut une pause pendant que Yuen feuilletait les papiers. Finalement, il se racla la gorge et lut le nom :

— Santa Rosa, Nouveau-Mexique.

Javi se tourna vers la fenêtre derrière lui, observant le technicien disposer les effets de Janet Morrow pour lui en répondant :

— Merci. Je vous le revaudrai.

Yuen renifla.

— Je verrai bien combien de temps vous vous en souviendrez, dit-il avant de raccrocher.

Javi leva un doigt vers le technicien pour réclamer « une minute de plus », alors qu'il baissait le téléphone pour composer le numéro de son bureau.

— J'ai besoin que vous fassiez une vérification d'antécédents pour moi, pria-t-il à Sue quand elle décrocha.

Il y eut un blanc, puis il entendit le clic de ses doigts sur le clavier.

— Quel nom ? demanda-t-elle.

— Clyde Granfeld ou Granfield, déclara Javi. Au Nouveau-Mexique. Il pourrait y avoir vécu ou plus probablement, dans les environs de Santa Rosa.

— Je lance une analyse dessus, promit-elle, avant d'ajouter prudemment : L'ASS Kincaid a appelé. Il n'a pas laissé de message, mais il a demandé comment l'affaire progressait.

Bien sûr qu'il l'avait fait.

— Que lui avez-vous répondu ? questionna Javi, la mâchoire crispée, obligeant les mots à sortir.

La voix de Sue fut sèche quand elle répondit :

— Que je ne parlais pas des affaires ou de mon travail.

157

Il parvint sans peine à imaginer son petit sourire habituel.

— Je fais mon travail, Agent Merlo, je ne prends pas parti. Je vous ferai savoir quand j'aurai déniché des informations sur Granfeld.

— Merci, dit-il, sans préciser pour quoi exactement.

Il mit fin à l'appel et entra dans le laboratoire.

D'après ce que le professeur Belford lui avait expliqué au sujet de la vie de Janet Morrow à New York, toute son existence se trouvait probablement dans la valise qu'elle cachait à l'hôtel. Il n'y avait pas grand-chose. Juste assez pour être emballés dans des sacs en plastique bien étiquetés et déposés sur une table en métal dans le laboratoire. Le technicien déposa le dernier sac – un jean soigneusement plié – et haussa les sourcils vers Javi.

— Si cela ne vous dérange pas que je pose la question, que cherchez-vous exactement, Agent Merlo ? Vous avez déjà passé en revue tous les effets de Morrow l'autre jour.

C'était vrai. Aucun n'avait été pertinent pour l'enquête. C'était juste de vieux vêtements raccommodés, une enveloppe solide contenant une mince liasse de billets de cinquante – nets, sortant de la banque, mais avec des coins cornés et souples, comme si Janet les avait comptés plus d'une fois –, et un vieux dossier comportant la paperasse qui lui importait suffisamment pour qu'elle l'emporte avec elle dans sa voiture. C'était quand il pensait qu'il s'agissait des effets de Janet. Maintenant, il cherchait à voir s'il y avait des liens avec la famille Macintosh.

— Quelque chose, répondit-il au technicien. Si je le trouve, je vous le ferai savoir.

Le technicien le fixa, haussa les épaules et retourna à son ordinateur dans la pièce voisine. De temps en temps, il se retournait sur sa chaise pour lui jeter un œil à travers le mur en verre et vérifier ce qu'il faisait.

Javi enfila une paire de gants et ouvrit le sac protégeant les bouts de papier jaunis, les bandes dessinées de journaux agrafées et une petite clé USB, munie d'un boîtier en caoutchouc, contenant une copie d'une application de l'université, une photo de Janet sous un mauvais éclairage, alors qu'elle fixait l'objectif d'un air sombre, lors d'une fête d'anniversaire où elle ne semblait pas avoir voulu se trouver, et une capture d'écran en basse résolution de l'article du blog de Plenty sur la hausse du nombre de femmes agricultrices dans un collectif.

Assez important pour que Janet le sauvegarde et l'emporte avec elle, sans doute en rapport avec la raison de sa venue à Plenty, mais pas d'une grande aide pour déterminer pourquoi elle était venue. Peut-être que l'une des femmes mentionnées dans l'article ou l'auteur étaient la personne à qui Janet était venue parler. Mais cela ne lui donnait pas une meilleure idée de qui était vraiment Janet.

Il mit la clé USB de côté, notant mentalement d'inciter Tancredi à voir s'il y avait un lien entre Janet et le collectif, et il parcourut les papiers. Ce fut une lecture rapide. Un certificat de naissance ou un passeport aurait été trop utile. À la place, il y avait une copie imprimée d'une page de journal numérisée, une page tirée d'un magazine sur papier glacé concernant une star de musique country d'âge moyen, de son épouse bénévole dans un ranch de charité et de leur cabane rurale très rustique, ainsi qu'une carte en relief In Memoriam pour « Kitty » avec un message griffonné au dos : « *Plus jamais* ».

C'était expressif, mais sans autre détail qu'un prénom et un verset biblique générique – Corinthiens 1, et sa grand-mère serait déçue que Javi soit obligé de faire une recherche sur Google – cela n'aidait pas.

Javi s'était habitué au grincement de la chaise du technicien et à la sensation d'un regard sur sa nuque. Il l'ignora jusqu'à ce qu'une voix familière, inattendue, juste derrière lui, demande :

— Tu as quelque chose ?

La prise de conscience – de la chaleur du corps de Cloister, de la sensation que cette bouche pouvait avoir sur lui, de la tonalité rauque de sa voix basse résonnant dans le noir – brisa aisément l'attention de Javi.

C'était du désir. Il pouvait en sentir le poids dans son aine et dans le tiraillement des muscles crispés à l'arrière de ses cuisses. Ce n'était pas nouveau. Il avait envie de Cloister depuis qu'il avait réussi à énerver le « pas vraiment beau » adjoint, habituellement décontracté. C'était inopportun, mais il s'y était habitué.

Le fait qu'il veuille s'appuyer contre son amant, utiliser son épaule avec désinvolture comme soutien était différent. Tout autant que l'était la découverte qu'il ne pouvait trouver aucune raison pour laquelle il ne devrait pas.

Sa vie privée restait ses oignons, mais après avoir déposé Cloister au poste en survêtement emprunté, seuls ceux qui étaient délibérément naïfs ne présumeraient pas qu'ils couchaient ensemble. Quant à sa distance… Eh bien, une fois que vous avez prié pour que quelqu'un ne meure pas dans vos bras, il était difficile de se convaincre que vous ne vous en souciez pas un minimum. Il faisait sombre, mais cela ne voulait pas dire qu'il pouvait prétendre que Bourneville avait appris à parler *et* à faire la ventriloque.

— Pas encore, répondit Javi avec raideur.

Il se déplaça autour de la table, s'éloignant de Cloister. Si Javi ne voyait pas pourquoi il ne devrait pas faire quelque chose, cela ne voulait pas dire que c'était nécessairement une bonne idée. Ce n'était pas comme s'il n'avait jamais pris de mauvaises décisions dans le passé.

— Si j'ai raison, alors il doit y avoir quelque chose là-dedans. Janet Morrow avait un plan qui l'a amenée à Plenty. Il doit y avoir quelque chose ici qu'elle comptait utiliser comme preuve… ou comme moyen de pression… ou un truc du genre.

Cloister attrapa un gant et ramassa la carte. Il lut l'inscription au marqueur rouge, puis la retourna pour regarder au dos.

— Il y a souvent une adresse, expliqua-t-il. Quelque part où envoyer des fleurs ou une carte de condoléances.

— Ils utilisent généralement un nom complet aussi, souligna Javi. Tandis que « Kitty » pourrait d'ailleurs ne pas être liée au nom légal de la morte. Soyons honnêtes. S'il n'y avait pas la photo, cela aurait pu être pour un chat.

Cloister retourna la carte. Sa bouche se tordit en voyant le portrait ovale imprimé sur le devant. C'était bien une femme, pas un chat, mais cela se limitait également à ça. « Kitty » était une femme brune aux yeux bleus. Cela aurait pu être Jessie Macintosh, avec une coloration et dix ans de moins à son actif depuis la photo de famille prise lors de la fête, ou bien l'accessoire d'un film d'Ashley Judd. Le flou généreux que le designer avait appliqué pour atténuer et effacer les rides de rire rendait la distinction difficile.

Tandis que Cloister essayait de saisir une caractéristique d'identification à travers les améliorations numériques, Javi reporta son attention sur les pages photocopiées. Il s'agissait d'un inventaire de toutes les activités de la police dans la région du journal au cours d'une semaine. Chant, en Californie, n'y était pas dépeint sous son meilleur jour, avec des adolescents en overdose, des vols de moutons, des incendies de voiture et une femme non identifiée retrouvée morte dans une maison abandonnée.

— Qu'est-ce qu'il s'est passé ? s'interrogea Cloister.

— Elle pourrait avoir été malade depuis longtemps, proposa Javi en guise de théorie avant de troquer les photocopies agrafées contre les articles de magazines découpés. Ou peut-être, si j'ai raison, la pression a pu être trop forte et elle s'est suicidée.

160

Il inclina le papier glacé vers le rail de lumière du plafond. Janet était une personne tactile. Elle avait compté l'argent à plusieurs reprises, plié et déplié les copies du journal, et le brillant du plastique de la clé USB avait été frotté et s'était écaillé à l'endroit où elle l'avait manipulé.

La lumière révéla des traces sur la feuille, là où quelqu'un avait passé son doigt le long de lignes de texte spécifiques.

« ... Dernièrement, Heather a accueilli le mariage de son beau-frère, Austin Lossy, avec son petit ami vlogger, Ken Maguire ». « Nous ne pouvions pas risquer que Ken prenne l'excuse d'avoir froid pour s'enfuir », plaisante Heather devant une tasse de thé. « C'était un risque tellement réel ! »

Les images des enfants adoptés du couple sont partout dans la maison. Avec eux, cependant, se trouvent des photos de groupe pris au Camp du Désert que Heather dirige depuis vingt ans, dans le ranch familial situé au nord de la Californie.

Jarod admet qu'il a été pris au dépourvu lorsque son épouse, athée depuis deux générations, s'est intéressée au bouddhisme... »

Il était possible que Janet soit juste une fan, mais la mention du camp retint l'attention de Javi. Un camp situé dans le nord de la Californie, tenu par une pseudo-célébrité : à l'extérieur, en pleine nature, probablement propice à beaucoup de sports et de randonnées. C'était le genre d'endroit où un père comme Macintosh, tout aussi désireux de paraître dur que de côtoyer des célébrités, voudrait envoyer son fils.

D'après la critique, cela ressemblait au genre de camp que l'enfant décrit à Javi aurait détesté, mais pas du genre dont Janet aurait eu peur.

Plus d'indices, mais rien qui prouvait quoi que ce soit dans un sens ou dans l'autre. Javi reposa la page et récupéra la clé USB. Il se retourna et courba son doigt en direction du technicien pour lui indiquer de venir. Celui-ci remarqua le geste en le regardant furtivement.

L'homme délaissa son ordinateur et revint dans la pièce. Il remonta ses lunettes sur son front pour pouvoir le regarder.

— Avez-vous eu le moindre résultat probant en améliorant l'image que nous avons trouvée là-dedans ? questionna Javi.

L'homme pinça les lèvres et frotta le creux que les lunettes avaient laissé sur l'arête de son nez.

— Un peu. Malheureusement pas énormément. Il s'agit d'une copie basse résolution d'une photo prise à faible luminosité. Même avec des améliorations, il n'y a pas beaucoup de détails. Je l'ai envoyée au laboratoire informatique régional de San Diego. Ils ont des spécialistes qui pourraient peut-être retravailler les visages pour nous. Y a-t-il quelqu'un en particulier que nous voulons identifier ?

Il avait presque l'air d'avoir hâte de s'y mettre. Des questions étranges, de vieux dossiers, la réputation qui restait en suspens depuis l'enlèvement de Hartley. Les gens autour du poste avaient commencé à se dire que Janet Morrow pourrait être un autre cas « intéressant », le genre qui attirait une bonne attention.

— Tous ceux que nous pouvons, conseilla Javi. Si…

Le claquement d'une main sur les portes en verre l'interrompit au milieu de sa phrase. Il se retourna et vit Tancredi de l'autre côté. Elle avait à moitié enfilé sa veste et son visage était si pâle que ses taches de rousseur ressortaient comme si elles avaient été faites avec un marqueur.

Cloister atteignit la porte le premier.

— Prise d'otages ! annonça Tancredi en refermant sa veste et en retirant sa queue de cheval du col. À l'hôpital.

— Janet ? interrogea Cloister.

Tancredi secoua la tête.

— Non. Galloway. Quelqu'un a pris Galloway en otage à l'hôpital. Nous ne savons pas encore ce qu'il veut, mais nous devons y aller.

Cloister fit un pas en avant.

— Je prends ma veste…

Tancredi le repoussa.

— Pas toi. Tu restes au travail de bureau, Witte.

Elle lança un regard à Javi.

— Agent Merlo ? Nous n'avons aucun adjoint ayant une expérience dans la négociation. Frome veut que vous preniez la tête des opérations.

— Je m'en occupe, assura Javi.

Tancredi haussa les épaules en guise d'excuses à Cloister, puis se dirigea vers le hall. La porte ouverte, Javi perçut le claquement de ses bottes sur le carrelage et l'entendit aboyer des ordres tandis que le poste se mobilisait. L'adrénaline lui titilla le cerveau et lui irrita les nerfs. Il se tourna vers Cloister, mais ne trouva rien à dire. Habituellement, il pouvait se contenter de le rabrouer en lui conseillant d'éviter les ennuis ou de rester fidèle au rapport de situation.

Ne pouvant se cacher derrière ça et n'ayant que quelques secondes avant de partir, il ne sut pas quoi dire.

— C'est valable pour toi, dit Cloister.

Javi fronça les sourcils.

— Quoi ?

— Ne meurs pas, murmura Cloister, le coin de sa bouche remontant dans un sourire en biais.

Javi l'embrassa.

Il se mentirait plus tard, il blâmerait probablement l'adrénaline et l'habitude. Cela faisait un moment que ceux qu'il avait l'habitude d'embrasser étaient présents de manière journalière. Mais la vérité était que, durant une seconde de flottement, cela avait été soit dire quelque chose de stupide, soit faire quelque chose de stupide.

Javi avait penché pour l'action : son poing noué dans la chemise de son amant et la langue dans sa bouche. La surprise avait un goût de souffle aspiré et de beignet glacé au sucre. Quand Javi aurait le temps, les regrets ressembleraient probablement aux cliquetis du technicien qui cherchait maladroitement la clé USB après l'avoir laissé tomber.

Après avoir trop tardé pour faire preuve de prudence, Javi repoussa Cloister et traversa le poste en courant pour aller retrouver Frome. Ils auraient besoin de mettre en place une stratégie avant d'arriver à l'hôpital. Il aurait le temps pour les regrets plus tard. Il y avait toujours du temps pour les regrets plus tard.

GALLOWAY S'ÉTAIT garée dans le garage souterrain de l'hôpital. Son SUV noir était stationné à proximité de l'entrée, près de l'un des piliers en béton, la portière ouverte, le moteur en marche, propulsant de l'air froid dans l'espace frais et humide. Une boîte en carton gisait sur le sol à côté de la voiture, une tache sombre et humide sur le couvercle.

La sueur provoquait des démangeaisons dans sa nuque et sous son col alors que Javi avançait lentement sur la rampe tachée d'huile. Il tenait sa lampe torche à l'épaule et son arme en bas, au niveau de sa cuisse. Derrière lui, il pouvait entendre le murmure avide de la presse locale qui se dirigeait vers le périmètre de la police. Les présentateurs, les yeux braqués sur le soleil, chuchotaient avec sérieux au sujet d'une attaque tragique, et les équipes – leurs appareils photo surplombant les têtes – tentaient de prendre une image quelconque de l'intérieur du garage faiblement éclairé.

— Le témoin dit que les lampes étaient cassées quand il est arrivé. Il était sur le point de s'en plaindre, expliqua Frome à travers l'écouteur. Un type est arrivé peu après Galloway. Il était grand, débraillé et agité. Il a dit quelque chose à Galloway. Ils ont eu une brève conversation et elle semblait vouloir se dégager pour monter dans la voiture. Puis ils se sont battus, il y a eu un bang étouffé et l'homme l'a entraînée loin de la voiture.

— Le témoin n'a pas essayé de l'arrêter ?

— Il a vu du sang, déclara Frome, sa voix contenant une nuance d'humour acide. Ça l'a secoué plus que prévu, vu qu'il est chirurgien.

Cela n'aurait pas aidé si le témoin avait tenté d'intervenir. Cela aurait peut-être incité l'agresseur à faire quelque chose de pire. Javi n'avait pu empêcher son bref jugement acéré de jaillir.

En bas de la rampe, il marqua une pause. Il entendait quelqu'un haleter bruyamment, un son mouillé et étouffé, ainsi qu'un léger froissement, tissu contre tissu, alors que des corps bougeaient dans le noir. Il n'y avait que quelques voitures dans un espace prévu pour cinquante personnes. Le garage était réservé au personnel de l'hôpital, mais apparemment, la plupart des gens utilisaient le parking extérieur.

Il passa la lampe de poche au-dessus des voitures à proximité – Javi supposait que la BMW, avec une cigarette encore allumée sur le toit, appartenait à leur témoin sensible – puis la dirigea vers la boîte de preuves abandonnée.

La tache sur le couvercle apparut rouge lorsque la lumière l'éclaira. Définitivement du sang. Javi balaya le sol avec le faisceau et découvrit une trace rouge vif sur le béton. Elle était étirée vers l'arrière, probablement coincée sous un talon alors qu'ils étaient éloignés, puis traînés.

Galloway n'était pas trop blessé… pas à ce moment-là.

— Catherine, lança Javi.

Sa voix résonna fort, rebondissant sur les murs de béton. Même s'il savait que c'était destiné à l'humaniser vis-à-vis de l'agresseur, cela lui fit drôle d'utiliser le prénom de Galloway.

— Est-ce que vous allez bien ?

— Oui, répondit Galloway.

Sa voix était claire, mais tendue. Elle haleta doucement après le premier mot et sa voix fut prudente lorsqu'elle reprit :

— Il a une arme à feu, Agent Merlo. Vous devriez l'écouter.

Dans son oreille, Frome lui indiqua qu'il avait des adjoints en place dans la cage d'escalier. Tout ce que Javi avait à faire, c'était de donner le signal. Javi l'ignora, tout en se faufilant avec précaution entre les voitures garées, vers le son de la voix de Galloway.

— Je compte bien le faire, affirma Javi. Quoi qu'il souhaite dire, je l'écouterai.

Il orienta brièvement la lampe sur le côté et aperçut le reflet des yeux de quelqu'un à travers les vitres d'une vieille Toyota rouille et orange. L'attaquant avait entraîné Galloway entre deux voitures stationnées, il s'était adossé à un pilier et avait enroulé un bras autour de la gorge du médecin. Un pistolet bon marché, à l'aspect usé, était pressé sous la mâchoire de Galloway, le métal s'enfonçant profondément dans la chair moelleuse.

— Reculez, ordonna l'agresseur.

Il poussa l'arme plus fortement dans la gorge de Galloway jusqu'à ce que la peau se fende et qu'un filet de sang coule pour colorer le col blanc de son costume. Galloway pressa ses lèvres l'une contre l'autre, relevant le menton autant qu'elle le pouvait.

— Je vais la tuer. Si vous m'y forcez, je le ferai !

Javi leva son arme.

— Voulez-vous que je la range ? demanda-t-il.

Le type lécha ses lèvres gercées et observa nerveusement autour de lui.

— Oui, murmura-t-il.

Puis il répéta avec plus d'assurance :

— Oui. Rangez-la. Et… et dites aux autres. Dites-leur de rester à l'écart.

Javi remit son arme à sa hanche dans son holster.

— Il n'y a que moi. Je veux juste discuter.

— Il y a des adjoints dans la cage d'escalier, non ? Des snipers dehors ? Je ne suis pas stupide. Dites-leur de dégager.

Des postillons atterrirent sur la joue de Galloway alors qu'il criait. Cela la fit grimacer et un frémissement de dégoût sinua de ses yeux à sa bouche, cependant elle demeura immobile. L'agresseur ne semblait pas idiot. Sa voix était rauque – abîmée par le whisky de contrebande et les infections pulmonaires, sans doute –, toutefois ses paroles étaient nettes. Il était confus et résolument saoul, mais pas stupide.

— Lieutenant Frome, éloignez les adjoints du périmètre, ordonna Javi en touchant son oreillette. C'est un ordre. Nous ne voulons pas que quelqu'un soit blessé.

Il ne s'attendait pas à ce que Frome obéisse. La voix dans son oreille confirma qu'il avait eu raison.

— Les hommes vont rester en place jusqu'à ce que vous donniez le signal.

— Bien.

Javi plaça la lampe torche dans la sangle de sa veste et leva ses deux mains vides en l'air.

— Tout est en ordre. Maintenant, je vous écoute, vous pourriez peut-être écarter votre arme.

Cela aurait été trop facile s'il l'avait fait. À la place, il se contenta de rabaisser un peu son arme pour la reposer dans le creux de la clavicule. Galloway pinça les lèvres pour contenir son prudent soupir de soulagement.

— Docteur Galloway, dit Javi en soutenant son regard. Catherine, êtes-vous blessée ?

Le pistolet s'enfonça de nouveau dans sa gorge.

Un rappel. Elle ferma les yeux et s'humidifia les lèvres.

— Je vais bien, répéta-t-elle soigneusement.

Elle baissa les yeux et, lorsque Javi les suivit, elle écarta les doigts de son flanc durant une seconde. Du sang s'écoulait d'un trou profond sur sa hanche. Du noir pointillait son tee-shirt, là où le sang n'avait pas été absorbé pour le recouvrir. La blessure ne semblait pas menacer sa vie dans l'immédiat, mais elle n'avait pas l'air d'être bonne non plus. Galloway pressa de nouveau ses doigts dessus. Sa voix était basse et régulière, presque calme de façon hypnotique.

— Je ne pense pas qu'il veuille faire du mal à qui que ce soit.

— Je suis sûr que non. C'est une sorte de malentendu, déclara Javi, penchant la tête pour attirer l'attention vagabonde de l'agresseur. Je suis l'Agent spécial Javi Merlo. Vous pouvez m'appeler Javi.

Des mèches de cheveux pâles de Galloway, le blond décoloré virant au blanc entre les ombres et l'éclairage, s'accrochèrent aux lèvres gercées du gars tandis qu'il haletait.

— M'inciter à me présenter, à établir des… espérances sociales, commenta-t-il avec un rire épuisé qui se transforma en toux. Programmation de base. C'est ce que les fédéraux vous enseignent maintenant ? Pathétique.

Non, admit Javi en lui-même, décidément pas un homme stupide.

— Vous savez donc comment ça se passe, tenta-t-il. J'ai quand même besoin d'un moyen de vous appeler.

L'homme cligna des yeux et le pistolet s'enfonça dans la gorge de Galloway. Elle serra les lèvres et ferma les yeux.

— Vous n'avez pas besoin de… de… m'appeler par quoi que ce soit. Je sais ce que vous faites. Des amis, c'est ce dont vous avez besoin et j'en ai toujours. J'ai encore des putains d'amis. Encore. Et ils me parlent. Ils m'ont dit ce que vous essayiez de me faire. J'ai fait ce qu'on m'a dit, putain.

166

Il resserra son bras autour de la gorge de Galloway. Ses dents, derrière les lèvres rêches et la barbe emmêlée, étaient tachées par manque d'entretien, mais aussi droites qu'un règlement à un bon dentiste pouvait le permettre. La voix traînante de Cloister murmura à l'oreille de Javi : « Je sais, cela correspond à la description de beaucoup de sans-abris ».

— Andrew, dit Javi. Andrew Macintosh, pas vrai ?

Pendant une seconde, l'homme se concentra. La vie dans les rues – boissons alcoolisées et chagrin, soleil brûlant et nuits froides – avait effacé l'avocat qui souriait sur la photo de la fête, mais la vivacité soudaine sur son visage le fit de nouveau surgir.

— C'est bien vous, alors, souffla Andrew. J'ai fait ce qu'on m'a dit. J'ai envoyé tout ce qu'on m'a demandé. Pourquoi… pourquoi avez-vous fait ça ? Qu'est-ce que j'ai fait ? J'ai fait mon travail, c'est tout. C'était mon putain de boulot. Je n'ai jamais fait chier personne. Jamais. Jamais !

Il poussa Galloway sur le côté – elle laissa échapper un glapissement surpris en heurtant la porte et glissa sur le sol – puis se dirigea vers Javi. Andrew agita le pistolet vers le ciel comme un pointeur.

— Si vous voulez me tuer, faites-le, cria-t-il, crachant des filets de salive qui dégoulinèrent sur le côté de sa bouche. Vous avez pris tout le reste, espèce d'enfoiré !

Il fit un brusque mouvement vers Javi, plus rapidement qu'il ne le semblait possible, et tira furieusement. Le recul agita violemment le bras d'Andrew et le dévia de son but. La balle frappa le kevlar de Javi dans un coin, juste au-dessus du logo FBI, et remonta vers le haut, égratignant son épaule. Ce fut douloureux, une sourde piqûre vive comme une brûlure, alors ce n'était probablement pas grave.

Javi ignora sa douleur et attrapa le poignet d'Andrew. Il enfonça ses doigts dans les points de pression et le tordit pour lui bloquer le bras. Andrew aurait dû se mettre à genoux pour éviter de se disloquer le coude. Au lieu de cela, il laissa l'articulation se déboîter dans un craquement de cartilage et de tendons. Un peu nauséeux, Javi songea au bruit que faisait une cuisse de poulet. Andrew laissa le pistolet glisser entre ses doigts tout en se jetant en avant. Il enfonça son épaule dans l'estomac de Javi, juste sous la poitrine, et ils vacillèrent en reculant.

— Merlo ? questionna Frome dans l'oreillette de Javi. Maintenant ?

Javi heurta le pare-chocs d'une Mercedes et glissa. Il se laissa tomber sur le sol avec Andrew dans un enchevêtrement de bras et de jambes, accompagné de jurons étranglés et furieux. Andrew se débattait à coup de genoux et de poings aux articulations gonflées.

— Ils ont disparu. Ils sont morts. Je ne le dirai à personne. Je ne l'ai jamais dit à personne. Je savais qu'ils ne me croiraient pas. Ils ne m'ont jamais cru, râla Andrew de manière incohérente avec une haleine infecte et chimique.

Il attrapa une poignée de cheveux de Javi et tenta de cogner son crâne contre le sol.

— Pourquoi l'avez-vous blessée ? Ma Jessie. Elle ne vous a rien fait, bon sang ! C'était moi. Je l'ai fait. Je ne sais pas quoi, mais je l'ai fait ! Moi. Pas elle.

Javi plaça son bras sous la mâchoire d'Andrew et le repoussa. Il pouvait sentir son arme derrière sa hanche, mais s'il la sortait, il devrait tirer. Andrew Macintosh n'avait jamais été le genre d'homme à reculer, ni au tribunal ni au combat, et s'il était prêt à frapper en dépit d'un coude brisé, c'est que cela n'avait pas changé.

Un violent coup de genou atteignit Javi au ventre. Il grogna, le goût de la bile remonta dans sa gorge et il se tordit sous lui pour le repousser loin de lui.

— Macintosh…

Javi se releva et dégagea l'arme sous l'une des voitures d'un coup de pied. La dernière fois que Macintosh avait vu Janet, elle était encore Tommy. Il pensait que c'était sa femme qui venait le chercher.

— Elle n'est pas morte. Elle est à l'étage, dans l'hôpital. C'est pourquoi le docteur Galloway est ici. Elle est là pour l'aider.

La sueur perlait sous forme de gouttelettes graisseuses sur le visage d'Andrew, qui titubait en essayant de se mettre à genoux. Il secoua la tête, ses cheveux gris emmêlés s'agitèrent sauvagement autour de son visage.

— Mensonges, cracha-t-il. Vous me parlez pour mentir. Vous mentez. Mensonge sur mensonge. Vous m'avez dit que vous les renvoyiez à la maison… le commerce équitable n'est pas un vol, vous avez dit, montrez-moi que vous les aimez… et après, vous avez dit que cela ne suffisait pas. Vous m'avez dit qu'ils étaient morts et maintenant vous me dites qu'ils sont en vie. Mes garçons. Ma Jessie.

Il lança un coup de poing furieux à Javi et le rata d'un pouce alors que celui-ci esquivait. À un moment de la bagarre, Javi avait touché le nez d'Andrew et du sang coulait dans sa barbe.

— Galloway est-elle hors de danger ? éructa Frome dans l'oreillette. Puis-je envoyer les adjoints à l'intérieur ?

— Pas encore, répondit Javi.

— Je ne pouvais pas le faire, déclara Andrew.

Il renifla, un son humide, et passa son bras sur son visage.

— Je ne pouvais pas la tuer, putain, d'accord ? S'il vous plaît. S'il vous plaît. J'ai essayé. Je donnerai le reste de l'argent. Vous pouvez l'avoir. Ne faites pas de mal à mes garçons non plus. Je les ai déjà tués pour vous, je leur ai dit, je le méritais. Juste… tuez-moi.

Il sortit quelque chose de sa poche, resserra son poing sur le poids et le scintillement métallique et s'élança de nouveau sur Javi. Le coup fut un uppercut magistral, sauvage. S'il avait atteint son objectif, il aurait défoncé la mâchoire de Javi, mais il n'y avait pas beaucoup de chance que cela se produise.

Javi évita le coup et s'avança pour en placer un court et brutal sous les côtes d'Andrew. Il n'y avait pas de chair pour absorber le choc, juste des os et des muscles secs. Le souffle sortit d'Andrew dans un grognement acide et il se plia en deux avec un haut-le-cœur. Javi attrapa l'arrière de sa chemise et le jeta à plat ventre sur le capot de la voiture. Des larmes et de la morve s'étalèrent sur la peinture alors qu'Andrew se lamentait dans un cruel désespoir.

— Elle est ici, affirma Javi.

Il essuya la sueur de ses lèvres sur son épaule et se pencha pour caler son bras contre les épaules osseuses d'Andrew. Celui-ci dégageait une odeur âcre de sueur, de liqueur aigre et de vieille terre.

— Andrew, écoutez-moi. Elle est ici. Vous pouvez la voir. Si vous vous calmez et m'écoutez.

Galloway avait rampé loin du combat. Elle était assise quelques voitures plus loin, le dos calé contre le haut soutien d'un pneu de Land Rover. Son bras était serré contre son ventre, ses doigts s'enfonçant dans la chair de sa hanche. Elle était pâle, mais dans le garage faiblement éclairé, Javi ne savait pas si elle l'était plus que d'habitude.

— Je ne pense pas qu'il puisse le faire, dit-elle, sa voix toujours étrangement calme. Ses pupilles sont dilatées, son pouls est rapide et il n'aurait pas dû être capable d'utiliser ce bras. Il a pris quelque chose avant de venir ici, pour avoir le courage de me tuer.

Andrew cogna sa tête contre le capot de la voiture pour la faire sonner comme une cloche. Il frappa les jambes de Javi.

— Je ne voulais pas, cria-t-il. On m'a appelé. On m'a dit ce que je devais faire. Même numéro. Même voix. Même numéro. Mêmes mensonges. Envoyez de l'argent, tuez le médecin, sauvez vos enfants. Sauve ta Jessie.

Javi le menotta à contrecœur – les liens en plastique s'enfoncèrent dans ses poignets sales et gonflés – et il l'écarta de la voiture. Une fois qu'il serait sobre, il pourrait peut-être parler.

La porte de la cage d'escalier s'ouvrit d'un seul coup et cinq adjoints armés entrèrent dans le garage. Tancredi balaya la scène d'un rapide coup d'œil et baissa son arme.

— Est-ce que ça va ? demanda-t-elle. Que s'est-il passé ?

— Je n'en suis pas tout à fait sûr, répondit Javi. Mais nous allons le découvrir.

Javi remit Macintosh sous la garde de Tancredi et rejoignit Galloway. Les médecins des urgences seraient venus jusqu'à elle, mais elle grimaça à cette idée et insista pour qu'on l'aide à sortir du sous-sol.

— J'ai besoin de points de suture, affirma-t-elle alors que Javi passait un bras autour de sa taille pour la soutenir. S'il avait vraiment voulu me blesser, j'aurais besoin d'une transfusion. Agent Merlo, était-ce Andrew Macintosh ?

— Je pense que oui, admit Javi. *Lui* semblait le croire.

Devant eux, Tancredi poussait un Andrew trébuchant sur la rampe. Il traînait les pieds, et l'intensité de la surexcitation précédente s'était muée en une sorte de placidité sombre et pesante.

Galloway s'arrêta et se retourna pour faire signe à l'un des adjoints.

— La boîte de preuves près de ma voiture, elle est en rapport avec une affaire en cours, alors assurez-vous de ne pas la quitter des yeux. Je ne veux *pas* que la chaîne de surveillance soit brisée davantage qu'elle ne l'a déjà été.

L'adjoint acquiesça et courut chercher la boîte. Pendant ce temps, Galloway essuya le sang de son cou avec la manchette de sa chemise, tout en levant les yeux vers Javi.

— Vous aviez tort.

Ce n'était pas ce qu'il voulait entendre. Il fronça les sourcils.

— Sur quoi ?

—J'ai comparé les échantillons. Cette fille n'est pas Tommy Macintosh, affirma-t-elle.

Son corps pencha vers celui de Javi alors qu'elle plissait les yeux vers le sommet de la rampe.

— J'allais revérifier avec un nouvel échantillon de Janet, mais je doute que les résultats changent. Mais si c'était une recherche inutile, pourquoi quelqu'un essayerait-il de…

Javi était encore à moitié aveuglé par la lumière éblouissante de l'extérieur lorsque le coup de feu retentit. Il ne vit donc pas autant qu'il entendit le fracas de la balle sur le béton. Il jura et tira Galloway en arrière dans le garage. Devant eux, Tancredi cria, plus par frayeur que par douleur. Puis elle chancela et tomba. Macintosh trébucha, mais resta debout.

— Ne tirez pas ! ordonna Frome, sa voix se fêlant sous la colère.

La presse hurlait dans les micros tandis qu'elles couvraient l'événement, les caméras alternant entre la scène sur la rampe et les bâtiments environnants.

— Ne tirez pas, bon sang.

— Merde !

Javi poussa Galloway contre l'un des adjoints, en dépit de sa protestation, et grimpa la rampe vers Tancredi. Du sang coulait d'une entaille profonde et irrégulière sur son bras, formant une flaque sur le bitume sous elle. Ce n'était pas une blessure par balle. Macintosh avait une projection de sang sur la poitrine et le visage. Il recula en titubant, puis se retourna pour courir dans le garage, passant devant les adjoints qui remontaient précipitamment pour protéger Tancredi.

— Que s'est-il passé ? questionna l'un d'eux.

Javi retira sa cravate et enroula la soie autour du bras de Tancredi en guise de pansement précipité et inadéquat. Elle fut rapidement imprégnée.

— A-t-elle été touchée ? demanda un autre.

Il scruta la route, arme à feu levée et stable dans ses mains.

— Avons-nous un tireur ?

Dans l'oreillette, Frome débitait les mêmes questions, presque mot à mot.

Ce fut Tancredi qui leur répondit. Sa voix était faible et ses lèvres incolores. Elle avait le teint gris et choqué de quelqu'un qui n'avait jamais été blessé grièvement auparavant, du moins pas intentionnellement.

— Je ne sais pas.

Sur le béton où s'était tenu Macintosh se trouvait un couteau utilitaire orange bon marché dans une flaque de sang. Ses mains étaient libres quand il s'était mis à courir.

— Où est Galloway ? interrogea Javi en se redressant.

L'adjoint brandit son pouce par-dessus son épaule.

— Elle est en sécurité. Nous l'emmenons directement à l'hôpital...

Javi jura dans un souffle. Il se releva, sortit son arme et s'élança dans le garage. L'adjoint bredouilla derrière lui, trop distrait par le coup de feu pour se rendre compte de ce qui se passait.

— Macintosh ! cria Javi en s'arrêtant au pied de la rampe. Macintosh, arrêtez. Si vous voulez savoir ce qui est arrivé à votre famille...

Peut-être que si Javi avait dit autre chose, cela aurait fonctionné. S'il avait dit à Macintosh que son enfant perdu était à l'étage, cela aurait pu faire une différence... ou pas.

Macintosh jeta un seul regard en arrière, puis se laissa tomber par terre et tendit son bras sous une voiture. Quand il se releva, il avait de nouveau son arme en main, l'air perdu. Son visage était creux et tiré sous ses cheveux emmêlés.

— Faites sortir Galloway d'ici, aboya Javi en avançant, arme au poing.

L'adjoint avec Galloway la poussa derrière lui et s'éloigna de la scène.

— J'ai essayé, déclara Macintosh. J'ai fait tout ce qu'il a dit. Sauf ça. Tout. Cela n'a jamais marché.

Javi tendit sa main libre.

— Macintosh, écoutez-moi. Vous ne voulez pas faire ça. Donnez-moi le pistolet.

Andrew cligna des yeux et des larmes coulèrent dans sa barbe.

— Je ne l'ai pas fait. Je ne l'ai jamais fait. Tout ce que je voulais, c'était ma famille. Je le lui ai dit, quand il a appelé, que je ferais n'importe quoi pour les récupérer, et il m'a dit qu'il était content... content que je veuille quelque chose que je ne pourrais jamais obtenir. Je l'ai entendu leur *tirer* dessus, j'ai vu les corps, je les ai sentis. Je sais qu'ils avaient disparu, mais quand cet homme m'a dit qu'ils étaient encore en vie... je l'ai cru. Alors je lui ai dit que je ferais n'importe quoi, mais je ne pouvais pas. Rien de tout cela n'était de leur faute. C'était entièrement la mienne.

— Nous pouvons vous aider, Andrew. Nous pouvons trouver vos enfants.

— Je ne l'ai jamais dit à personne. J'avais honte, murmura Andrew posément. Cet homme ne voulait pas simplement de l'argent. J'aurais pu lui donner plus d'argent. J'aurais pu le supplier, emprunter ou le voler pour ma Jessie... mes *garçons*... mais il voulait autre chose. Il voulait que je me tue. J'ai dit que je ferais n'importe quoi pour ma famille, mais je ne pouvais pas faire ça. Pas à l'époque.

Andrew poussa le pistolet sous son menton et, d'un mouvement fluide et assuré, appuya sur la détente. Le bruit sec du coup de feu résonna contre les murs en béton et le cerveau d'Andrew moucheta la voiture derrière lui.

Javi eut un haut-le-cœur et fit un pas en arrière. Cela avait dû être instantané, mais il aurait pu jurer avoir vu un éclair de soulagement s'épanouir sur le visage d'Andrew avant que son corps ne s'effondre, telle une marionnette aux cordes coupées.

XVII

LA COULEUR à la télé était altérée. Frome, en uniforme, sur les marches de l'hôpital, semblait avoir été coloré par un spray autobronzant. Il articulait quelque chose à la presse rassemblée. Le son de la télévision était trop bas pour entendre de quoi il s'agissait, mais Cloister pariait pour des paroles rassurantes et éventuellement des mensonges.

Il tendit la main pour l'éteindre – c'était de toute façon une rediffusion, puisque Frome était retourné au poste une heure plus tôt – et se retourna vers le lit. Janet était propre et nette sous les draps blancs étroitement bordés. Il y avait désormais un vase de fleurs sur la table de nuit – de grosses roses à la croissance forcée qui sentaient peu – et deux magazines de mode intacts sur la chaise.

Le professeur Belford était rentrée à l'hôtel, lui avait expliqué l'infirmière d'un ton neutre. Elle reviendrait plus tard. L'état de Janet n'était ni meilleur ni pire. « Stable » était ce que l'infirmière offrait de mieux, mais c'était apparemment suffisant pour fournir de l'espoir.

— Je ne suis même pas sûr que ce soit votre père, déclara Cloister.

Sa voix était trop forte, trop puissante pour la petite pièce blanche. Il supposait qu'il passait trop de temps à crier après les chiens et les vendeurs de méthamphétamine. Mais il se rappelait que sa mère le réprimandait, l'incitant à « se souvenir de sa voix intérieure » lorsqu'il était enfant, alors il s'agissait peut-être d'un truc des Witte. Il se racla la gorge et réessaya.

— Ou si vous vous en souciez. Je pensais juste que quelqu'un devait vous le dire. Personne n'a été sérieusement blessé. Sauf lui, je suppose. La blessure de Tancredi est la pire, mais les médecins pensent qu'il n'y aura pas de lésions nerveuses.

Probablement. Si elle avait de la chance.

Cloister se tut et se balança d'un pied sur l'autre, mal à l'aise, alors qu'il essayait de ne pas penser aux faux-fuyants prudents du médecin. Ses bottes grinçaient sur le sol poli. Sur le lit, Janet ne donnait aucun signe de l'avoir entendu, pas même un clignement de cil.

— Vous devriez probablement savoir également que la théorie actuelle est qu'Andrew Macintosh est celui qui vous a attaquée l'autre soir, déclara-t-il. Je ne crois pas qu'il l'ait fait, mais c'est bien pratique, et je ne peux pas encore prouver le contraire. Le coup de feu qui a fourni la distraction, qui lui a permis de s'échapper, provenait de l'une de nos armes. Quelqu'un a peut-être remarqué que Macintosh avait une arme, ou il a juste sursauté au mauvais moment, mais personne n'a voulu prendre le blâme, alors nous l'ignorons. Ce serait beaucoup plus facile si vous vous réveilliez et nous racontiez ce qui vous est arrivé.

Il savait qu'elle ne le ferait pas. Les gens ne sortaient pas du coma pour être utiles. Il se surprit quand même à retenir son souffle pour lui laisser une chance.

Rien.

— Ce n'est pas grave, assura Cloister. Nous pouvons le faire à l'ancienne.

Il laissa la lumière allumée en sortant. Si elle se réveillait, ce ne devait pas être dans le noir.

BOURNEVILLE PASSA à moitié à travers la vitre du pick-up pour venir le saluer lorsqu'il traversa le parking. Elle pouvait sentir que tout le monde était sur le qui-vive, même si elle ne savait pas pourquoi. Cloister la laissa lui lécher le visage, les pattes posées sur ses épaules, tandis qu'il lui grattait les joues et frottait ses oreilles.

— Je sais, dit-il en la cajolant. Mais Javi va bien. Tancredi va se rétablir.

Elle grogna son opinion à ce sujet dans son oreille. Cloister supposait qu'elle pouvait deviner qu'il n'y croyait pas tout à fait. Il plongea son visage dans son cou, sa fourrure épaisse et rugueuse contre sa peau, exhalant toute la tension dans un long soupir épuisé.

Cela n'aurait pas fait de différence s'il avait été présent. Ils ne l'auraient pas envoyé avec Bon sur une prise d'otages avérée. Il y avait trop de risques que cela fasse paniquer l'agresseur. Il aurait probablement été à proximité des voitures, pour ordonner au public et à la presse de rester en dehors du périmètre quand c'était arrivé.

Probablement.

Mais cela ne l'aidait nullement à se sentir mieux.

— Allez, dit-il en s'écartant et en repoussant la chienne chaude et lourde hors de ses épaules. Prête à travailler ?

175

Bourneville releva les oreilles vers l'avant et aboya une fois en guise d'acceptation nette. Elle recula gracieusement par la fenêtre et attendit qu'il la prépare. Il lui fallut dix minutes pour la faire sortir, la réhydrater et lui enfiler son harnais. Tout était plus difficile quand vous n'aviez qu'une main libre pour le faire. Cloister passa son doigt sous les lanières pour s'assurer que ses poils ne s'étaient pas emmêlés pendant qu'elle s'agitait et secouait la tête avec impatience.

Une fois satisfait du résultat, Cloister attacha sa laisse et se dirigea vers le parking en direction des panneaux « Réservé aux employés » situés de l'autre côté. Bourneville trottait avec impatience à ses côtés, son épaule collée à sa jambe.

Des bandes jaunes de la police étaient tendues au-dessus de l'entrée de la rampe pour empêcher les intrus d'y pénétrer. Apparemment, cela ne suffisait pas à dissuader l'homme énervé d'être repoussé sous le ruban adhésif du bon côté.

— Je *sais* qu'il s'est passé quelque chose, râla furieusement l'homme. J'ai tout vu tout à l'heure. Fondamentalement, j'étais moi-même une victime. Maintenant, je suis traité comme un suspect. Je veux ma voiture, putain.

Derrière le ruban, Ellie – Ellie Smith, mais il y avait neuf Smith dans le département du shérif, sans compter les réceptionnistes et les administratifs – passa du blanc au rouge de la colère. Ses lèvres devinrent fines et incolores, des taches rouges brillantes sur ses pommettes et ses tempes.

— Un homme s'est fait sauter la cervelle, intervint Cloister en s'arrêtant devant le ruban.

Le type aux cheveux gris, à la silhouette de salle de sport sous sa blouse, se retourna pour le regarder, la bouche à demi ouverte. Il baissa les yeux sur Bourneville, qui s'était assise sagement aux talons de Cloister, il referma ses lèvres, songeant qu'il ferait mieux de ravaler ce qu'il s'apprêtait à dire.

— Vous pourrez donc récupérer votre voiture une fois que nous aurons nettoyé le kilo et demi de matière grise dans les rainures. Habituellement, on la lave, mais si vous la voulez tant que ça...

Le dégoût envahit le visage de l'homme, il recula.

— Bien, marmonna-t-il. Je vais appeler un Uber, mais je veux récupérer ma voiture demain.

Il sortit son téléphone de sa poche alors qu'il s'éloignait, ses murmures aigres à peine audibles le suivant tandis qu'il s'en allait.

— Connard, grommela Ellie après lui.

Elle mit son bras sous le ruban et le souleva.

— Ils vous ont libéré du travail de bureau ?

Cloister se baissa sous son bras. Ses ecchymoses créaient une bande de pression autour de ses côtes. Elles faisaient mal quand il se penchait, mais pas autant qu'avant. Il n'allait pas admettre que cela avait quelque chose à voir avec une nuit passée dans un lit plutôt que sur son canapé.

— Pas tout à fait, admit-il en se redressant.

Ellie lui jeta un regard exaspéré.

— Vous étiez obligé de me le dire ?

Bourneville gémit en se glissant sous la barrière – elle n'avait pas besoin de l'aide d'Ellie – et captura la puanteur d'un corps. Ses oreilles s'abaissèrent et elle se faufila entre les jambes de Cloister. Il tendit la main pour caresser sa tête fine, tout en os sous les poils noirs, alors qu'elle haletait nerveusement.

— C'est juste un coup d'œil aux alentours.

Il haussa les épaules quand elle fronça les sourcils.

— Frome ne m'a pas dit que je ne pouvais pas regarder.

Ellie pinça les lèvres. Elle baissa les yeux sur Bourneville.

— Vous êtes sûr que la chienne est à la hauteur ? demanda-t-elle. Elle n'a pas l'air heureuse.

— Vous l'êtes ? interrogea Cloister. Je ne serais pas ici si ce n'était pas mon travail. Je peux continuer à *faire* mon travail.

— Je ne peux pas argumenter contre ça, déclara Ellie.

Elle essuya la sueur de son front et jeta un coup d'œil autour d'eux, comme si Frome risquait de surgir de derrière une voiture.

— D'accord, mais si vous avez des problèmes à cause de ça ? Je dirai que je n'étais pas au courant. Vous feriez mieux de vous dépêcher. Les gars du nettoyage viennent d'arriver.

Cloister hocha la tête et se dirigea vers le sous-sol. L'odeur devint plus forte dès qu'il atteignit le bas, là où l'odeur humide du sang se mêlait à la poussière du béton. La voiture de Galloway était toujours là, l'autorisation de stationnement de la morgue collée à la vitre, et le fourgon du nettoyeur de scènes de crime garé à côté.

Trois hommes vêtus d'une robuste combinaison blanche étaient déjà au travail. Deux d'entre eux étaient à genoux, les brosses à la main pour nettoyer le béton, tandis qu'un troisième retirait de la matière grise dans la voiture.

Bourneville grogna nerveusement et tira sur sa laisse.

— Reste, lui ordonna Cloister en la tirant en arrière.

Il éleva légèrement la voix et cela sembla être beaucoup dans l'espace vide.

— J'ai besoin de la scène.

L'homme travaillant sur la voiture s'assit sur ses talons et regarda autour de lui. Des lunettes, les verres maculés de traces de condensation, couvraient ses yeux et un masque anti-poussière de la taille d'une main était placé sur sa bouche et son nez.

— Encore ?

La voix fut étouffée par le masque, mais Cloister la reconnut tout de même : Hewitt. Ce fut aussi le cas pour Bourneville. Elle émit un grognement sourd, puis laissa tomber sa tête avec regret, avant que Cloister ne puisse lui dire quoi que ce soit. Un œil ambré le regarda de travers. Il lui donna un petit coup de genou, mais la laissa s'en tirer.

— Est-ce que vous faites des heures supplémentaires, Hewitt ? questionna-t-il.

Hewitt releva ses lunettes de protection sur son front et abaissa le masque autour de son cou. Il y avait des cernes sombres sous ses yeux, comme si quelqu'un les avait enfoncés avec ses pouces, et un flot d'acné apparut autour de son nez et de son menton.

— C'est la récession, Witte, dit-il en se levant.

Il s'essuya les mains sur sa combinaison. Ses doigts laissèrent des taches roses sur ses jambes blanches froissées.

— L'argent ne coule plus aussi librement qu'avant, et nous ne pouvons pas tous avoir des avocats pour nous payer des dîners raffinés, n'est-ce pas ? Écoutez. Nous ne devions pas commencer avant six heures, mais ce n'est que dans dix minutes. Cela n'a jamais eu d'importance si nous commencions un peu prématurément.

— C'est important cette fois-ci.

Les deux autres hommes levèrent les yeux de ce qu'ils faisaient. Il y avait une flaque d'eau rose mousseuse autour de leurs genoux.

— Allez prendre un café. À votre retour, j'aurai terminé, assura Cloister.

Hewitt fit une grimace, frottant sa mâchoire. Ses ongles grattèrent une barbe d'une journée de travail.

— Allez, Witte. Regardez ça. Vous pensez que le chien va dénicher quelque chose dans ce bazar ? C'est juste de l'eau de Javel et de l'eau savonneuse. Laissez-nous en finir avec ça, d'accord ? Certains d'entre nous ont des familles qui les attendent chez eux. Vous et moi, nous sommes tous les deux adjoints, pas vrai ? Si je pensais qu'il y avait quelque chose ici qui pouvait aider, je serais le premier à…

Cloister plissa les yeux.

— *Je* suis un adjoint, rectifia-t-il. Et je n'en ai pas fini avec cette scène. Alors, éloignez-vous, Hewitt.

Hewitt le fixa pendant une minute. Puis ses lèvres prirent un pli amer et il soupira, frustré.

— Fait chier, jura-t-il. Bien. Allez les gars. Laissez les lieux à « l'adjoint ». Vous avez cinq minutes, Witte. Cinq, ensuite c'est à nous.

Il remonta la rampe vers Ellie, les bras croisés, son langage corporel exprimant son aigreur, tandis qu'il faisait un signe en direction de Cloister. Les deux autres haussèrent les épaules, se levèrent et laissèrent leurs brosses par terre. L'un d'eux s'étira, puis posa ses poings dans le creux de son dos et fit un clin d'œil à Cloister.

— Ne vous pressez pas pour moi, dit-il. Tout ce qui m'attend chez moi, c'est un gratin, et cela ne vaut pas la peine de passer à côté d'heures supplémentaires.

Son collègue lui donna un coup de coude.

— Tu cherches encore à avoir des ennuis, petit malin, murmura-t-il. Si le boss dit que nous voulons rentrer à la maison, nous voulons rentrer à la maison. Allons-y.

Les deux hommes bougèrent pour se mettre hors du chemin. Ils dérivèrent près du pick-up. Celui qui n'était pas pressé de rentrer chez lui ôta ses gants et sortit un sandwich à moitié entamé de sa poche. Bourneville tourna la tête pour le regarder, les oreilles dressées avec intérêt.

Cloister tira sur sa laisse pour attirer son attention.

— Travail, lui rappela-t-il.

Le sandwich quitta son attention. Bourneville renifla, secoua la tête jusqu'à ce que ses oreilles volent et lui adressa un regard disant : « eh bien, on y va dans ce cas ».

— Reste.

Elle eut l'air déçue tout en se laissant tomber au sol, mais Cloister ne voulait pas d'eau de Javel sur ses pattes ou son nez. Il décrocha sa laisse, plaça la sangle dans sa ceinture et la laissa là pendant qu'il contournait la voiture pour chercher une source d'odeur non contaminée. Les événements de l'après-midi – basés sur le rapport de Javi et le témoignage de Galloway – tournaient dans sa tête pendant qu'il parcourait les lieux d'une marque à l'autre.

Macintosh avait attrapé Galloway à sa voiture, lui avait enfoncé le pistolet dans le ventre et lui avait tiré dessus. S'il avait visé l'estomac, elle serait déjà morte, mais il avait tressailli à la dernière minute et elle aurait juste une cicatrice. Le seul sang présent à cet endroit lui appartenait.

Quelques voitures plus loin, les éclaboussures de sang sur le béton, étalées et foulées au pied, étaient probablement celles de Javi. Cette simple pensée le fit hésiter, la bouche asséchée par une soudaine peur sombre. C'était comme un poids et c'était ridicule. Javi allait bien. Il avait hérité de huit points de suture et d'une injection d'antibiotiques. Andrew Macintosh avait peut-être été impitoyable dans une salle d'audience, mais lorsqu'il s'agissait de véritable violence, la seule personne pour laquelle il constituait un danger était lui-même.

Mais cela aurait pu être pire, et l'angoisse aigre dans sa gorge se moquait bien que ce ne soit pas le cas. C'était la même vieille peur glacée qui régnait dans ses cauchemars, la peur que quelqu'un... disparaisse simplement... et que Cloister ne sache jamais pourquoi.

Il passa le dos de sa main sur sa bouche. Il avait un travail à faire, se réprimanda-t-il rudement, et Javi allait bien... il n'était pas heureux, mais il allait bien.

Il traversa la flaque de sang savonneuse et s'arrêta près de la voiture. La solution utilisée par Hewitt avait commencé à sécher sur la peinture. C'était une écume blanche et squameuse, parsemée de petits morceaux durs de matière.

Dans le passage souterrain, Macintosh avait été presque aussi grand que Cloister. Peut-être *aussi* grand, sous le coup de la nervosité et de la panique. Donc, s'il s'était tenu là et s'était tiré une balle dans la tête...

Cloister posa un pied sur le marchepied à côté du SUV et se hissa. Du sang et des cheveux s'étaient répandus sur le toit, épargnés par le nettoyage. Il jeta un œil à Bourneville et siffla.

— Bourneville, dit-il.

Elle se leva immédiatement et sourit. Cloister claqua des doigts et désigna l'avant de la voiture.

— Monte.

Elle trotta jusqu'à l'avant, puis sauta en douceur sur le capot de la voiture. Ses ongles griffèrent le métal lorsqu'elle atterrit et chercha à se stabiliser. Cloister tapota le capot et elle monta au-dessus du pare-brise d'un bond. Le toit grinça et gémit sous son poids quand elle s'immobilisa, mais elle baissa le nez et renifla la peinture maculée de sang.

La trace de poudre restante lui fit plisser le nez et renifler. Cela la faisait toujours éternuer.

— Une minute, cria Hewitt.

Cloister sauta en bas du SUV. Ses pieds provoquèrent une éclaboussure dans la flaque alors qu'il se dirigeait vers l'avant de la voiture et appelait Bourneville à ses talons. Elle recula pour glisser maladroitement sur le pare-brise, puis se retourna pour bondir par terre. La facture pour la peinture éraflée allait faire plaisir à Frome quand il la recevrait.

— Bourneville, dit Cloister en se penchant pour rattacher sa laisse. *Such* !

La commande rebondit sur les murs. Bourneville lui jeta un regard confus, la tête penchée d'un côté puis de l'autre, comme si cela aurait un sens sous le bon angle.

— *Such*, répéta Cloister en enroulant la sangle autour de son poing. Continue. Trouve.

Il était évident que Bourneville n'était pas sûre de ce qu'il voulait. Le parfum était *juste là,* sur la voiture et éparpillé sur le béton. C'était déjà trouvé. Pourtant, pour montrer qu'elle était pleine de bonne volonté, elle se leva et s'orienta vers la flaque *d'odeur de mort* qui flottait sur l'eau crasseuse.

Cloister la retint.

— Non, dit-il en la tirant en arrière, loin de la voiture. *Such*, Bourneville.

Elle prospecta par terre, jusqu'à ce qu'elle trouve la trace que Macintosh avait laissée, là où – d'après la scène que Cloister avait tirée des rapports – il s'était bagarré avec Javi. Un gémissement s'échappa de Bourneville lorsqu'elle sentit l'odeur de Javi. Elle leva les yeux vers Cloister pour se rassurer.

— C'est bien, Bourneville, affirma Cloister en lui donnant un peu de mou avec la laisse. Trouve-le. Où est-il allé ?

Elle laissa tomber son nez sur le trottoir et suivit la piste odorante jusqu'à la vaste flaque de sang où Tancredi avait été blessée. Cela la fit gémir et baisser les oreilles quand elle reconnut son odeur. Elle renifla la tache de sang, puis saisit la flaque d'odeur de Macintosh à côté.

Elle redescendit dans le garage. Cette fois, Cloister la bloqua avec ses genoux et la tira par le collier. Elle émit un profond soupir de frustration et lui lança un regard de reproche. Ce regard demandait : que veux-tu de moi ?

— Votre chien a l'air perdu, lança Hewitt. Elle a besoin de Waze ?

Ellie se mit à rire et secoua la tête.

— Laissez tomber, Tim. Vous avez retrouvé votre site à nettoyer. C'est bon, Witte ?

Cloister faillit répondre non. Cela aurait été mesquin, mais Hewitt avait le genre d'expression que vous souhaitiez contrecarrer. Systématiquement.

— Nous en avons fini, déclara-t-il. Faites ce qui vous plaît. Allez, Bourneville, *such*.

Cette fois, Bourneville percuta qu'il voulait suivre la trace à rebours. Elle remonta la rampe avec détermination et baissa la tête afin que sa truffe flaire le long du béton. En passant devant Hewitt, elle leva la tête et la tourna pour le fixer avec ses yeux d'ambre soupçonneux. Aucun grognement. Elle savait quand elle avait tenté sa chance, mais sa méfiance à son égard était évidente.

Cloister voulait penser que c'était une preuve que son chien était un bon juge des caractères, mais elle avait probablement pris conscience de son irritation. Ce n'était pas un bon comportement.

— C'est celui dont je vous ai parlé, n'est-ce pas ? questionna Hewitt alors que Cloister se baissait sous le ruban.

Il y avait une note de suffisance dans sa voix qui disait qu'il connaissait déjà la réponse ou qu'il en était quasiment sûr.

— Le type qui s'est pointé lors du dernier nettoyage, où cette femme s'est blessée. Celui qui voulait tout savoir sur elle. Je parie que c'était lui. Si vous m'aviez écouté, Adjoint, l'un des nôtres ne serait peut-être pas à l'hôpital.

Cette fois, Ellie ne rit pas.

— Tim, le prévint-elle. Ça suffit. Vous aviez raison à propos de Macintosh. Nous le savons tous désormais.

— J'ai entendu dire que vous aviez pris votre retraite, déclara Cloister en se redressant.

Il accorda à Hewitt le même regard peu amical en coin que Bourneville précédemment.

— Vous n'êtes pas un Marine, Tancredi ne travaille pas au noir pour un service de nettoyage, et Galloway est également une employée du service du shérif. Donc, deux des nôtres sont à l'hôpital, et aucun d'entre eux n'a quoi que ce soit à voir avec vous.

— Manière de parler, dit Hewitt.

Il avait un air de fouine, un sourire suffisant qui énerva Witte.

— Ce dont le département du shérif a besoin, c'est d'un bon travail de police à l'ancienne, et non que le FBI y colle son nez. À l'époque, nous avions une certaine fierté.

Les gens faisaient des suppositions sur Cloister en se basant sur son visage, sa silhouette osseuse massive et l'arête du nez cassée. La vérité était qu'il était né avec les deux.

— Tu es sorti de ta mère le cul en premier, les poings en l'air et le nez cassé, avait l'habitude de dire son beau-père. Si tu n'étais pas un Witte, nous aurions été obligés de t'adopter.

Le fait qu'il ressemblait à un homme qui aimait se battre signifiait d'ordinaire qu'il n'avait pas besoin de le faire. Mais cela ne voulait pas dire qu'il ne le pouvait pas, et le sourire narquois d'Hewitt lui démangeait le poing.

Sauf que Bourneville avait fini par comprendre qu'il voulait remonter la piste et faisait peser son poids sur son harnais tout en reniflant le sol. Il ne voulait pas qu'elle perde son intérêt. De plus, sa seule main libre était dans un plâtre et il ne voulait pas le remplacer.

— N'avez-vous pas un travail à faire ? lança-t-il à la place.

— Oui, surenchérit Ellie.

Elle donna un coup de coude à Hewitt et à Cloister un regard méfiant en ajoutant :

— Continuez. Je suis censée travailler, vous vous souvenez ?

Cloister laissa la sangle se détendre entre ses mains et colla aux talons de Bourneville, tandis qu'elle suivit l'odeur de Macintosh autour du bâtiment. Le parcours resta près du mur, jusqu'à atteindre une rangée de buissons, une cachette avec une bouteille vide d'alcool bon marché et une flaque d'odeur qui s'accumulait dans la poussière.

C'était un endroit qui fournissait à Macintosh une bonne vue sur le garage. Il pouvait voir Galloway arriver en voiture, mais il avait dû être informé qu'elle viendrait.

Bourneville renifla la bouteille d'alcool, plissa le nez et se recroquevilla, les oreilles à plat. Elle renifla le périmètre du recoin et finit par aboyer en griffant de la patte un morceau de béton.

C'était un mégot de cigarette, fumé jusqu'au filtre et jeté pour finir de se consumer sur le sol.

— Ça, c'est une fille intelligente, la complimenta Cloister.

Il lui tapota l'épaule pour la féliciter.

— Allez, Bourneville, trouvons où il était avant. *Such.*

Quinze minutes plus tard, et deux tentatives de retour sur le sentier allant dans le « bon » sens que Cloister dut corriger, la piste se terminait par une porte sale dans une ruelle encore plus sale. Elle était peinte en bleu, craquelée et verrouillée par un lourd cadenas rouillé.

Bourneville gratta la porte avec sa patte et regarda Cloister avec espoir. Les portes étaient de son ressort.

Derrière Cloister, une porte s'ouvrit et quelqu'un avec un accent anglais parla :

— Il n'y a personne ici.

Cloister regarda autour de lui. Un noir, maigre, se tenait dans l'embrasure de la porte derrière lui, le lourd battant en métal ouvert avec un pied et deux sacs à ordures surdimensionnés dans les mains. Il désigna la porte avec son menton.

— De gros bonnets l'ont acheté des années auparavant, ça devait devenir un club de luxe ou quelque chose du genre, déclara-t-il. Ça s'est jamais produit. Maintenant, c'est juste plein de rats et de junkies.

Il posa un sac à ses pieds et balança l'autre deux fois pour lui donner de l'élan, avant de le jeter dans la benne à ordures, située à côté du bâtiment. Le sac décrivit un arc parfaitement ajusté et tomba dans la benne dans un claquement et un bruit sourd. Alors que l'homme se penchait vers le second sac, une queue de cheval, lourde de dreads, bascula par-dessus son épaule. Cloister marcha jusqu'à lui.

— Vous avez vu quelqu'un par ici ces derniers jours ? interrogea-t-il.

L'homme se redressa avec un grognement et grimaça alors qu'il se frottait le bas du dos.

— Des junkies, répondit-il. Il y a toujours quelqu'un. Nous les voyons la nuit. Ils font la manche à nos clients sur le chemin du restaurant. Le patron appelle toujours les flics, mais c'est la première fois que quelqu'un se pointe.

Il jeta les ordures dans la benne.

— Avez-vous vu cet homme ?

Cloister coinça la laisse de Bourneville sous son coude et sortit maladroitement son téléphone de sa poche. Il fouilla d'une main jusqu'à la dernière photo d'Andrew Macintosh, son visage encadré par le noir d'un sac mortuaire. Dans la mort, il semblait étonnamment paisible. Le seul signe visible de la cause de son décès était un trou sombre dans la mâchoire et un léger affaissement du visage, à l'endroit où la balle l'avait traversé. Il avait tout de même l'air visiblement mort, et l'employé de cuisine aux dreadlocks recula en s'exclamant :

— Putain ! Que lui est-il arrivé ?

— L'avez-vous vu ?

— Je ne sais pas.

L'homme lécha ses lèvres sèches et tendit le cou pour regarder la photo de loin.

— Peut-être. Ce n'était pas un habitué, mais je l'ai déjà vu quand il faisait vraiment mauvais temps. Pendant l'été, quand nous avons eu cette vague de chaleur, il est resté ici. Peut-être qu'il était ici récemment.

C'était suffisant. Cloister laissa l'homme troublé retourner à l'intérieur, percevant une bribe de sa conversation :

— Vous ne croirez jamais la saloperie que je viens de voir…

Elle fut coupée lorsque la porte se referma, et Cloister rapporta sa découverte à Mel. Ensuite, il donna un coup de pied dans la porte bleue fissurée.

XVIII

Après une semaine reléguée à la couverture de blogs spécialisés, l'agression à l'hôpital propulsa enfin l'affaire Janet Morrow à la Une.

Un présentateur de télévision, placé devant le poste de police, fixant scrupuleusement l'objectif de la caméra, confirmait aux téléspectateurs que « l'agression qui a eu lieu à l'hôpital aujourd'hui pourrait être liée à l'attaque d'une touriste transgenre, plus tôt cette semaine ». Sa chemise était sombre, avec de la sueur sous les bras, mais la caméra était orientée si haute que tout ce que les téléspectateurs verraient serait le col net et les cheveux parfaitement coiffés.

Cloister boitilla près de lui. Un sac de preuves pendait à l'une de ses mains et la laisse de Bourneville passait autour du poignet de l'autre. Cela avait fait du bien de faire travailler Bourneville, ses muscles se détendaient et la sombre démangeaison à l'arrière de son cerveau s'éloignait dès le moment où ses bottes frappaient le bitume, mais une fois qu'il s'arrêtait, sa hanche se raidissait et craquait. La dernière fois qu'il s'était blessé aussi grièvement, il se trouvait encore à l'armée. Il avait été trop proche d'une explosion et s'était retrouvé avec un poumon enfoncé, mais cela l'avait à peine ralenti.

Quelqu'un indiqua Cloister au journaliste et celui-ci l'apostropha :

— Adjoint Witte. Votre blessure la semaine dernière était-elle liée à l'attaque de l'hôpital ? Galloway était-elle là pour parler à…

Cloister ignora les questions qui fusaient dans son dos alors qu'il montait les marches, il se faufila dans le poste. Il tint la porte pour que Bon passe devant lui, ses griffes cliquetant sur le sol carrelé.

La voix du journaliste filtra à travers la porte, bien qu'il se retourne vers la caméra.

— L'adjoint Witte a joué un rôle capital dans l'enlèvement de Hartley. Il ne semble pas disposé à répondre aux questions aujourd'hui.

L'adjoint à la réception leva les yeux du papier qu'il avait à demi annoté de rouge en commentant :

— Vous continuez à être très médiatisé, le lieutenant va finir par vous envoyer parler à la presse.

Cloister haussa les épaules et désigna Bourneville.

— Ce n'est pas de ma faute, Calhoun. C'est de la sienne. C'est une machine à combattre le crime.

Calhoun se leva et se pencha par-dessus le bureau pour jeter un œil à Bourneville. Consciente d'être le sujet de la conversation, elle grimaça un large sourire canin, remuant joyeusement la queue. Cela avait été une bonne journée pour elle. Calhoun renifla et se rassit.

— Eh bien, soyons honnêtes. Elle est également plus jolie que vous. Peut-être devrions-nous la coller devant une caméra. À propos, l'équipe de nettoyage a envoyé une plainte à votre sujet.

Ce n'était pas une surprise.

Cloister haussa les épaules en admettant :

— Hewitt me prend à rebrousse-poil. Et Bon ne l'aime pas non plus.

— Cependant, Frome, si, alors restez dans ses bonnes grâces.

Calhoun mâchonna distraitement le capuchon cassé de son stylo.

— Oh, et si vous cherchez l'agent Merlo ? Il est toujours à l'hôpital avec Galloway.

— Merci.

— Typique des Feds. Ils se font à peine tirer dessus et ils ont besoin de prendre tout l'après-midi pour qu'on paraisse mauvais.

Calhoun leva les yeux, sa lèvre inférieure repliée par le plastique humide du stylo.

— Vous verrez, il se retrouvera devant les caméras quand ce sera fini. Faites la moitié du travail, prenez tout le crédit. Je l'éviterais si j'étais vous, Witte.

Il replongea sur son travail. Cloister observa la tonsure rose pâle que l'on pouvait voir à la racine de ses cheveux, se demandant s'il s'agissait d'un commentaire voilé concernant le baiser reçu précédemment ou si Calhoun n'aimait tout simplement pas Javi. C'était le cas de beaucoup de gens. Cloister se frotta la nuque et réalisa qu'il voulait en quelque sorte que ce soit une pique. Pas que cela lui importe, il ne s'était jamais soucié de ce qu'on pensait de sa vie sexuelle, mais il voulait que le baiser soit *quelque chose*. Si c'était le cas, alors… il pourrait aussi penser que c'était important, sans que ce soit étrange.

— Merci, répéta-t-il, d'une voix un peu plus sèche.

Il laissa Calhoun à sa paperasse et alla enregistrer le sac comme preuve avant de rentrer… à la maison, décida-t-il à la dernière minute. Bourneville avait besoin de sa récompense pour avoir bien travaillé et de son dîner. Si son invitation à rester chez Javi était toujours valable, il supposait que Javi le lui ferait savoir à son retour.

LES COUPS, semblables à un métronome, de la queue de Bourneville sur le plancher de la caravane servaient de bruit de fond pendant que Cloister préparait le dîner. La nourriture de Bon était stockée dans un récipient hermétique, pesée au gramme près, et enrichie de vingt pour cent de poitrine de poulet tiède, bouillie et coupée en dés. Son dîner à lui se présentait dans une barquette en plastique, il le plaça dans le micro-ondes pour cinq minutes.

Pendant que son repas tournait sur le plateau, Cloister récupéra le plat de Bon et l'emporta dehors. Elle le battit de vitesse et il dut la contourner pour ouvrir la porte, le plat en équilibre précaire sur son plâtre.

Il la laissa descendre les marches et faire une rapide vérification du périmètre de la petite cour pour s'assurer qu'il avait été respecté. Quelques parcelles plus bas, une poignée de ballons colorés flottaient sans bruit aux marches d'une caravane. La bannière en aluminium au-dessus de l'entrée annonçait « Joyeux Anniversaire » en lettres rose vif. Bourneville renifla minutieusement chaque écart dans la barrière et, finalement satisfaite, revint s'asseoir devant lui.

— Tu sais à quel point tu as bien travaillé aujourd'hui ? demanda Cloister en posant le plat. Même si je suis mis sur la touche, nous sommes toujours la meilleure équipe du département.

Elle remua la queue pour lui, mais son attention se concentrait sur le plat, attendant sa permission.

— Vas-y. Mange.

Elle se pencha en avant et enfouit son museau dans le bol, engloutissant la moitié de la nourriture en deux bouchées affamées. Une fois sa famine immédiate rassasiée, Bon ralentit et entreprit de manger avec précaution, une croquette à la fois.

— J'ai mis de la poudre vermifuge dans ton dîner une fois, marmonna Cloister. Maintenant, tu agis comme si j'allais essayer de t'empoisonner à chaque repas.

Une croquette ne répondit pas aux normes de Bourneville et elle la recracha.

Cloister tapota affectueusement sa hanche osseuse et leva les yeux, juste à temps pour voir Javi remonter le chemin vers lui.

— Qu'est-ce que j'ai fait ? questionna Javi en atteignant le portail.

Il se pencha dessus, ses longs doigts se replièrent autour du bois jusqu'à ce que ses articulations blanchissent. Ses cheveux étaient emmêlés et en désordre, repoussés furieusement hors de son visage et, à un moment donné, il s'était mordu la lèvre assez fort pour y former un bleu.

— Je croyais que nous étions d'accord… sur la même longueur d'onde. Est-ce parce que je t'ai embrassé ? Tu ne voulais pas que quelqu'un au poste imagine que cela compte vraiment ?

La culpabilité rongea Cloister.

— Je… je suis passé te voir.

Cela ressemblait à une faible défense, même pour lui, il continua :

— Mais on te posait des questions et je ne savais pas quoi dire. Puis Frome m'a demandé de m'asseoir au côté de Tancredi jusqu'à ce que le médecin puisse l'examiner et…

Cela semblait encore minable. Cloister savait qu'il aurait pu faire mieux. Il s'était trouvé dans une salle qui sentait l'eau de Javel et le sang, permettant aux sombres fantômes de son passé de s'infiltrer dans son esprit. C'était comme si son cerveau avait eu besoin de boucher l'espace dans sa mémoire, et toute émotion assez semblable au traumatisme d'origine était suffisamment proche pour l'être – des enfants perdus, des amants blessés, un ami qui ne serait plus jamais capable de dessiner un opossum sur un plâtre à nouveau –, chacune ajoutait une dîme à ses cauchemars.

— Je suis désolé, acheva-t-il.

Javi émit un bruit exaspéré.

— Je n'avais pas besoin qu'on me tienne la main. J'ai été égratigné. Tancredi a peut-être perdu l'usage de sa main. J'ai un certain sens des priorités, Cloister. Il ne s'agit pas de savoir pourquoi tu n'étais pas là à ce moment-là. C'est pourquoi tu n'es pas présent maintenant. Je t'ai donné une clé. Je t'ai dit que tu pouvais rester. Que veux-tu de plus ?

Le four à micro-ondes lança un bip, indiquant que les cinq minutes étaient écoulées. Javi jeta un coup d'œil par-dessus l'épaule de Cloister et soupira.

— Dois-je considérer cela comme une réponse ? questionna-t-il. Un dîner au micro-ondes est une meilleure compagnie que moi ?

— Parfois, admit Cloister.

Il ne le pensait pas vraiment, mais – comme le dîner au micro-ondes – les mots comblaient un vide, même s'ils n'étaient pas tout à fait satisfaisants. Il passa une main sur son visage et réessaya :

— Je me suis dit que tu ne voudrais peut-être pas de compagnie. Nous t'avons tiré dessus.

Un sourire ironique courba la bouche de Javi.

— Que peut-on attendre des forces de l'ordre locales ? De la compétence ?

Cloister plissa les yeux en prévenant :

— Ne pousse pas.

— On m'a déjà tiré dessus, déclara Javi.

Il se pencha sur le portillon. Le coucher de soleil dorait sa peau, la délicate nuance brune réchauffée d'un éclat d'or.

— Je ne suis pas ravi qu'un adjoint à la gâchette facile ait provoqué la pagaille qui a permis à Andrew Macintosh de se tuer, mais tu n'as tiré sur personne. Et crois-moi, je te baise parce que tu es mignon, mais je travaille avec toi parce que tu es doué dans ce que tu fais. Alors, ferme-la et invite-moi à entrer.

— Et les gens disent que la romance est morte, railla Cloister.

Il ouvrit la porte et fit signe à Javi de passer devant Bourneville, elle leva les yeux de sa nourriture, assez longtemps pour remuer la queue en guise de salutation. En bas du chemin, après le joyeux anniversaire rose, il y eut le dérisoire claquement d'une porte de réfrigérateur refermée et le son d'une voix s'éleva.

— Je comptais t'appeler… plus tard.

— Menteur.

Peut-être. Cloister n'était absolument pas certain de la façon de défendre l'un ou l'autre. Il glissa sa main autour de la nuque de Javi et l'attira pour un baiser lent, facile et réchauffé par le soleil.

— Je suis content que tu sois là.

— Ça fait au moins l'un de nous, répliqua Javi.

Alors qu'il passait devant lui, Javi effleura le bras de Cloister du dos de ses doigts en un geste paresseux, presque possessif, comme un chat qui voudrait marquer son territoire.

— Je t'aime bien, Cloister, mais à un moment donné, tu dois te faire à l'idée d'un toit qui ne soit pas en tôle.

— C'est juste un endroit où garder mes affaires, déclara Cloister au dos de Javi.

C'était simplement des murs et un toit. Il n'y attachait vraiment aucune importance. La dernière fois qu'il avait vécu dans un lieu qui en avait… cela avait donné l'impression que c'était permanent, mais ça n'avait pas été le cas.

— Un endroit est aussi bon qu'un autre.

Une odeur de bœuf au barbecue au micro-ondes et de plastique chauffé stagnait dans la caravane. Cloister ouvrit l'appareil et sortit l'assiette, le plastique lui brûlant les doigts.

— Veux-tu…

— Non, dit fermement Javi en enlevant sa veste.

La gaze épaisse du pansement était évidente sous le mince coton blanc de sa chemise d'emprunt. Il suspendit la veste au dossier d'une chaise et s'affala sur la banquette, la tête penchée en arrière et les yeux fermés.

— Je préfère mourir de faim. Bien que je puisse m'accommoder d'un verre.

— Une bière ? proposa Cloister.

Il glissa son dîner sur le côté et ouvrit le réfrigérateur. Le froid se répandit à l'extérieur autour de ses mollets, il se pencha pour jeter un œil : un paquet de café de Javi collé au fond, une boîte de conserve pour chien, une gourmandise pour chien pour Bon quand elle était de mauvaise humeur, deux sacs à emporter avec des restes qu'il devrait vraiment jeter, et deux bières… une bière et demie.

— Si c'est tout ce que tu as, répondit Javi.

Il tendit la main et attendit.

Cloister hésita. Il y avait aussi une bouteille de vin dans le frigo, mais Cloister s'était évertué à ne pas la voir depuis plusieurs mois. C'était un cru cher et espagnol et, d'après la personne qui le lui avait donné, le préféré de Javi. Un vin de rencard. Bien sûr, ils ne sortaient pas ensemble, et Cloister ne boirait jamais la bouteille seul.

Il attrapa la bière non ouverte et la passa à Javi.

Il avait attendu tout ce temps pour ouvrir le vin. Cela semblait dommage de ne pas le garder pour une occasion spéciale. Peut-être quand quelqu'un obtiendrait une promotion.

— Frome pense que Macintosh a tenté de tuer Janet, annonça Javi.

Il ouvrit les yeux, fronça les sourcils devant la bouteille de bière non ouverte, puis se décolla de la banquette pour récupérer l'ouvre-bouteille dans le tiroir.

— Après tout, en ce qui le concerne, Macintosh était déjà un meurtrier, déclara Javi.

Il fit sauter la capsule de la bouteille. La mousse jaillit et se répandit sur les côtés, glissant le long du verre, couvrant de blanc ses articulations. Il la lécha d'un long coup de langue qui attira l'attention de Cloister, asséchant sa bouche.

— Il a peut-être raison, avança Cloister en s'appuyant contre le comptoir.

Le soleil était encore assez haut pour qu'il puisse sentir sa chaleur dans son dos à travers la fenêtre, il prit une gorgée de sa bière. Elle n'avait plus de bulles, mais elle était froide et humide, et c'était suffisant. Il s'essuya la bouche du revers de la main.

— Macintosh était là, il était instable, et si Janet l'avait approché, il aurait pu mal réagir.

D'une inclinaison de la tête, Javi admit cette possibilité, tout en objectant :

— Sauf qu'il n'est pas parvenu à se résoudre à tuer Galloway, même s'il donnait l'impression de se sentir obligé de le faire.

Le soleil était derrière Cloister, Javi plissa les paupières en le regardant, créant de légères rides autour de ses yeux.

— Et comment aurait-il obtenu la voiture ? interrogea Javi.

C'était généralement son travail de se faire l'avocat du diable. Cloister fonctionnait à l'instinct ou sur des pressentiments et, la moitié du temps, il ne pouvait même pas identifier les éléments qui avaient influencé sa conclusion. Toutefois, il ruminait le fil de ses pensées pendant des heures en essayant de le résoudre.

— Lopez et Macintosh ont appartenu aux mêmes cercles sociaux, proposa Cloister. Et les gens ne changent pas les codes de leur système de sécurité aussi souvent qu'ils le devraient. C'est possible.

— Ce qui supposerait également une préméditation, releva Javi.

Il frotta le côté humide de la bouteille contre sa joue et retourna vers la banquette. L'étalement du corps de Javi, tandis qu'il s'installait, occupait un espace que Cloister était habitué à avoir pour lui seul. C'était presque plus intime que du sexe de le regarder mettre une épaule dans le creux que la hanche de Cloister avait laissé dans les coussins. Cloister se lécha les lèvres et baissa les yeux sur sa bière, tentant de reporter la distraction du désir à plus tard, afin de se concentrer sur l'affaire.

— Et cela pose la question de savoir comment c'est possible, ajouta Javi. Janet est arrivée en ville ce jour-là. Crois-tu qu'elle ait appelé au bureau de Macintosh ? Qu'elle a laissé un message sur son répondeur ?

— Eh bien, quand tu le présentes comme ça, dit Cloister avec un humour caustique.

Il fit une pause pendant une seconde, puis ajouta en aparté :

— Il avait un téléphone.

Javi releva la tête des coussins et plaça son bras derrière sa tête. Son haut d'emprunt n'était pas aussi ajusté que ses vêtements habituels et les plis du tissu lâche avaient quelque chose de curieusement séduisant. Cloister l'imagina serré sous ses mains ou suspendu aux épaules de Javi.

— C'est vrai. Frome a dit que tu avais trouvé une planque d'objets que tu penses appartenir à Macintosh, se rappela Javi. Qu'est-ce qui t'a poussé à jeter un œil ?

— Macintosh était sans abri, répondit-il. Au mieux, il se déplaçait en bus. Il ne pouvait pas laisser ses affaires chez lui ni les enfermer dans sa voiture. Il devait être dans le secteur un moment avant de se rendre à l'hôpital. Cela semblait valoir le coup.

— Et ?

Cloister jeta un coup d'œil à son dîner. Il avait déjà commencé à refroidir, les bords du bœuf se recroquevillaient et séchaient à l'endroit où la sauce avait glissé. Il le laissa continuer à se dessécher et attrapa l'enveloppe qu'il avait rapportée à la maison avec lui.

Il s'assit à côté de Javi et déversa les photos sur la table. D'un geste de la main, il étala les feuillets brillants sur le Formica éraflé. Ses instantanés de la tanière de Macintosh dans le bâtiment abandonné ne révélaient pas grand-chose : une couche constituée de vieux sacs de couchage déchirés, une lampe de poche calée dans le coin et quelques livres de loi gonflés d'eau, rangés presque avec défi sur le rebord de la fenêtre.

— Le serveur du restaurant d'à côté m'a dit qu'il avait déjà vu Macintosh là-bas, déclara Cloister. Il dit que de nombreux sans-abris se sont vautrés sur place, mais il a vu Macintosh assez souvent pour reconnaître son visage.

Javi se rassit.

— Je vérifierai les actes de propriété demain, décida-t-il. Frome a affirmé que Macintosh possédait de nombreuses propriétés. Ça pourrait être l'une d'entre elles.

Il repoussa les clichés pour observer celui du contenu du sac que Cloister avait rapporté au poste. Cela paraissait peu, étalé sous les nettes couleurs criardes des néons de la salle des pièces à conviction, mais le contenu de la sacoche était suffisamment important pour qu'Andrew Macintosh le conserve, même quand il n'avait plus eu de lit pour dormir. Il y avait la sacoche elle-même, un monogramme à moitié effacé sur l'avant, une poignée de photos, un nounours brûlé par une cigarette et un iPhone de deuxième génération, avec un écran brisé et un vieux câble effiloché branché. Il fonctionnait toujours. Plus ou moins.

— Regarde ça, déclara Javi en tirant une photo du lot pour l'examiner.

Une voiture rouge était garée sur la route, la famille Macintosh, hébétée et blême, tandis qu'elle fixait l'objectif. L'ombre d'un homme s'étendait sur le capot de la voiture.

— Cela ressemble aux prémices de la scène du crime, où sa famille est décédée. Il n'y en avait aucune mention dans le dossier. Pourquoi ?

— Peut-être Macintosh a-t-il pensé que cela donnerait une mauvaise impression ? suggéra Cloister. Il savait qu'il n'avait pas d'amis dans le département du shérif, que le poste de Plenty était véreux, et il savait que cela ressemblerait soit à un trophée soit à une… facture.

— Peut-être.

Javi tapota du doigt le visage du gamin sur le siège arrière de la voiture, le visage osseux et effrayé sous une coupe de cheveux coiffés avec soin.

— Jusqu'à ce que j'obtienne une confirmation de Galloway, dans un sens ou dans l'autre, je vais supposer que c'est Janet. Donc, quoi que cela représente, ce n'était pas un homicide. Ou du moins, pas à ce stade. Macintosh a déclaré que quelqu'un l'avait appelé pour demander une rançon, le jour de la disparition de sa famille. Quand il en parlait, il semblait véritablement dévasté, mais à l'époque, il était encore Mac le couteau. Il a dû vouloir une preuve de vie.

— Si Macintosh a dit la vérité, fit remarquer Cloister.

Il semblait pensif cependant, comme si Javi l'avait à demi convaincu.

— Et alors ? Le ravisseur appelle Macintosh, demande de l'argent, puis quelque chose déraille ?

— Ou pas, proposa Javi. Nous savons que Macintosh et sa femme n'étaient pas heureux. Nous soupçonnons fortement que la famille n'a pas été tuée sur place. Peut-être était-ce elle qui ne voulait pas passer par les tracas d'un divorce ? Il serait plus facile de disparaître, en particulier avec le fric de la rançon et la satisfaction que son ex soit jugé pour son meurtre.

— Sauf que les corps ont été identifiés, souligna Cloister. Macintosh a dit que c'était sa femme et ses enfants.

— Après avoir reçu une balle dans la tête et avoir été brûlés dans un incendie, rappela Javi.

Il passa la main sur sa mâchoire en le disant, comme s'il pouvait encore y avoir du sang qui éclaboussait sa peau.

— De plus, Macintosh a dit que l'homme qui l'avait appelé pour demander de l'argent leur avait tiré dessus alors que Macintosh était en ligne. Il était prêt à croire que c'étaient les corps qu'il s'attendait qu'ils soient.

— Et le pathologiste ? questionna Cloister. Le feu a rendu la tâche difficile, mais il a récupéré de l'ADN pour faire la comparaison. Il est entré dans le système.

Javi l'admit avec un grognement et passa en revue le reste des images. C'étaient toutes de vieilles photos de surveillance, usées d'avoir passé du temps dans un vieux sac humide, mais elles semblaient avoir été prises par des professionnels. Elles semblaient n'avoir aucun sens : scènes de crime, avec des adjoints ennuyés qui montaient la garde, une femme chez elle, la même femme en uniforme d'adjoint, et quelques clichés que Cloister supposait être d'anciens clients de Macintosh au tribunal.

Sean figurait sur l'un d'entre eux, étonnamment jeune et arrogant comme jamais, vêtu d'un uniforme soigneusement repassé, alors qu'il montait les escaliers du palais de justice.

— Et il y avait ceci, dit Cloister.

Il tria les photos jusqu'à ce qu'il trouve celle d'une feuille grand-format pliée. Les bords étaient déchirés et l'image déformée par l'humidité et la moisissure, mais il était toujours facile de discerner le sujet : un corps sur un brancard en acier, un drap chirurgical vert remonté jusqu'à ses mamelons et les deux entailles de l'incision supérieure en Y tout juste visibles, et au bas de la page, estompée et éraflée, le numéro d'identification de la morgue et le numéro de l'affaire.

— Ça provient d'un rapport médical de la morgue. Cela ne semble pas connecté à une affaire, donc je ne sais pas pourquoi il l'avait.

Javi examina la photo un moment, puis grimaça et la reposa.

— Je demanderai à Galloway de vérifier le numéro de dossier par rapport à ses fichiers demain, dit-il en la repoussant. Mais je pense que j'ai eu mon compte de visions d'hommes morts pour aujourd'hui.

— Ce n'est pas de ta faute, déclara Cloister. Macintosh a fait son propre choix.

— C'était mon arrestation, rétorqua Javi.

Il se leva et parcourut la distance qui le séparait de la fenêtre pour pouvoir regarder dehors. La ligne de son dos était nette et droite avec la tension.

— Maintenant, Macintosh est mort, Tancredi va avoir besoin de semaines de rééducation physique, et je continue de m'inquiéter de la façon dont cela va se retrouver sur mon dossier… une autre marque noire.

Cloister posa ses coudes sur ses genoux et étudia le dos de Javi. Il connaissait un peu l'histoire, que Plenty n'était qu'un détour dans la carrière de Javi et qu'il n'avait pas été envoyé ici en guise de récompense. Il devina que, peut-être, la personne dont Javi avait parlé l'autre nuit, celle qu'il avait perdue, en faisait partie.

— Si je demandais, tu m'en parlerais ? questionna-t-il.

XIX

LA RÉPONSE aurait dû être évidente. Javi fut surpris de constater que ce n'était pas le cas. Il fixa son sombre reflet dans la fenêtre marquée par le sel et réfléchit réellement à ce que cela signifierait de dire oui. Cela demeurait la dernière chose qu'il souhaitait faire. Les morts devaient rester enterrés et le passé devait connaître sa place.

Son plan de garder la tête basse, de travailler dur et de prouver que ce qui s'était passé à Phoenix était une aberration n'avait pas fonctionné. Kincaid ne comptait pas le laisser faire. Cela ne lui convenait pas que Javi se rachète. Les gens pourraient alors se demander s'il s'agissait d'une faille dans le caractère de l'agent Merlo ou si cela avait quelque chose à voir avec la supervision de Kincaid.

Il persistait à ne pas vouloir en parler à Cloister, mais le « peut-être » s'échappa de sa gorge.

— Veux-tu que je te le demande ?

Cette fois, la réponse fut facile.

— Non, affirma Javi. Pas encore. Pas ce soir.

Ce n'était pas juste. Il le savait, mais il savait aussi que n'importe qui d'autre aurait quand même posé la question. Javi avait admis avoir une marque noire sur son dossier et un amoureux mort sur la conscience. Cela rendrait n'importe qui curieux… ou méfiant.

Mais il s'agissait de Cloister, et il prenait ce qu'on lui donnait. L'idée qu'il devrait le faire, qu'il pourrait réclamer plus, ne lui était jamais venue à l'esprit. Bien que cela ait joué en faveur de Javi, cela ne faisait qu'aggraver les choses.

Dehors, un chat maigre de couleur crème marchait le long de la clôture, la queue relevée et droite. Javi s'attendit à une explosion de Bourneville – sa famille n'avait jamais eu d'animaux domestiques, mais il savait que les chiens et les chats ne s'entendaient pas –, cependant elle leva juste la tête, dressa les oreilles et observa avec intérêt le chat se frayer son chemin d'une planche à l'autre.

Cela avait toutes les caractéristiques de quelque chose qui se terminerait mal. Javi avait juste à regarder et à attendre.

197

— Parfois, ce n'est pas parce que quelque chose n'est pas de ta faute que tu n'es pas à blâmer, dit Javi. Macintosh n'a peut-être pas tué sa famille, mais le genre d'homme qu'il était reste la raison pour laquelle ils sont morts. Il ne pouvait pas vivre avec ça. Je le peux.

— Je n'ai rien demandé, fit remarquer Cloister.

Il se leva du banc et le rejoignit à la fenêtre.

— Tu n'en as pas besoin, déclara Javi. Tu ne voudras pas en avoir besoin non plus. Quelqu'un te le dira un jour. Cela pourrait aussi bien être moi.

— Très bien.

La main de Cloister s'enroula autour de la hanche de Javi, il se pencha en avant pour déposer un baiser sous l'articulation de sa mâchoire. Ses lèvres étaient chaudes et humides à l'endroit où le pouls de Javi palpitait sous sa peau.

— Cela dit, il n'est pas nécessaire que ce soit immédiatement. Tu seras ici dans la matinée.

Il glissa sa main plus bas, pour prendre le sexe de Javi à travers son pantalon, et passa ses longs doigts calleux autour du tissu et de la peau dure et prête. Javi déglutit difficilement, un son humide de convoitise étonné dans la gorge, il tendit la main pour plonger ses doigts dans les cheveux de Cloister.

Ce n'était pas qu'il ne pensait pas que le sexe pouvait être une bonne fin pour une mauvaise journée – ce n'était pas la raison qui l'avait conduit ici, mais pas malvenu non plus –, toutefois il ne s'attendait pas à ce que Cloister fasse le premier pas. Habituellement, c'était lui qui franchissait le pas de « probablement platonique » à « mains sur des queues ».

Javi appréciait ce contrôle, le fait qu'il puisse briser le sang-froid de Cloister simplement en basculant sa tête en arrière pour un baiser. La plupart des gens considéraient que Cloister était décontracté ou facile à vivre, mais Javi avait pu voir toute l'intensité de la faim, du désir qu'il gardait sous contrôle.

Ce qui le faisait réfléchir, c'était que Cloister pouvait lui faire la même chose avec une caresse rude et le grattement de sa barbe naissante sur sa gorge avec ses dents. Quand les boutons d'activation de Javi étaient-ils devenus aussi faciles à enclencher ? Ou Cloister avait-il juste fait attention à lui ?

Tout le monde jugeait Cloister sur pièce – la voix traînante, le chien et le certificat de fin d'études secondaires – et ratait qu'il était un bon policier et un homme encore meilleur. Même Cloister semblait le manquer parfois.

— Peu importe, grinça Javi en repliant ses doigts sur son crâne, dont il pouvait sentir les os plats sous son pouce. Ne me blâme pas quand tu le regretteras.

Le rire de Cloister fut chaud et lui chatouilla la gorge. Il frotta ses dents contre les tendons tout en l'embrassant jusqu'à la clavicule. Le désir agrippa les bourses de Javi, rien qu'à la manière dont son amant refermait sa bouche autour de sa clavicule, au frottement de sa langue et à la pression de ses dents. Son sexe devint douloureux, poussant avec une faim impatiente dans l'attente de son tour.

— Tu sais que ça ne te tuera pas de laisser quelqu'un t'aimer, dit Cloister.

Ce n'était pas ce qui inquiétait Javi.

— Si tu me laissais finir, tu saurais que ce n'est pas vrai.

Un brusque mouvement à l'extérieur détourna l'attention de Javi loin de son sexe pendant une seconde. Le chat avait sauté dans le jardin, une tache de fourrure crémeuse sur le sable, et il se prépara au cri d'une tentative de meurtre. À la place, le chat se frotta en remontant le museau de Bourneville pour la renifler de la mâchoire à la truffe, et la repoussa d'un coup d'épaule à l'écart de sa nourriture. Bourneville battit en retraite et l'observa retirer le poulet de son plat avec un air adorateur.

— Je crois que ta chienne est amoureuse, commenta Javi.

— Oui, elle aime tout ce qui est petit. Elle s'assied et fixe le bébé de Tancredi pendant des heures, reconnut Cloister en lâchant l'érection de Javi. Je l'aurais fait saillir pour qu'elle puisse avoir des chiots, mais ses hanches sont merdiques.

Javi se demanda un instant s'il avait finalement réussi à distraire Cloister. Cette pensée fut un mélange étrange de satisfaction épuisée et de pure frustration. Puis un tee-shirt frappa la fenêtre devant Javi et s'effondra au sol. Il se retourna juste à temps pour voir Cloister, long, nu, et doré au soleil, sortir de son jean. Le sexe de Javi se souleva contre son ventre, ses bourses crispées et impatientes en dessous.

— Là !

Cloister tapota une vieille cicatrice sur sa clavicule.

— Une femme m'a frappé avec un marteau après que j'ai arrêté son mari pour avoir tenté de la battre à mort avec ce même marteau. La cicatrice

199

sur mon dos provient de l'endroit où le harnais s'est cassé quand on m'a descendu le long d'une falaise pour sauver un gamin ivre dans une voiture accidentée. On m'a explosé, battu, car je ne voulais pas me taire, et un idiot m'a roulé sur le pied avec un pick-up blindé, me brisant tous les orteils. Je te l'ai dit. Si je n'ai pas réussi à me faire tuer, alors un certain Javi-arrivé-récemment n'est pas près de m'arrêter. Compris ?

Javi se lécha les lèvres. Il s'approcha et passa ses doigts sur l'encre tordue et le tissu cicatriciel qui remontaient sur le flanc de Cloister. Il était difficile d'imaginer le motif original, mais Javi avait une idée approximative de l'éclat tribal bon marché initial imprimé à cet endroit.

— Et ça ?

Il y eut un blanc, puis Cloister haussa les épaules. Les longues bandes de muscles et d'os se déplacèrent sous les doigts de Javi.

— Ça n'a pas fait le boulot non plus.

Les ecchymoses dues à la voiture qui l'avait renversé s'étendaient au-delà des bords de la vieille blessure et rendaient l'encre floue au-delà de la taille de Cloister, presque jusqu'à l'os saillant de sa hanche. Javi traça ses limites du bout des doigts.

— Donc, je devrais croire que tu es invincible, c'est ça ? interrogea-t-il, caressant du pouce la peau tendue du ventre de Cloister. Ou que tu ne prends pas soin de toi ?

Cloister soupira et attrapa la chemise de Javi pour l'attirer dans un baiser rapide et impatient. Son sexe appuya contre sa hanche alors que leurs corps se pressaient l'un contre l'autre.

— Tais-toi, murmura Cloister contre sa bouche, glissant ses mots puis sa langue entre les lèvres de Javi. Et viens au lit.

Pendant un moment collant et bouillant, Javi y réfléchit : le visage dans les meilleurs draps de chez Target, le poids du corps long et maigre de Cloister dans son dos et la délicieuse douleur d'une queue dans le cul. Serait-ce rapide et brusque ou lent et doux ? Des hanches meurtries ou des lèvres meurtries ?

Le désir oscillait, chaud et tendre, dans une longue et étroite ligne entre son cul et ses bourses. La dernière fois qu'il avait été baisé, ça avait été un préambule à se faire baiser.

Javier.

Assez. Javi avait laissé assez de place dans sa tête à Kincaid au fil des ans. Il n'allait pas lui donner l'occasion de mettre un mauvais goût là-dessus.

Il prit le visage de Cloister en coupe dans sa main, posa son pouce le long de la ligne acérée de sa mâchoire et l'embrassa en retour. Il poursuivit le souffle de Cloister sur sa langue, leurs deux bouches parfumées par la bière, et manifesta sa faim en mordant dans la courbe ferme des lèvres de Cloister.

— Tu n'utilises jamais ton lit, rappela Javi en mettant fin au baiser.

Il se lécha les lèvres et recula en demandant :

— Pourquoi le devrais-je ?

Cloister sembla confus.

Javi tira les rideaux qui donnaient sur le reste du parc de mobile-homes. Les fenêtres du côté opposé restèrent ouvertes, la lumière du soleil couchant reposant en bandes rouges sur l'épaule et les cuisses de Cloister. Javi était un homme trop prudent pour s'engager réellement dans une exhibition, mais il pouvait en voir l'attrait en périphérie.

— Penche-toi en arrière contre le comptoir, ordonna Javi en déboutonnant sa chemise et en l'enlevant.

Il avait mal à l'épaule sous la compresse de gaze lorsqu'il bougeait son bras, les points de suture tirant sur la chair à vif comme des agrafes chauffées. C'était plus une démangeaison qu'une douleur, néanmoins cela restait une irritation.

— Et si je ne le fais pas ? questionna Cloister avec curiosité.

C'était un défi bidon. Il était déjà en train de se pencher en arrière et avait arrimé son bon bras contre le Formica. Sa queue saillait au cœur de ses cuisses tandis qu'il changeait de position, sa peau tendue autour de la tige raide.

— Que se passera-t-il ? insista-t-il.

Javi sourit brusquement et pendit sa chemise au dossier d'une chaise.

— Dans ce cas, je me contenterai de te plaquer contre le comptoir.

Cloister se tordit pour regarder par-dessus son épaule.

— Je devrais probablement déplacer le bœuf, dans ce cas.

Le sourire se dessina aux coins de la bouche de Javi avant qu'il ne puisse le retenir. En général, il n'accordait pas une grande priorité au rire dans un lit, mais il supposait pouvoir faire une exception, puisqu'ils n'étaient pas au lit.

— À moins que tu ne penses avoir besoin d'un en-cas en cours de route, répliqua Javi en s'approchant.

201

Sa main remonta sur la partie extérieure de la cuisse de Cloister, au-dessus du muscle dur, sur une couche de poils grossiers et dorés, jusqu'à ce qu'il prenne la courbe de son cul ferme et couvert de taches de rousseur.

— Tu as maintenant un an de plus, après tout. Peut-être que ton endurance n'est plus ce qu'elle était ?

Cloister renifla et tendit la main pour repousser d'un coup de plâtre le récipient de nourriture froid dans l'évier. Sa peau tira sur sa poitrine et ses épaules lorsqu'il bougea. Aucun surplus de chair ne troublait le jeu de muscles.

— Je pense que je peux suivre.

— Nous verrons, déclara Javi.

Il s'avança entre les jambes de Cloister et posa un baiser au sommet de son épaule. De la langue, il traça un chemin de tache de rousseur en tache de rousseur, passant par des ecchymoses alors qu'il redescendait le long de la poitrine de Cloister, jusqu'à ce que sa bouche atteigne la zone rose foncé de son mamelon. Il griffa le bourgeon plat de ses dents et passa dessus avec sa langue, jusqu'à ce qu'il se contracte et enfle dans sa bouche.

Cloister émit un son étouffé, laissant sa tête retomber, la ligne de sa gorge crispée et vulnérable. Il referma les doigts autour du comptoir, et les muscles de ses avant-bras se détachèrent en haute définition sur sa peau.

— Fils de pute, murmura-t-il.

Ce fut une excuse comme une autre pour mordre le téton charnu avec sa bouche. Il le pinça entre ses dents, juste assez fort pour que Cloister prenne une grande inspiration et se tortille sur place.

— Ma mère est beaucoup de choses, assura Javi en libérant le mamelon rouge et humide entre ses dents. Mais ce n'est pas une pute.

— Enfoiré, dans ce cas, répliqua Cloister avec grossièreté.

Javi embrassa le mamelon qu'il venait de maltraiter, le lavant à coup de langue.

— Vraiment ? Je ne peux pas discuter ce point.

Il déposa une série de baisers taquins rapides sur les renflements durs de ses abdominaux, tout en se mettant à genoux. Le parfum musqué de sel, de sueur et de Cloister emplit sa bouche et son nez lorsqu'il inspira.

La verge de Cloister tressauta avec empressement contre son ventre, une goutte de liquide pré-éjaculatoire, humide et brillante, en suspens sur le gland rouge sombre. Javi le lécha tout du long, de la base à l'extrémité, d'un seul coup de langue humide. Les testicules de Cloister se crispèrent plus fort contre son corps et les muscles tendus de ses cuisses tremblèrent.

— Est-ce que tu prends ton pied avec ça ? questionna Javi en empoignant son sexe dans une main.

Ses doigts s'enroulèrent autour de la hampe et le pouce pressa fermement vers le haut depuis la base.

— Ça ? répondit Cloister en déglutissant difficilement, ses yeux pâles semblant presque noirs tant ses pupilles s'étaient dilatées. Qui ne le ferait pas ?

Javi referma ses lèvres autour du gland, goûtant le liquide pré-éjaculatoire salé et métallique sur sa langue, et remonta sa main dans une torsion. La peau mince et douce se plissa sous son emprise, la chair dure en dessous était chaude sous sa paume. Il suça brièvement puis recula. Il passa son pouce sur le sommet humide de salive et songea de nouveau à se faire baiser.

— Qu'on te dise quoi faire, précisa-t-il. Tu n'es pas un soumis.

Pas vraiment. Cloister pouvait accepter de faire ce qu'on lui disait, il pourrait même en jouir, mais c'était parce qu'il était accommodant. Ce n'était pas la même chose que docile. Il ruerait contre l'autorité juste pour le plaisir de le faire, si cela pesait sur lui assez longtemps... ou si on essayait de faire passer un agent du FBI à travers un mur.

— Non, mais... ça va, assura Cloister.

Ce n'était pas une réponse suffisamment correcte. Javi resserra sa prise et donna une brusque pression sur son sexe qui le fit jurer et se mordre la lèvre inférieure.

— Ça me convient, répéta Cloister avec un haussement d'épaules. Je n'en ai pas *besoin*, mais ça me va. Quand c'est toi, ça passe.

L'aveu tranquille tordit davantage le nœud de désir dans les bourses de Javi, développant un désir sourd et pesant dans ses cuisses et son ventre. Il dessina un chemin de baisers doux, bouche ouverte, le long de la queue de Cloister jusqu'au sac crispé de ses testicules. La peau douce se plissa et se replia sous ses lèvres alors qu'il suçait et grignotait la ligne de chair et de nerfs en relief entre le sexe de Cloister et son anus.

Des jurons balbutiés et des gémissements sans paroles provenant d'au-dessus de lui suggéraient que *cela* lui convenait, en effet. Javi fit glisser sa langue tout du long, arrachant un nouveau gémissement des profondeurs de sa poitrine. L'alignement du corps de Cloister se déplaça soudainement avec un bruit sourd, alors que son coude cédait. Ses longues jambes renforcées tremblaient, ses muscles étaient durs comme de la pierre sous la peau quand les mains de Javi en caressèrent l'arrière.

— Tout en toi me convient, révéla-t-il d'une voix basse et absorbée.

Il était possible que Cloister ne l'ait même pas entendu, toutefois Javi ne savait pas s'il le désirait. Il donna un dernier baiser humide au-dessous de son membre, des lèvres et de la langue, puis enduisit de salive toute la longueur de son érection avant de se relever.

Cloister gémit et tendit la main pour enrouler ses doigts autour de son sexe. Il bougea sa main le long de sa hampe par petits mouvements impatients, la queue tendue, mouillée et brillante de la salive coulissant dans sa paume.

— Tourne-toi, ordonna Javi en retirant son pantalon.

Cloister gémit et se retourna, les coudes en appui sur le comptoir et les fesses en l'air. Si le sexe rigide de Javi ne poussait pas déjà fermement contre la fine soie noire de son caleçon, son désir comme une pulsation constante dans son aine, cette vue l'aurait fait. Il sortit un préservatif de son pantalon, le mit de côté et se débarrassa de son sous-vêtement. Un gel épais coula du sachet alors qu'il le déchirait pour en retirer l'anneau de latex. Il le déroula sur son sexe, et alors que ses doigts frôlaient le membre épais, une vague de plaisir resserra les muscles de ses cuisses.

Il fit coulisser l'anneau du préservatif jusqu'à ce qu'il soit bien en place à la base de son sexe, le latex serré et brillant, tendu sur son érection.

— Je ne sais pas, le taquina Javi en s'avançant.

Il passa le plat de sa main sur le cul de son amant. La courbe ferme se contracta à son contact, et Cloister prit une profonde inspiration.

— Je ne peux pas dire que j'ai vu beaucoup de preuves de ce problème d'autorité que tu es censé avoir.

Javi traça négligemment un motif entre les taches de rousseur dispersées sur la peau, un point à point abstrait, puis glissa ses doigts entre les globes. Tandis qu'il les pressait contre l'anus serré, Cloister jura doucement et recula vers lui. Le dos fléchi, les omoplates pointant là où elles tendaient la peau, alors que Javi courbait un doigt pour frôler la bosse de sa prostate.

— Je ne fais pas tout ce que tu veux, fit remarquer Cloister, la voix instable et essoufflée.

Un son sceptique émana de Javi, il libéra sa main et écarta les globes de Cloister. Il appuya son gland contre l'entrée lisse, percevant la résistance alors qu'il poussait en avant.

— Permets-moi de ne pas être de ton avis, dit Javi en se penchant vers l'épaule de Cloister.

Il put sentir le pouls de Cloister contre ses doigts et autour de son sexe alors qu'il s'enfonçait lentement. Le plaisir l'enflamma et crépita le long de ses nerfs comme un feu de camp, un charbon brûlant de luxure intense et d'étincelles de plaisir nettes et lumineuses qui chantaient dans ses terminaisons nerveuses.

— Parce que je le veux vraiment, ajouta-t-il.

Sa main contourna la hanche de Cloister et attrapa son érection. Elle était dure et encore humide de sueur, de liquide pré-éjaculatoire, de salive, de la base à la pointe. Javi la pompa avec des caresses fermes, tout en enfonçant son sexe davantage entre les fesses de Cloister.

Il vola la remarque spirituelle que Cloister était sur le point de sortir. Celui-ci se contenta de gémir, le souffle court, sans paroles intelligibles, et laissa sa tête tomber en avant tout en haletant. La saillie des vertèbres de sa nuque semblait plus prononcée et vulnérable sous la coupe courte de ses cheveux fauves. Javi utilisa son genou pour écarter les jambes de Cloister afin que sa queue plonge davantage et qu'il puisse s'étendre sur son dos pour embrasser les vertèbres de sa nuque.

Cloister tourna la tête pour déposer un baiser maladroit au coin de sa bouche, un passage rapide des lèvres et une traction de dents acérées. Cela éveilla un plaisir différent dans le dos de Javi, qui emmêla la douceur au milieu du poids de la luxure de ses hanches.

— Je t'aime bien, agent Merlo, parvint finalement à sortir Cloister en rassemblant assez de souffle. Et que cela te plaise ou non, tu ne peux pas m'en empêcher.

Donnez-lui un mois, et Javi n'aurait pas besoin de le faire. Joel ou Kincaid le feraient pour lui. Cela faciliterait les choses quand Javi devrait partir, supposa-t-il. Cela semblait raisonnable, mais Javi avait du mal à y croire. Ce ne *serait* pas facile. En fait, si Kincaid n'avait pas encore apposé sa date d'expiration sur tout cela, Javi aurait probablement paniqué à l'idée de la difficulté que cela représenterait.

Il pourrait de toute façon. Plus tard.

— Dans tes rêves, Witte, dit-il.

Javi se déplaça, passa son bras par-dessus les épaules de Cloister et plongea ses doigts dans ses muscles tendus. Il tordit sa main le long de sa queue au rythme des coups de son sexe qui s'enfonçaient dans ce magnifique cul. Cloister assura ses bras contre le comptoir et vint à sa rencontre, le souffle irrégulier, alors qu'il haletait à chaque poussée.

La sueur recouvrait leurs corps pendant qu'ils baisaient. Javi passa son pouce sur le gland ferme et humide et modifia son rythme pour tendre la main plus bas et presser les testicules de Cloister brièvement et durement.

— Putain, gémit Cloister dans son avant-bras.

Il jouit avec un frisson, son sperme retenu entre les doigts de Javi, et ses jambes cédèrent sous lui. Tout son corps s'étala sur le comptoir, son ventre creusé à l'endroit où le bord net du Formica s'enfonçait. Javi s'essuya sur la cuisse de Cloister et recula. Il admira le corps déployé, transpirant et avachi de son amant, lubrique sur la table de vacances d'été dans la cuisine de l'Airstream, alors qu'il éjaculait avec quelques efficaces caresses de son poing serré.

Son orgasme sinua entre ses doigts et emporta l'honnêteté avec lui. Pendant une seconde, il sut exactement ce qu'il ressentait pour Cloister, mais heureusement, cela ne dura pas assez longtemps pour qu'il soit obligé de le reconnaître.

Il essuya ses mains sur la chemise abandonnée – la sienne maintenant, supposa-t-il, donc il devrait en acheter une autre à Frome – et redressa Cloister du comptoir.

— Si tu habitais dans une maison, déclara Javi en prenant dans ses mains le menton d'un Cloister hébété et en déposant un baiser sur ses lèvres mordues et fendues. Cela nous aurait pris beaucoup plus de temps de baiser dans toutes les pièces.

Cloister sourit sous ses lèvres et appuya ses hanches contre le comptoir. Il passa son bras autour de la taille de Javi et l'attira plus près de lui. Le baiser quitta la bouche de Javi, ses lèvres dérivant le long de sa mâchoire jusqu'à sa gorge, puis plus loin pour s'appuyer sur le pansement épais.

— Il reste encore la salle de bain.

Il frotta le bas du dos de Javi en cercles. Il était collant, en sueur et vaguement poisseux, affalé dans la cuisine dans laquelle ils venaient de baiser, et Javi ne voulait pas particulièrement bouger.

— Tu es sûr que ça va ? demanda Cloister.

C'était une chose de baiser Witte. Javi n'allait pas prétendre – plus maintenant – que ce n'était pas important, mais c'était juste du sexe. Il pouvait obtenir des relations sexuelles n'importe où. À quand remontait la dernière fois que quelqu'un avec qui il avait couché s'était soucié de quoi que ce soit d'autres que de ce que sa queue pouvait faire pour eux ?

À quand remontait la dernière fois qu'il l'avait voulu ?

— J'ai gâché une bonne chemise, ronchonna Javi.

Il passa distraitement ses doigts dans les cheveux de Cloister et admit calmement :

— Curieusement, il est plus difficile d'être responsable de la mort de quelqu'un lorsque tu n'as pas appuyé sur la détente.

Il y eut une pause, puis Cloister murmura contre son épaule :

— Je sais.

XX

CE N'ÉTAIT pas la première fois que les cauchemars de Cloister réveillaient Javi. Ils n'étaient pas physiques – Cloister ne s'agitait pas et ne donnait pas de coups dans son sommeil –, mais ils laissaient un arrière-goût dans l'air. Cela lui rappelait une scène de crime où la violence avait laissé son empreinte dans la pièce. Les cauchemars de Cloister avaient une *présence*, à moitié le goût piquant d'une peur métallique et salée, et à moitié de la frayeur qui émanait de Cloister comme le froid d'une nuit d'hiver.

— Ils vont m'envoyer voir un psy parce que Macintosh s'est fait sauter la cervelle devant moi, déclara Javi, bâillant, en s'asseyant dans le lit.

Il croisa les jambes sous les draps en coton, ils étaient plus agréables qu'avant, et il songea brièvement que Cloister les avait achetés pour lui. Il vit les épaules de son amant se détendre lentement alors qu'il frottait son genou blessé, comme s'il s'agissait d'un rosaire. Sur le sol, Bourneville faisait de même, le menton sur le genou de Cloister, attendant qu'il émerge de l'endroit où il s'était égaré.

— Je pourrais me rendre à Los Angeles pour y aller, mais ils accepteraient probablement que je me rende au psychologue du département. Comment sont-ils ?

Cloister ricana. Il passa sa main sur son visage et dans ses cheveux. Des mèches pâles rebiquèrent entre ses doigts.

— Que veux-tu savoir ? demanda-t-il.

Bourneville gémit et posa une patte sur sa jambe.

— S'ils sont merdiques parce qu'ils ne peuvent pas me soigner ? Ou si je suis merdique parce que je ne peux pas être réparé ?

Si c'était sorti de la bouche de Javi, cela aurait été méchant, la fin évidente de la conversation. Cloister avait juste l'air amusé et fatigué.

— Je… Aucun des deux, déclara Javi. Ce ne sont pas mes affaires.

Cloister se pencha pour enfouir ses doigts dans l'épaisse collerette de Bourneville et la secouer afin de la rassurer.

— Va jusqu'à Los Angeles, conseilla-t-il. Le docteur Mangan est bien, mais notre service des ressources humaines n'est pas ce que tu pourrais appeler discret. Lorsque Green, l'un des maîtres-chiens du K-9 à

San Diego, a perdu son chien et a craqué, ça a fuité. Personne ne peut savoir qui l'a ébruité, alors…

Il haussa les épaules et attrapa un short dans l'armoire, d'une seule main, maladroitement, il remonta la ceinture sur ses hanches. La lumière provenant de la fenêtre restait faible, mais plus proche de l'aube que de minuit, d'après les ombres sous ses clavicules et le long de sa colonne vertébrale.

Javi l'observa et se demanda s'il s'agissait d'une invitation à une conversation ou simplement d'une information.

— J'ai vu des médecins, reprit Cloister en s'asseyant au bout du lit pour enfiler ses chaussures.

Il ne regarda pas Javi alors qu'il crochetait son doigt à l'arrière de ses baskets pour les enfiler.

— Des psychiatres, des psychothérapeutes, des hypnothérapeutes. Des charlatans, des prêtres, des guérisseurs mystiques. Ma mère m'a emmené chez chacun d'eux… tous ceux qu'elle pensait susceptibles de me réparer, qui pourraient me permettre de me rappeler ce qui s'était passé la nuit où mon frère a été enlevé. Ils ne le pouvaient pas, mais elle continuait de croire à un miracle futur. Mon beau-père a fini par taper du poing sur la table, mais cela l'a simplement obligée à continuer dans son dos.

— Au moins, il a essayé, commenta Javi.

Cloister haussa les épaules et enfila sa seconde chaussure.

— Les gens essayent toujours. Puis ils abandonnent parce que c'est difficile.

Il claqua des doigts pour appeler Bourneville à ses pieds et émit un petit rire sans humour en poursuivant :

— C'est peut-être pour le mieux. Si tu as raison, Jessie Macintosh a tout mis en œuvre pour protéger ses enfants, elle a simulé leur mort, a disparu, et en quoi cela a-t-il été bon sur le long terme ?

Il s'interrompit en cours de route vers la porte d'entrée, une Bourneville impatiente se glissant entre ses genoux, et il se retourna.

— Désolé.

— Pour quoi ? demanda Javi

— De t'avoir réveillé.

Cloister sourit avec ironie et se frotta la nuque.

— D'être un imbécile. À mon retour, si tu veux encore me parler de…

— Non, l'interrompit Javi.

Il n'avait jamais vraiment *souhaité* parler avec Cloister. Il avait juste pensé qu'il le devrait. Cela pourrait attendre.

— Concluons cette affaire. Ensuite, nous pourrons parler de Phoenix.

Cloister inclina la tête et lui adressa un sourire en coin. La faible luminosité atténuait ses fossettes, qui creusaient ses joues, mais elle éclairait toujours ce visage en le rendant charmant. Sa poitrine était nue, l'encre et les ecchymoses sur le côté se fondant dans une tache monochrome contre sa peau dorée.

— Je te l'ai dit, Merlo, déclara-t-il. Je t'aime bien, et tu ne peux rien y faire.

Il céda finalement au petit coup de nez de Bourneville contre son genou et partit.

— Tu veux parier ? marmonna Javi à l'endroit où Cloister s'était tenu.

QUATRE HEURES plus tard, Javi attrapait le café proposé par Sean et s'asseyait sur le fauteuil en cuir souple du détective privé. Il prit une gorgée du breuvage noir et amer en attendant que Sean installe son corps maigre et vêtu d'un costume sur le siège opposé.

— J'aurais probablement dû poser cette question avant de préparer le café. Dois-je appeler mon avocat ?

— À moins que quelque chose ait changé depuis que j'ai quitté le bureau hier, répondit Javi, vous n'êtes soupçonné de rien pour le moment.

Sean hocha la tête, avala une gorgée de café, puis déclara :

— J'ai vu Frome à la télévision ce matin.

Il se pencha et posa la tasse sur une enveloppe déchirée qui, d'après les taches de café, avait déjà servi de dessous de verre.

— Il a identifié le tireur à l'hôpital hier. Andrew Macintosh. Dix ans, et personne n'a pensé à cet homme. Maintenant, tout à coup, je ne peux plus y échapper. Est-ce que ça a quelque chose à voir avec Tommy ?

— Pas exactement, dit Javi. Comment avez-vous connu la famille ?

— Ce n'est pas le cas, corrigea Sean.

— Vous les connaissiez assez bien pour penser que Tommy Macintosh pouvait avoir besoin de votre numéro pour appeler à l'aide.

Sean se laissa aller contre le dossier de son fauteuil, croisant les bras sur sa poitrine. Ses biceps gonflèrent sous le coton ajusté alors qu'ils se tendaient.

— Ouais, eh bien, il va falloir m'excuser. La dernière fois que le FBI est venu dans les parages pour demander comment je faisais mon travail, j'ai perdu mon badge. J'ai aussi perdu mon mari, la moitié de ma maison et tous mes amis. Vous pouvez comprendre que je ne suis pas pressé de remettre quoi que ce soit en jeu.

— Avez-vous tué la famille Macintosh ? questionna Javi.

— Non, s'écria Sean en se redressant dans son fauteuil. Seigneur, non. Rien de tel.

— Alors je m'en fiche, décréta Javi.

Sean récupéra son café, étudiant Javi par-dessus le bord de sa tasse ébréchée en prenant une gorgée. Apparemment convaincu par ce qu'il observa, il affirma :

— Je n'ai enfreint aucune loi.

Il tapota l'ongle de son pouce contre le côté de la tasse.

— Mais quand vous faites partie de l'un des trois flics qui peuvent le dire dans le poste ? Cela n'apporte aucun avantage. Quand tout est parti en vrille avec Macintosh, je ne voulais pas que mon nom y soit associé. Cela aurait donné à mon capitaine la raison qu'il cherchait pour m'envoyer m'occuper de la circulation… ou juste pour se débarrasser de moi définitivement.

— Et qu'est-ce que cela a à voir avec ma question ? demanda-t-il.

Sean se leva, se dirigea vers la fenêtre étroite du bureau et regarda dehors, une main s'enfonça dans la poche de son pantalon. Le silence dura assez longtemps pour que Javi songe qu'il n'allait pas répondre, mais au moment où il allait le questionner de nouveau, Sean se racla la gorge.

— Macintosh avait beaucoup de gars ayant moins de scrupules que moi pour faire son sale boulot. Je le savais. Tout le monde le savait. J'aurais donc dû deviner ce qu'il faisait quand il m'a proposé ce premier boulot.

— Pour suivre son ex.

Sean acquiesça.

— Il a dit qu'il s'agissait de pension compensatoire, qu'elle avait emménagé avec un type et que ses paiements seraient réduits s'il le présentait devant la justice. Que lorsque j'ai témoigné dans l'une de ses affaires contre un de ses clients qui avait agressé une pute pour avoir dit non, il avait été impressionné par mon intégrité. Sauf qu'il s'est avéré qu'il voulait juste des photos de son ex sur un tapis roulant. Au final, tous les travaux qu'il m'avait confiés étaient dans ce genre : insignifiant, méchants. J'ai fini par y arriver. Je l'ai fait paraître mauvais devant le tribunal, j'ai rendu son client pathétique, et il voulait s'assurer que je le ferais.

— Qu'il pourrait vous acheter.

Sean hocha la tête et souleva sa tasse de café dans un toast sardonique.

— Et il avait raison. J'avais besoin d'argent. J'avais toujours besoin d'argent à l'époque, et il ne m'a jamais demandé d'enfreindre la loi. C'était donc assez facile à justifier. Il aurait demandé à quelqu'un d'autre de le faire, après tout. Les photos auraient été prises de toute façon, alors, pourquoi ne pas mettre l'argent dans ma poche ? Au moins, je n'ai pas pris mon pied avec ça.

Techniquement, Sean n'avait toujours pas répondu à la question de Javi, mais toutes les pièces étaient là.

— Il vous a fait suivre sa femme.

— Principalement, admit Sean.

— Pensait-il qu'elle le trompait ?

— Non. Macintosh aimait simplement avoir un dossier sur toutes les personnes de sa vie, de quoi les garder dans les rangs s'il en avait besoin. Je ne pense même pas qu'il trouvait ça bizarre.

— Est-ce qu'elle le trompait ?

Sean se retourna.

— Je ne lui ai jamais rien dit, révéla-t-il. S'il l'a découvert, cela ne venait pas de moi. Ce n'était pas de ma faute.

— Qui ?

Javi était à peu près sûr de connaître la réponse. Ce matin-là, Cloister lui avait raconté combien des parents pouvaient aller loin pour leurs enfants. Le nombre de demi-frères et sœurs pratiquement adultes qui faisaient la même chose devait être plus faible et plus rare. Même si Andrew Macintosh Junior était prêt à tout abandonner – sa place à l'université, l'argent de son père, le contact avec sa propre mère – pourquoi Jessie aurait-elle risqué de s'impliquer ? Une seconde de réflexion et il aurait tout gâché. Sauf si elle l'aimait également.

— Andrew Junior, répondit Sean, confirmant ce que Javi avait déjà plus ou moins déduit. Ce n'était pas nouveau, pas de la manière dont ils agissaient l'un avec l'autre, mais ils disaient qu'ils allaient y mettre fin.

— Vous leur avez parlé ?

Sean haussa les épaules et se frotta la mâchoire.

— Je suis devenu insouciant ou arrogant… ou les deux. Ils étaient dans ce restaurant – hors de la ville, le long de la route côtière – et quand

212

Junior s'est levé pour aller pisser, j'ai essayé de me rapprocher pour obtenir une meilleure photo de Jessie. Il s'est avéré qu'il y avait une file d'attente chez les hommes et qu'il était heureux de pouvoir pisser dehors comme un homme.

Ils grimacèrent tous les deux en même temps. La plupart des officiers chargés de faire respecter la loi avaient ce genre d'histoire à raconter, comment ils s'étaient fait avoir au cours d'une surveillance par un coup du sort imprévisible.

— Alors ils vous ont soudoyé ?

— Non, contredit Sean en lui jetant un regard agressif. Junior a cassé mon appareil photo et m'a mis une raclée. Le restaurant a appelé les flics. Jessie, la femme, m'a prié de ne pas porter plainte. Elle a dit que Macintosh les tuerait ou les ferait tuer, et elle a promis que c'était la dernière fois.

— Vous l'avez cru ?

— Qu'il la tuerait ? Non, pas à ce moment-là. Mais il ne les aurait jamais laissés partir non plus. Il l'aurait gardé au-dessus de leurs têtes durant toute leur vie. Comme je l'ai dit, c'était un enfoiré. Donc, je n'ai pas porté plainte, et je ne lui ai rien dit non plus. Pas que cela ait fait la moindre différence. Après ce qui s'est passé, je suppose que quelqu'un a vendu la mèche. J'espère qu'ils peuvent vivre avec ça désormais. Je sais que j'ai eu des problèmes. Cependant, qu'est-ce que ça peut faire aujourd'hui ?

— Je ne sais pas encore, admit Javi. Si cela s'avère utile, je vous le ferai savoir.

Sean fit la grimace et avala le reste de son café.

— Très gentil de votre part. Écoutez, devez-vous en parler à Witte ?

Javi leva un sourcil.

— Est-ce que je devrais me montrer jaloux ?

Il fut un peu surpris de constater que si c'était seulement une blague, une touche de possessivité se cachait sous son sourire narquois.

Sean rit sous cape.

— Vous seriez plus mon type, dit-il, ses yeux sombres le détaillant avec appréciation. J'aime les gars qui font l'effort de se mettre en valeur. Witte est juste... le genre de flic que je souhaiterais avoir été.

Il termina avec un haussement d'épaules maladroit, mais il n'avait pas besoin de le mettre en mots. Javi avait compris. C'était la raison pour laquelle il ne voulait pas parler de Phoenix à Cloister. Quand il n'y avait aucune chance que vous soyez à la hauteur de quelqu'un, le mieux que vous pouviez faire était d'espérer qu'il ne le découvre pas.

— Si ce n'est pas nécessaire, je ne le ferai pas, déclara-t-il. Je ne peux cependant rien promettre.

Sean sembla résigné.

— Je suppose que je ne le ferais pas non plus.

Il reprit sa place derrière son bureau et s'adossa à son fauteuil. Celui-ci craqua sous son poids en s'inclinant de quelques centimètres.

— Autre chose ? interrogea-t-il.

Le café était amer et tiède à présent. Javi avala quand même une gorgée de ce fortifiant.

— Et si j'étais votre client, lâcha-t-il. Pourrais-je obtenir une promesse de confidentialité de votre part ?

Sean haussa les sourcils avec surprise tout en se redressant.

— Vous désirez m'engager ?

— Je l'envisage, répondit Javi. J'ai besoin de trouver des informations sur quelqu'un et j'en ai besoin d'une manière efficace et discrète.

— Mes deux autres prénoms, assura Sean.

La surprise disparut, il avait de nouveau l'air arrogant alors qu'il attrapait un carnet et le posait devant lui sur le bureau. Il souleva la couverture et s'empara d'un stylo.

— S'agit-il de Witte ? Il dit qu'il n'a aucun secret, mais croyez-moi, il en a.

Javi posa le café sur l'enveloppe tachée.

— Everett Kincaid, dit-il. L'ASS Kincaid, du bureau du FBI à Los Angeles.

Sean en avait écrit la moitié avant que le stylo ne s'immobilise sur la feuille. Il fixa Javi avec des yeux étrécis de suspicion.

— Vous vous foutez de moi ? questionna-t-il. Vous voulez que j'enquête sur un agent du FBI ?

— Vous pouvez dire non.

Sean rétracta la pointe du stylo. Il croisa les bras et les appuya sur son bureau.

— Non, déclara-t-il. À moins que vous ne puissiez me convaincre que ce n'est pas une mauvaise idée ?

— J'aurais besoin de m'en convaincre au préalable, confia Javi.

Il tapota le côté de la tasse à café en demandant :

— Puis-je en avoir un second avant que nous commencions ?

Sean le fixa un instant. L'intérêt remplaçant progressivement la suspicion sur son visage, il souleva le combiné de son téléphone.

— Harry ? J'ai besoin de deux autres cafés et ne me passe aucun appel. Je crois que nous avons un nouveau client.

LES MANIFESTANTS étaient de retour devant la banque. Des pick-up de ferme garés sur le trottoir avec des bannières « Rendez-nous nos fermes ! » collées sur les côtés. Des fermiers sinistres, aux vêtements usés, aux mains calleuses et aux bottes tachées de boue, brandissaient des pancartes manuscrites qui réclamaient un « Traitement équitable pour les fermiers », à côté de hipsters en jean serré des plantations de café qui brandissaient des dreadlocks et des affiches « #Antitrust ». D'autres manifestants, accompagnés de leurs enfants fatigués, s'étaient regroupés à l'écart des agriculteurs, vêtus de tee-shirts qui exigeaient de manière mystérieuse « Gardez la Plénitude à Plenty ».

Des barrières le long de la rue signalaient l'ancien périmètre de la manifestation, mais celui-ci avait débordé sur la route. Les manifestants bloquaient la route menant à la banque et lançaient des injures par-dessus les épaules des adjoints stressés sur un groupe d'hommes d'affaires à l'air troublé avec leurs brassées de plans.

La circulation s'était réduite à une allure d'escargot, les conducteurs fixant l'échauffourée, bouche bée, tandis qu'ils se faufilaient entre la file de pick-up et de corps. Javi se trouvait sur la route, derrière un break, essayant d'éviter un contact visuel avec le petit garçon au nez dégoulinant qui se tenait sur le siège arrière. Il pouvait presque sentir la bile aigre en arrière-pensée. Il n'avait pas besoin de regarder un enfant se curer le nez.

Son Bluetooth bourdonna juste au moment où le trafic avançait péniblement de quelques mètres. Javi changea de vitesse et roula doucement en appuyant sur le bouton d'appel vert sur le volant.

— Agent spécial Merlo. Je vous écoute ?

— J'ai besoin de vous voir à la morgue.

Galloway ne perdait jamais beaucoup de temps en plaisanteries, mais cette fois, elle les avait apparemment complètement abandonnées. Sous le craquement du Bluetooth, sa voix était pincée et impatiente.

— Aujourd'hui !

Javi enfonça le frein lorsqu'un des manifestants trébucha et tomba contre l'avant de sa voiture. Sa hanche heurta le métal dans un bruit sourd et il rebondit en arrière, les mains en l'air et la bouche en forme d'excuses.

Alors qu'il boitillait de retour dans la foule, Javi fronça les sourcils, puis reporta son attention sur la console.

— Galloway, je dois aller au bureau. J'ai des rapports à…

— Aujourd'hui, répéta-t-elle fermement. Dès que possible.

Elle raccrocha. Javi tapota de nouveau son doigt sur le volant. Tant que la circulation n'aurait pas bougé d'encore – il regarda la route jusqu'au prochain croisement – deux mètres, sa décision devrait attendre. Il supposait que la convocation soudaine de Galloway avait à voir avec Janet – la confirmation qu'elle était l'enfant disparue de Macintosh. Ce qu'il ne comprenait pas, c'était qu'elle ait besoin qu'il vienne au laboratoire.

Les adjoints se frayèrent un chemin dans la foule pour permettre au groupe d'affaires d'entrer dans la banque. Alors que les manifestants fermaient les rangs derrière eux, le périmètre extérieur s'effondra. Les voitures se faufilèrent.

Javi prit le virage. La roue de sa voiture heurta le pied d'une des barrières et il sélectionna l'itinéraire préprogrammé de son GPS pour aller à la morgue. Il connaissait le chemin, mais il ne voulait pas perdre plus de temps dans les embouteillages.

Il lui fallut quinze minutes pour arriver à l'autoroute. Alors qu'il y engageait la voiture, il envoya un message vocal rapide à Sue pour l'informer qu'il n'allait pas arriver de suite. Puis il appela Cloister.

— Witte.

— Chéri, je vais être en retard pour le dîner ce soir, roucoula sarcastiquement Javi.

Il réalisa que ce n'était pas vraiment sarcastique. Après tout le tapage qu'il avait fait à propos d'être là pour Cloister jusqu'à ce qu'il soit débarrassé de son plâtre, il lui devait au minimum un avertissement pour son probable retard.

— Galloway a appelé. Elle veut me voir.

Il y eut une pause. Javi pouvait imaginer le plissement suspicieux de ses yeux. Ce n'était pas un homme qui acceptait facilement l'affection.

— Comment va-t-elle ? questionna finalement Cloister.

— Je n'ai pas demandé, avoua Javi. Irritée. Écoute, avant qu'elle appelle, j'allais jeter un œil sur un vieil appel pour ivresse sur la voie publique impliquant Stokes et Andrew Macintosh Junior. Peux-tu le retrouver ?

— Où et quand ?

— Quelques mois avant leur assassinat présumé. C'était dans un restaurant sur la route côtière. Aucune accusation n'a été retenue, mais il devrait y avoir une note sur le journal d'appel.

Cloister renifla.

— Cela aurait pu dépendre du département du shérif et non de la police. C'était probablement à The Toast – assez loin de la ville pour que les couples infidèles se sentent à l'aise, mais pas assez loin pour éviter les bagarres occasionnelles. Je vais voir ce que je peux trouver.

— Tu as toujours mon double de clé ? questionna Javi.

— Pourquoi, tu veux le récupérer ?

— Utilise-le. Et les trucs dans le frigo, c'est de la nourriture.

Cloister éclata de rire et raccrocha.

GALLOWAY ÉTAIT peut-être plus pâle que d'habitude. C'était difficile à dire. Elle jeta un regard cinglant à Javi et ignora la question quand il lui demanda si elle allait bien.

— Entrez, ordonna-t-elle en utilisant son corps pour pousser la porte de son bureau. Asseyez-vous.

— Avez-vous vérifié de nouveau l'ADN de Janet Morrow ? interrogea Javi.

La morgue n'offrait pas beaucoup de place pour le bureau du pathologiste et il dut s'asseoir sur une chaise coincée entre le bureau et un classeur.

— Vous auriez pu vous contenter de m'appeler.

Galloway retira son corps de la porte et la laissa claquer derrière elle alors qu'elle boitillait de l'autre côté du bureau. Elle se cala délicatement contre le plastique bon marché, un bras replié soigneusement autour de son ventre.

Il n'y avait pas de sang, pas de pistolet sur sa tête, mais Javi sentait quand même la pointe d'adrénaline à l'arrière de son cerveau. Il pouvait goûter l'essence et le sang sur sa langue.

C'était probablement son propre sang. Il était presque sûr de n'en avoir reçu aucun de Macintosh dans la bouche, mais il ne pouvait pas en être certain, du moins, pas avant le retour des analyses de sang que l'hôpital lui avait ordonné de faire.

Il se racla la gorge et essaya de concentrer son attention sur le tee-shirt blanc et propre qui se froissait sur le ventre rembourré de bandages de Galloway.

— D'ailleurs devriez-vous être ici ?

— Ça fait mal, répondit-elle sèchement. Ça ferait mal à la maison également. De plus, si je devais défaillir et mourir après une blessure par balle, je pourrais aussi bien faire économiser le coût de mon transport ici au comté.

— Les médecins…

Elle eut un mouvement d'impatience alors qu'elle se laissait tomber durement sur la chaise derrière son bureau, ses doigts maculés d'encre noire et bleue.

— Je vais bien, Agent Merlo, assura-t-elle. C'était une plaie de chair au sens littéral. Principalement du gras, selon le médecin qui m'a soignée. Et les gens disent que j'ai davantage de mauvaises manières en tant que malade quand je reste trop longtemps à l'hôpital. En tout cas, je ne vous ai pas appelé ici pour parler de ma santé. Comme je l'ai dit, l'autre jour, j'ai comparé l'ADN de Janet Morrow à celui que j'avais au dossier pour Tommy Macintosh. Pas de correspondance.

Les points de suture à son épaule se rappelèrent à lui, Javi gratta la démangeaison à travers sa chemise.

— Vous alliez les tester de nouveau.

— Je l'ai fait. L'ADN de Janet Morrow ne correspond toujours pas à l'échantillon que nous avions dans le dossier de Tommy Macintosh et ne peut définitivement pas appartenir à l'enfant d'Andrew Macintosh. Je l'ai vérifié plusieurs fois.

Ce n'était pas la réponse attendue par Javi. Quel que soit le soin avec lequel il formulait ses théories, il était convaincu qu'il avait raison de dire que Janet était la fille de Macintosh. À l'avenir, pensa-t-il, il devrait probablement laisser les intuitions à Cloister.

— Cependant, poursuivit Galloway après l'avoir laissé ruminer pendant un instant, le défunt sur le brancard dans la pièce voisine *est* le père de Janet Morrow.

— Les échantillons originaux auraient-ils pu être contaminés d'une manière ou d'une autre ? questionna Javi. Peut-être un lot de prélèvements souillés ?

Galloway se pencha en avant et tapota d'une main sur son clavier. Après un moment, elle tourna l'écran vers lui. Une rangée de marqueurs ADN le fixa.

— D'après mes informations, il s'agit des échantillons d'ADN prélevés sur la famille Macintosh lorsqu'ils sont arrivés à la morgue. Aucune de ces personnes n'a de liens de parenté, affirma Galloway. L'un d'entre eux, d'après ses marqueurs génétiques, est probablement amérindien. Aucune de ces trois personnes n'est reliée à l'homme que nous venons d'amener à la morgue. La contamination ne peut expliquer ça. La corruption, si.

Elle se rassit dans son fauteuil et appuya son doigt sur l'une de ses paupières qui tressautait.

— Pas étonnant que Macintosh veuille me tuer. J'étais la plus proche qu'il pouvait atteindre de la personne, quelle qu'elle soit, qui a fait ça.

— Sauf qu'il ne le voulait pas, lui rappela Javi.

Dix ans plus tôt, Andrew Macintosh craignait que son plus jeune enfant n'ait pas pris assez de lui. Qu'il avait besoin d'être endurci. Mais il avait tort. Janet était une dure à cuire et assez intelligente pour se construire une nouvelle vie par deux fois. Alors pourquoi aurait-elle pris la peine de revenir ici avec son dossier de preuves ? À quoi cela lui aurait-il servi ?

Sauf si l'intuition de Javi *était* fausse. Il supposait que Tommy – Janet – était celui qui avait des raisons de disparaître. Mais ce n'était pas le cas. En fait, elle était la seule des trois à se rendre sur cette route côtière, sans aucune raison de vouloir disparaître.

À l'époque, tout ce qui pouvait l'inquiéter, c'était un été pitoyable dans un camp en pleine nature. Ce n'est que plus tard qu'elle s'en était rendu compte, ou qu'on lui avait dit, que c'était un endroit pour convertir les gays.

Andrew Macintosh aimait les photos, aimait recueillir des preuves sur ce que ses proches s'apprêtaient à faire. Sa fille avait hérité ça de lui également. Une fois qu'elle s'était aperçue qu'on lui avait menti une fois, elle avait commencé à trouver à redire sur tout le reste. Javi se souvenait des articles de journaux que Janet avait rassemblés. Il n'avait pas vu la connexion la première fois qu'il les avait regardés, mais il se demandait maintenant si Janet n'avait pas tout reconstitué avant même d'arriver à Plenty.

— Galloway, j'ai besoin que vous recherchiez un dossier pour moi, dit Javi.

Il sortit son téléphone de sa poche et y chercha les notes qu'il avait prises sur les effets personnels de Janet.

— C'était un corps retrouvé dans une maison abandonnée à Chant. Une femme. Dans la trentaine. Une semaine avant l'affaire Macintosh.

Elle lui jeta un regard exaspéré, mais récupéra son moniteur et fouilla. Cela prit une minute et quelques bruits très exaspérés de sa part avant qu'elle n'admette sa défaite.

— Rien, dit-elle. Apparemment, mon prédécesseur a eu une très mauvaise semaine.

— Et si j'avais un numéro du dossier ? proposa Javi. Pourriez-vous le trouver ?

Galloway se frotta de nouveau les yeux et son articulation heurta le verre de ses lunettes.

— Peut-être. Il doit y avoir des preuves matérielles, des archives. Ce serait plus difficile à modifier. Quel est-il ?

Javi attrapa un Post-it et nota le numéro de la photo de la morgue qu'Andrew Macintosh avait charrié avec lui durant toutes ces années. Il le fit glisser sur le bureau vers Galloway. Elle repoussa ses lunettes sur son front pour plisser les yeux sur le numéro. Une rapide vérification n'apporta rien depuis les enregistrements numériques.

— Donnez-moi vingt minutes, dit-elle en se levant. Ce numéro signifie que le corps a été enregistré dans le système, qu'une autopsie a été effectuée et que des transcriptions ont été générées. Il est probablement stocké à Kearny Mesa, mais il y aura des traces de ce cadavre.

Elle partit pour commencer la quête.

Javi attendit au moins quinze des minutes demandées dans le bureau étroit, avant que l'impatience ne le pousse à se mettre debout et à sortir dans le hall à la recherche d'une information.

Un adjoint qu'il ne reconnut pas – pas de Plenty – lui lança un regard curieux alors qu'elle escortait une femme aux yeux ternes du hall jusqu'à la salle de visite. Javi fit une pause à mi-chemin et se retourna pour regarder le dos de l'uniforme disparaître dans le couloir.

Cela aurait pu dépendre du département du shérif, entendit-il de nouveau avec la voix rauque de Cloister. Dans Plenty, vous entendiez « corruption » et vous pensiez à la police, mais peut-être que les adjoints avaient été sous-estimés ?

Son téléphone sonna. Il s'attendait à ce qu'il s'agisse de Cloister avec une information, mais le numéro du bureau du FBI s'affichait sur l'écran.

— Sue ?

— Clyde Granfeld a disparu de la surface de la Terre il y a trois ans, annonça-t-elle. Toutefois, ses parents ont surgi sur le radar de la police il y a deux jours.

— Pourquoi ?

— Ils ont disparu. Ils ont été déclarés absents par leurs voisins il y a deux semaines, après la fête d'anniversaire de la mère. Cela donnait l'impression qu'ils s'étaient levés et étaient partis, mais la police craignait un acte criminel. Les voisins leur ont dit qu'il y avait eu une « scène », durant la fête après qu'une jeune femme s'était incrustée. Elle avait dû être éloignée et, en sortant, elle a crié, je cite : « Vous m'aviez dit qu'elle était morte ! ».

La carte commémorative dans les effets de Janet prenait soudain sens pour Javi, surtout en prenant en considération le témoignage de Sean. Jessie Macintosh n'avait pas disparu pour protéger son enfant. C'est ce qu'elle avait dit à Janet. Elle l'avait fait pour protéger son amant. Lorsque Tommy, ou plus vraisemblablement Janet – qui était confiante, têtue et qui voulait leur aide pour devenir qui elle était vraiment – avait causé des problèmes, les deux amants s'étaient contentés de recommencer. Un paiement unique pour épancher leur conscience, l'héritage dont le professeur avait parlé et un avis de décès postdaté du demi-frère et du beau-père de Janet.

Sauf que cette fois, ils n'avaient pas eu l'aide d'un professionnel pour réussir la disparition. Ils n'avaient pas déménagé assez loin ni peut-être pas du tout, et Janet avait découvert qu'ils lui avaient menti. Et une fois que vous vous rendiez compte que quelqu'un vous avez menti, vous vous demandiez s'il vous avait menti à propos d'autre chose.

Javi le savait à cause de Kincaid. Un seul mensonge suffisait pour jeter le doute sur tout le reste. Il reporta son attention sur l'appel alors que Sue s'arrêtait pour tousser.

— Désolé, où en étais-je… À ce moment-là, les Granfeld l'avaient rejetée comme étant simplement une sans-abri, mais plus tard, ils ont eu une sévère altercation que les voisins ont entendue à travers les murs. Ils ont supposé que monsieur avait eu une liaison et que madame avait explosé à ce sujet. La police locale veut donc retrouver Clyde et s'assurer que madame Granfeld est partie de son plein gré. Jusqu'ici sans succès. Alors voulez-vous que je continue à chercher Clyde ?

— Ne quittez pas, dit Javi en voyant Galloway boiter en urgence vers lui.

Un homme troublé, avec une pile de dossiers coincée précairement sous son menton, trébuchait à sa suite.

— J'avais raison, claironna Galloway d'une voix triomphante en agitant un dossier sous son nez. Quoi qu'il se soit passé, ils ont supprimé l'enregistrement numérique sans détruire les preuves. Et comme ces enregistrements ne figuraient pas dans nos fichiers, ils ont simplement été remisés dans les archives au lieu d'être envoyés vers le nouveau centre de stockage. Une jeune femme a été retrouvée morte de ce qui ressemblait à une overdose. Son corps n'a jamais été réclamé. Il y a là une note de l'adjoint disant que le père était incompétent. Et le corps a donc été incinéré. L'ADN de ce dossier est le même que celui que nous avons dans nos dossiers pour Jessie Macintosh. Quelqu'un a échangé les fichiers.

Sa voix vibrait d'indignation à cette idée. Javi regrettait de devoir aggraver la situation.

— Je ne pense pas, dit-il, faisant plisser le nez de Galloway. Je pense qu'ils ont échangé les corps.

Galloway blêmit légèrement alors qu'elle arriva à sa hauteur.

— Le fils de pute, marmonna-t-elle. C'est la raison pour laquelle les corps étaient brûlés.

La seule chose que tout le monde s'accordait à dire à propos de Macintosh, c'était qu'il n'était pas homme à laisser les choses couler. Si sa famille s'était contentée de disparaître, il n'aurait jamais cessé de la rechercher. Il avait les ressources, des faveurs qu'on lui devait également, pour y parvenir. Donc, quelqu'un avait fourni à Macintosh la clôture dont il avait besoin pour la laisser partir : des corps à enterrer et une accusation en prime pour ça. À un autre moment, Macintosh aurait peut-être posé plus de questions, exigé une seconde revérification ADN, mais il était prêt à accepter les corps comme étant sa famille, même s'ils étaient brûlés au-delà de toute reconnaissance.

Javi lui arracha le dossier des mains alors qu'elle digérait cette information. Il l'ouvrit et feuilleta les pages jusqu'à trouver le rapport de l'adjoint. C'était peut-être le prédécesseur de Galloway qui avait échangé les corps, mais Javi pensait qu'il se serait débarrassé de la flopée de papier. Plus vraisemblablement, c'était quelqu'un qui était au courant pour les corps, mais qui n'avait pas accès aux archives… comme l'adjoint chargé des affaires qui savait qu'il n'y avait pas de proches parents.

Le nom était imprimé en soigneuses lettres majuscules sur la dernière page. Javi ne s'attendait pas à le connaître.

— Agent Merlo ? questionna Sue à son oreille. M'avez-vous entendue ? Avez-vous besoin de moi pour...

Il raccrocha et appela Cloister tout en se dirigeant vers la sortie. Il bascula sur la messagerie vocale.

XXI

— *Fass* ! ABOYA Cloister en lâchant le col de Bourneville.

Elle décolla et la terre s'envola de sous ses pattes alors que Collins s'élançait pour courir à travers le terrain d'entraînement. La combinaison de protection contre les morsures le faisait se dandiner et jurer alors qu'il courait.

Le dernier chien à avoir couru était Kit, un lourd labrador noir qui compensait d'être un chaton de six ans dans sa vie civile en étant un alpha agressif au travail – ou peut-être que c'était son maître, qui lui faisait faire des sauts spectaculaires pour plaquer le coureur. Bourneville ne se préoccupait pas d'en faire tout un spectacle. Elle se précipita sur Collins, coupa entre ses jambes et s'accrocha à son bras alors qu'il trébuchait.

Elle grogna quand ses dents déchirèrent le rembourrage, puis secoua violemment son corps jusqu'à ce que son poids entraîne le bras de Collins vers le bas. Il chancela et tenta de relever son bras en l'air. Bourneville mordit plus fort, le grondement qui sortit de sa poitrine semblait furieux et presque métallique, et le fit tomber à terre.

Collins hurla et roula sans élégance alors qu'elle grondait sur lui et lui secouait le bras comme un terrier aurait secoué un rat. Ses oreilles étaient plaquées sur son crâne et sa bave mousseuse éclaboussait le sol et la combinaison au niveau de la morsure pendant que Collins luttait.

— Bourneville, aboya Cloister en trottant tranquillement jusqu'à elle.

Il attrapa son harnais et sentit la vibration de son grondement dans son bras.

— *Aus* ! Laisse-le se lever.

Le grognement cessa aussitôt et Bon redressa les oreilles. Elle lâcha le bras de Collins et recula de deux pas, la queue relevée, prête à la remuer, son attention sur Cloister tandis qu'elle attendait.

— Bonne fille, lui dit-il en sortant son jouet préféré de sa poche.

Il le jeta en l'air et elle sauta pour l'attraper. Elle le secoua, puis se laissa tomber sur le ventre pour le mâcher assidûment. La plupart de ses jouets ne duraient pas une semaine. Heureusement, ils étaient principalement fabriqués à partir de vieux tee-shirts de Cloister tressés en une corde.

— Bonne fille, Bourneville.

Cloister se pencha et tendit la main à Collins.

— Merde, grommela Collins alors que Cloister le remettait sur ses pieds. Je veux dire, je crois que je me suis chié dessus. Seigneur.

L'entraîneur de Kit rigola depuis la clôture. Cloister donna une claque dans le dos de Collins.

— Est-ce que cela vous a aidé ? interrogea-t-il.

— Non !

Collins s'essuya la bouche sur la manche et fit une grimace de dégoût lorsqu'il réalisa qu'elle était recouverte de bave de chien. Il l'enleva maladroitement avec sa main gantée et regarda Bon alors qu'elle mâchait et remuait sa queue avec joie.

— Ne devriez-vous pas la parquer ou un truc dans le genre ? Jusqu'à ce qu'elle se détende ?

— Elle est tranquille. C'est un jeu pour elle.

Cloister retira le poids du blouson rigide des épaules de Collins.

— Merci pour le bénévolat. Bon s'ennuyait avec moi, coincé au bureau.

Collins expira entre ses lèvres serrées.

— Je n'aime pas les chiens, dit-il, ses mots hachés tandis qu'il reprenait son souffle. Le mois dernier, j'ai perdu un suspect parce qu'il avait traversé un jardin où se trouvait un putain de monstre genre rottweiler. Je dois dépasser ça.

Quand Tancredi l'avait raconté, l'histoire impliquait un terrier bâtard de taille moyenne, mais il laissa glisser sans relever. Il n'était pas facile d'affronter quelque chose qui vous effrayait. Cloister le savait mieux que quiconque. Il passait la majeure partie de sa vie incapable de faire face à quelques heures.

— Chaque fois que vous souhaitez faire le jouet à mâcher, dites-le-moi, proposa-t-il. Je compte rendre visite à Tancredi pour voir comment elle va. Voulez-vous travailler avec Kit et Jenks ?

Collins leur jeta un coup d'œil. Il retira sa cagoule, ses cheveux étaient trempés de sueur et collés à son cuir chevelu alors qu'il répondait :

— Est-ce que ça ressemble à un gentil chien ? Cela dit, je plaisantais en disant que je m'étais chié dessus. Je voudrais que ça reste comme ça.

Il sortit du terrain en boitant et l'un des autres adjoints en tenue rembourrée vint prendre sa place. Alors que Kit bondissait d'un coup par-dessus la clôture, Cloister rattacha la laisse au harnais de Bon.

— Tu as l'air de la plus adorable chienne, lui assura-t-il. Collins délirait.

Elle éternua et laissa tomber la corde en tee-shirt collante de bave sur son pied. Il la ramassa et la remit à sa ceinture, tout en se dirigeant vers son pick-up. Bourneville attendit côté passager, jusqu'à ce que la portière s'ouvre pour lui permettre de sauter et d'y être attachée. Elle bâilla et s'étala pour faire une sieste pendant qu'il faisait le tour et montait de son côté.

Il jeta un œil à l'horloge lorsque le tableau de bord s'anima et que la radio crépita pendant une seconde, avant de diffuser la station locale. Denis, en bas, dans les archives, lui avait dit qu'il chercherait les dossiers demandés par Javi, après s'être plaint du manque de détails, estimant que cela lui prendrait au moins une heure. Denis avait prétendu deux heures, mais il gonflait toujours ses estimations pour que les gens ne s'impatientent pas trop.

Assez de temps pour une visite à Tancredi en passant.

— Je sais que tu voudrais y aller aussi, dit-il à Bourneville tout en reculant hors de son stationnement. Mais ça ne va pas être possible, alors je dirai à Tancredi que tu lui envoies tes meilleurs vœux de rétablissement.

Bourneville inclina la tête sur le côté jusqu'à ce que ses oreilles soient à quatre-vingt-dix degrés, comme si elle ne pouvait pas le croire.

— Je sais, lui dit Cloister. Ce n'est pas juste. Tu es probablement plus propre que la plupart des gens sur place, mais ce sont les règles.

Elle soupira et posa son menton sur ses pattes. Elle le fixait de ses yeux ambrés brillants sous sa touffe de poils alors qu'il conduisait. Cloister prit note mentalement de l'emmener pour une coupe bientôt. Son téléphone sonna deux fois pendant qu'il conduisait, l'alarme bruyante sonnant fort dans son dos. Quand il retentit une troisième fois, Cloister s'arrêta dans la rue principale et se retourna pour l'attraper à l'endroit où il avait glissé à l'arrière du siège.

— Wi…

— Qu'est-ce que vous pensez faire, Witte ? aboya Frome à travers le téléphone. J'admets que vous aviez raison de dire que l'affaire de Janet Morrow était plus que ce dont elle avait l'air, mais cela ne vous autorise pas à outrepasser vos droits ou à en abuser…

— Je ne sais pas de quoi vous parlez, affirma Cloister.

Il entendit Frome inspirer puis expirer fortement à l'autre bout de la ligne.

— Vous venez de demander à Denis de ressortir mes anciens dossiers, précisa Frome. Donc, soit vous essayez de me compromettre au sujet de l'affaire Macintosh, ce que je n'apprécie pas, soit vous essayez de découvrir des calomnies sur vos concurrents. Je ne suis ni stupide ni aveugle. Je sais que vous avez une relation avec l'agent Merlo.

Cloister eut un blanc sur la façon de gérer cela. Il n'avait jamais particulièrement caché qu'il était gay ou avec qui il sortait… quand il sortait… mais avait-il déjà parlé d'une relation auparavant ? Le plus proche aurait été la conversation révisée sur les roses et les choux qu'il avait eue avec son beau-père après qu'il avait déclaré être gay, et il ne se souvenait pas d'avoir dit quoi que ce soit à ce moment-là non plus.

Il fit complètement l'impasse sur le commentaire concernant sa relation et se concentra sur les dossiers.

— C'était une vérification de contrôle de l'affaire Macintosh, déclara Cloister. Stokes ne nous avait pas parlé de cette altercation lors de notre précédente entrevue. C'était l'une de vos arrestations ?

— Personne n'a été arrêté, rectifia Frome. C'était deux ivrognes qui avaient pris part à une bagarre et il n'était pas nécessaire d'aller plus loin. Si vous pensez que j'ai traité cette intervention différemment parce que c'était le fils d'Andrew Macintosh…

— Monsieur, ce n'est pas le cas, l'interrompit Cloister.

— Peut-être que vous avez raison.

La confession nette les rendit tous deux silencieux pendant une seconde. Puis Cloister toussa et se gratta la tête.

— Lieutenant, je ne sais pas, ça me semblait être le bon choix. Le Toast a des bagarres trois fois par nuit. Nous n'intervenons pas pour tous.

— Mais ce n'est pas pour cela que j'ai fait ce choix, reconnut Frome.

Sa voix demeurait tendue par la frustration, les mots se coinçaient entre ses dents.

— Je l'ai fait parce que je ne voulais plus avoir à faire face à Macintosh devant le tribunal, pas alors que c'était le retour en service d'Hewitt après un mois derrière un bureau. Macintosh aurait dit que c'était du harcèlement…

— Hewitt ? l'interrompit Cloister, et Bourneville leva le menton.

— Mon ancien partenaire, l'adjoint Hewitt, confirma Frome. Le même qui s'était fait tirer dessus par un client de Macintosh et qui était passé pour un incompétent devant le tribunal. La dernière chose dont il avait besoin était d'être accusé d'avoir harcelé la famille de ce type. Alors, oui, j'étais peut-être un peu trop pressé quand Stokes a souhaité qu'on laisse tomber. Peut-être que je me suis dit que je faisais une faveur au gars en empêchant le reste des flics de savoir qu'il s'était fait fourrer le cul par un gamin à peine sorti du lycée depuis un an. J'aurais pu foirer cet appel, mais c'était comme ça. Cela n'a rien à voir avec mon approche de cette affaire.

— Hewitt, le même type qui travaille dans l'équipe de nettoyage de crimes ? Je pensais que vous aviez dit qu'il avait pris sa retraite.

Il put sentir l'irritation confuse de Frome à travers la ligne.

— Il l'a fait après l'affaire Macintosh. Qu'il ne puisse pas le faire enfermer l'a achevé, mais effectivement, il travaille au nettoyage des lieux du crime maintenant. Il a jeté l'argent de sa retraite par la fenêtre à Vegas, alors quand il est rentré en ville, quelques-uns d'entre nous ont glissé un mot en sa faveur : moi, son ex, putain, même sa nouvelle femme.

— Sa femme ?

— Oui, sa femme. Elle garde son nom de jeune fille – l'adjoint Ergobah, à Kearney Mesa. Bon sang, Cloister ! Si vous voulez rendre Merlo jaloux, demandez à Stokes. J'aime bien Hewitt, mais il n'est pas un bon parti.

— Vous avez peut-être tort à ce sujet, murmura Cloister.

Il tendit la main et frotta les oreilles de Bourneville, se rappelant la façon dont elle avait grogné après Hewitt. À l'époque, il pensait que c'était juste la tension et l'odeur de mort, mais elle avait toujours été un bon juge des caractères.

— Je parie qu'il a également gardé son arme.

Le cerveau de Frome saisit finalement avec son tempérament.

— La plupart le font. Adjoint Witte, qu'insinuez-vous ?

— Je ne sais pas, répondit Cloister. Mais il a été le premier à pointer du doigt Macintosh lorsque Jessie et les enfants sont morts, non ?

— Si sa voiture avait un pneu crevé, il pointait le doigt en direction de Macintosh, affirma Frome. Il le détestait. Je l'admets, mais il n'a rien fait, Witte. C'était un bon flic.

— Comme l'était tout le monde au département de police de Plenty. Jusqu'à ce qu'ils ne le soient plus. Lieutenant, voulez-vous faire venir Hewitt pour un interrogatoire ?

Un silence.

— C'est mon ami, Witte. C'était mon partenaire.

— Mieux vaut donc que ce soit vous plutôt qu'un adjoint quelconque, avança Cloister. Dites-lui que nous voulons suivre l'information qu'il nous a donnée. Qu'on veut s'assurer que Macintosh est celui qui a blessé Janet. Si ce n'est rien, il n'aura jamais besoin d'en savoir plus.

— Si ce n'est rien, répéta doucement Frome, vous devrez chercher un autre travail, car vous en aurez terminé dans mon poste. Compris ?

— Lieutenant.

Assez étrangement, c'était en fait une bonne menace. C'était la première fois depuis que Cloister avait emménagé à Plenty qu'il s'inquiétait de devoir partir. Ce n'était pas vraiment un enracinement – un homme, deux endroits –, mais c'était plus que ce que Cloister avait eu depuis longtemps.

Il raccrocha et composa le numéro du central d'une main, son plâtre contre le volant alors qu'il s'éloignait du trottoir.

— Passez-moi Armstrong, exigea-t-il.

Pendant que le téléphone sonnait, il se força à réfléchir aux photos qu'il avait consultées la veille. Une scène de crime après l'autre, son attention était portée sur le crime, les corps recouverts de draps et les éclaboussures de sang. Mais Hewitt avait-il été impliqué dans l'un de ces tirs ? Il était certain que les fourgonnettes de nettoyage se trouvaient sur quelques clichés, leurs combinaisons reconnaissables en arrière-plan, et cela aurait pu être Hewitt.

Enfin, Armstrong décrocha.

— Qu'est-ce qu'il y a, Witte ? demanda-t-elle. Votre chien veut venir faire un tour ici et renifler de nouveau à quoi ressemble l'odeur d'un travail acharné ?

— Est-ce une plaisanterie parce que je suis en travail de bureau ?

— Effectivement, répondit Armstrong chaleureusement. Hé, vous êtes sur le chemin pour passer voir Tancredi ? Je voulais y aller, apporter des fleurs ou un truc, mais… les hôpitaux. Voudriez-vous…

— Vous étiez bizarre au sujet de la voiture de Madame Lopez quand nous l'avons apportée ? Pourquoi ?

— La voiture Lopez ? Non, ce n'était rien. Une idée stupide. Pourquoi ?

— Dites-moi.

— C'est une belle voiture, affirma Armstrong. C'est la raison pour laquelle je m'en souvenais. Vous n'en voyez pas beaucoup comme ça. J'imagine que Madame Lopez l'aimait malgré tout.

— Que voulez-vous dire ?

Armstrong hésita. Le bruit du garage à l'arrière-plan diminua alors qu'elle devait avoir fermé la porte du bureau.

— Eh bien. Monsieur Lopez s'est suicidé. Dans sa voiture. La même voiture.

Cloister enfonça subitement la pédale de frein au feu et présenta des excuses d'un geste négligent par la fenêtre quand la voiture derrière lui klaxonna.

— Peut-être qu'elle a acheté une voiture semblable ? supposa-t-il.

— C'est ce que je pensais, admit Armstrong. Mais j'ai vérifié. C'est le même numéro d'immatriculation.

— Avez-vous son adresse ? questionna Cloister.

Il connaissait le secteur dans lequel elle vivait – un quartier résidentiel protégé dans ce qui passait pour être les collines du nord de la ville –, mais pas le numéro de la maison.

— Vous pouvez me l'envoyer par SMS ?

— J'ai entendu dire qu'elle avait pris un avocat.

— Je ne prévois pas de l'arrêter. Elle a le droit de changer d'avis.

Armstrong soupira.

— Je vous l'envoie. Si vous allez à l'hôpital, dites à Tancredi que je pense à elle.

La ligne fut coupée, mais Cloister garda le téléphone en conduisant jusqu'à ce que le texto d'Armstrong apparaisse à l'écran : 430 boulevard Ginger. Cloister savait comment s'y rendre. Il jeta le téléphone par-dessus son épaule sur le siège arrière et remit sa bonne main sur le volant.

Bourneville gémit quand la voiture accéléra.

— Tu avais raison, déclara Cloister. À l'avenir, je ferai confiance à ton instinct.

CLOISTER FIT scintiller son badge à l'intention du gardien à l'entrée. L'homme se pencha pour vérifier l'insigne et repoussa son chapeau sur sa tête. Son visage avait un bronzage dégradé qui commençait sur un front blanc et s'assombrissait jusqu'à son menton brûlé par le soleil.

— Affaires de police ? questionna-t-il.

— Badge de la police, souligna Cloister. Adjoint Cloister Witte. Je dois parler à Madame Lopez.

— Cristina Lopez ? J'espère qu'elle n'a pas de problèmes. Une femme adorable. Généreuse.

Il ouvrit les portes pour Cloister. Un rapide coup d'œil dans le rétroviseur intérieur alors qu'il traversait l'entrée confirma les soupçons de Cloister. Le gardien était déjà au téléphone pour prévenir la généreuse locataire.

Le lotissement Ginger Grove était aussi éloigné de la côte que possible. Pourtant, pour une raison quelconque, il avait été construit pour imiter le rivage, avec de longues dunes basses d'herbes marines pour délimiter les routes et des maisons blanches ramassées qui ressemblaient à des coquillages derrière des clôtures bleues.

Aux yeux de Cloister, il avait l'air stérile, ressemblant à un camp de vacances extrêmement luxueux, avec des voitures de luxe poussant contre les portails, comme des chiens en cage. Bien sûr, cela n'était probablement pas destiné au genre d'homme qui vivait dans une caravane avec bonheur.

Il traversa les ruelles bordées de dunes jusqu'à ce qu'il atteigne le manoir des Lopez, au bout d'une impasse. Un adolescent vêtu d'un jean et d'un maillot de football apparut au coin de la maison sur un tracteur. Il s'arrêta et s'essuya le visage sur son avant-bras, comme s'il s'agissait d'un travail manuel.

— Ouais ? cria-t-il par-dessus la clôture alors que Cloister sortait de la voiture et tenait la porte à Bourneville.

— J'ai besoin de parler à Cristina Lopez.

Il brandit son badge.

— Département du shérif.

Le garçon renifla et se tordit sur le siège de la tondeuse à gazon.

— Hé, Cristina ! Maman a encore appelé les flics pour toi !

Une flopée de jurons dériva vers eux depuis le côté de la maison. Madame Lopez apparut, moulée dans un maillot de bain noir et blanc, légèrement inadéquat, et portant des lunettes de soleil sur le nez.

— Rentre chez toi, appelle-la et dis-lui que ton père t'a donné la permission d'être ici, ordonna-t-elle en tapant des mains à l'intention de l'adolescent.

Il éteignit la tondeuse à gazon et en sauta pour se diriger vers une porte donnant sur le jardin voisin. Madame Lopez lui lança :

— Dis-lui que tu lui as demandé.

Elle se tourna vers Cloister, la bouche ouverte pour fulminer, puis elle le reconnut. Elle pressa ses lèvres l'une contre l'autre.

— Je vous l'ai dit. Je ne vous parlerai pas sans un avocat.

— Il ne s'agit pas de l'affaire Janet Morrow, déclara Cloister. C'est au sujet de votre mari.

Elle eut un air surpris et ensuite curieux. Après un instant, elle s'avança et ouvrit le portillon.

— Ne pensez pas que je suis quelqu'un qui se laisse marcher sur les pieds, le prévint-elle.

Elle jeta un coup d'œil à son front et, levant la main pour désigner le même endroit sur sa tempe, commenta :

— Ça a meilleure allure.

— Ouais, c'est mieux, admit doucement Cloister en marchant dans l'allée. Au moins, ça n'a pas l'air pire.

Il gratta la coupure et sentit la couture sous ses ongles. Bourneville passa devant lui et s'éloigna pour aller renifler la tondeuse. Puis elle revint se coller aux jambes de Cloister.

Madame Lopez le guida de l'autre côté de la maison. Une grande piscine scintillait au soleil et une licorne enrubannée flottait au milieu.

— Mon beau-fils l'adore, expliqua-t-elle. Ça a toujours été le cas, mais depuis la mort de son père, il est déterminé à garder cette chose à flot le plus longtemps possible. Voulez-vous un verre ?

Elle s'assit sous le large parasol à franges et n'attendit pas sa réponse. Elle remplit un verre de liquide vert pâle. Les glaçons tintèrent alors qu'ils tournaient autour du grand verre étroit.

Il s'assit en face d'elle et leva le verre pour renifler précautionneusement le liquide. Il avait une odeur de sucre et quelque chose de fruité et d'inoffensif.

— Je ne suis pas si stéréotypée que ça, déclara madame Lopez.

Elle remonta ses lunettes de soleil sur le haut de sa tête et ses cheveux blonds s'enroulèrent autour des montures alors qu'elle fronçait les sourcils.

— Si vous posez la moindre question au sujet des enfants ? Je ferai venir mon avocat ici avant que vous puissiez dire à votre chien de s'asseoir.

Bourneville soupira et s'appuya contre les jambes de Cloister. Elle posa son menton sur son genou et il pouvait dire qu'elle s'octroyait ce qui passait pour être une sieste pendant qu'elle travaillait.

— Quand votre mari s'est tué, qu'est-il arrivé au SUV ?

Madame Lopez haussa les épaules et remit les lunettes de soleil sur son nez.

— C'était le bazar, dit-elle d'une voix désinvolte qui ne cachait rien de sa douleur.

Elle remua son verre avec la paille et haussa les épaules.

— C'est ce qui se passe lorsque quelqu'un préfère se tirer une balle au lieu de parler à sa famille. Les choses deviennent compliquées.

— Vous en êtes-vous débarrassé ?

— Eh bien, je n'allais pas la garder, n'est-ce pas ? se moqua-t-elle en faisant tinter les glaçons. Ce serait morbide.

Son attention sembla se diriger vers la piscine alors que le vent faisait basculer la bouée licorne.

— Notre mécanicienne a vérifié le numéro d'identification du véhicule lorsqu'elle a démonté la voiture. C'est la même voiture, Madame Lopez.

— Alors, pourquoi poser la question ? interrogea-t-elle.

Elle prit une gorgée et il attendit. Madame Lopez posa son verre et frotta ses mains mouillées.

— Il aimait cette stupide chose. Nous étions sur le point d'avoir une sorte d'Airstream de luxe pour parcourir le pays en été. Eh bien, une bonne partie. Nous allions utiliser le bateau nous-mêmes, pas simplement payer des gens qui savent ce qu'ils font. Il allait prendre sa retraite et nous allions faire tellement de choses dans cette stupide voiture moche.

— Au lieu de cela, il s'est tué.

— Il a laissé une note. Il était désolé.

Madame Lopez soupira et se laissa aller en arrière. Ce fut seulement quand elle ne le fit *plus* que Cloister comprit qu'elle avait pris une pose.

— J'ai pensé qu'il avait perdu tout notre argent, mais tout était normal. Ou un scandale, mais rien ne s'est produit. Je vis dans la crainte qu'il s'avère avoir fait quelque chose aux enfants et que je l'aie raté. Je veux dire, on pense ça, et c'est horrible. Je *l'aimais*. Mais il devait y avoir quelque chose.

— Alors vous avez gardé la voiture ? Après qu'on l'a retrouvée, qu'est-ce…

Madame Lopez glissa ses doigts sous ses lunettes dans un bref effleurement pour s'essuyer les yeux.

— Je ne comptais pas la garder. Évidemment que je ne comptais pas le faire. Il s'est tiré dessus. Il y avait du sang partout… partout.

Cloister jeta un coup d'œil à Bourneville. Elle avait détecté du sang dans toute la voiture. Il aurait dû y prêter plus attention.

— Et ça puait. J'allais juste la faire…

Elle fit une pause et imita un geste d'écrasement avec sa main.

— Juste m'en débarrasser, pourtant je ne pouvais pas me résoudre à signer les formulaires. C'était comme s'il abandonnait ses rêves, ou du moins, les derniers bouts. Un des adjoints m'a donc donné la carte d'un nettoyeur spécialisé qui nettoyait *ce* genre de dégâts. J'ai ramené la voiture ici et je ne l'ai jamais conduite. Pour être honnête, malgré le tapage que j'ai fait, j'ai été soulagée...

— Vous vous souvenez de son nom ? la coupa-t-il. Celui du nettoyeur ?

— Non.

Elle remonta ses lunettes sur le dessus de sa tête et fronça les sourcils.

— Je peux aller voir. Je dois toujours avoir la carte, avec les effets de mon mari.

— S'il vous plaît.

Elle secoua la tête avec perplexité, mais se leva et disparut dans la maison. Cloister gratta derrière l'oreille de Bourneville en jetant un œil sur son téléphone. Il n'y avait rien de Frome concernant Hewitt, il avait quelques appels manqués de Javi. Il serait obligé de le rappeler une fois qu'il aurait terminé ici.

Après quelques minutes, madame Lopez revint. Elle portait une robe et avait remplacé ses lunettes de soleil par des lunettes de lecture. Le soleil lui fit plisser les yeux tandis qu'elle traversait le patio.

— Tenez.

Elle tendit la carte, écornée et tachée, à Cloister. Une fois qu'il l'eut, elle resserra la ceinture autour de sa taille et tordit la soie étroitement autour de ses doigts.

— Que se passe-t-il ?

Ce n'était pas vraiment une carte de visite. Cloister pouvait sentir les crans, là où elle avait été rattachée à une feuille. Les coordonnées avaient été imprimées sur une imprimante personnelle, probablement mises en forme avec Word.

Tim Hewitt. Quand Cloister le retourna, il vit le nom d'Ellie Smith écrit au verso dans sa théâtrale écriture en boucle. Il pouvait presque entendre sa voix dans sa tête : « Dites-lui simplement que je vous ai envoyé. Il prendra soin de vous. »

Elle pensait probablement rendre service à la veuve attristée.

— Le nettoyeur a-t-il eu accès aux clés de la voiture ? demanda-t-il.

Encore confuse, mais désormais également inquiète, madame Lopez hocha la tête.

— À celle de la maison ?

Puis elle prit réellement peur.

— Je... Oui, admit-elle. J'étais allé parler à Marie, la mère des enfants, pour déterminer ce que nous ferions avec eux. Elle habite à Vegas. Je lui ai donné les clés pour qu'il dépose la voiture ici. Est-ce lui qui a pris ma voiture ? Est-ce qu'il... est-ce que cet homme a blessé cette pauvre jeune fille ?

Cloister mit la carte dans sa poche.

— Nous ne le savons pas, madame Lopez, répondit-il d'un ton apaisant. Nous ne savons encore rien. Même si c'était lui, il n'y a aucune raison de penser que vous êtes en danger.

— Eh bien, je pense qu'il y en a un, objecta-t-elle. Il peut entrer chez moi. Nous vivons dans un quartier protégé. Comment a-t-il passé le gardien ? C'est pour cela qu'il est là.

— Avez-vous donné à Hewitt un laissez-passer d'ouvrier ?

Madame Lopez blanchit.

— Oh, mon Dieu.

— Je vous assure, rien n'indique que cette personne – même s'il s'agissait d'Hewitt – s'attaquera à vous. Si vous êtes inquiète, vous pouvez peut-être aller ailleurs ce soir. Un ami ? De la famille ?

— Que pensez-vous d'un hôtel en dehors de la ville ?

Cloister hocha la tête.

— Cela me paraît une bonne idée.

Alors que madame Lopez faisait ses bagages pour l'hôtel, Cloister essaya d'appeler Frome, mais l'appel atterrit directement sur la messagerie vocale. Quand il vérifia au poste, ils ne savaient pas non plus où il se trouvait.

— Il est parti il y a une demi-heure, l'informa Mel. Comment va Kelly ?

Il était si rare d'entendre quelqu'un l'appeler autrement que Tancredi qu'il lui fallut un instant pour comprendre de qui elle voulait parler.

— Je n'y suis pas encore allé, dit-il. J'ai en quelque sorte rencontré un obstacle. Prévenez-moi quand vous aurez des nouvelles du lieutenant ?

— Je le ferai, certifia Mel.

Elle hésita une seconde, puis ajouta vivement :

— Witte, je ne sais pas ce qui se passe, mais souvenez-vous de ce qui s'est produit la dernière fois que vous avez poussé trop loin. Vous avez été renversé par une voiture.

Son appel suivant aurait été pour Javi, mais celui-ci l'appela en premier.

— Hewitt a Janet.

XXII

Il n'y avait toujours aucun signe de Frome. En son absence, Javi devenait le responsable. C'était logique. Au moins, la moitié des adjoints avaient travaillé avec lui lors des raids contre les cartels dans les collines. Pourtant, il y avait toujours une petite partie égoïste de Cloister qui voulait que quelqu'un d'autre prenne les rênes. Si cela se passait mal, ce serait définitivement une marque noire sur le dossier de Javi.

Cloister grogna intérieurement. *Alors, assure-toi que ça ne se passe pas mal.*

Il suivit le rythme de Javi tandis qu'ils remontaient le long du couloir de l'hôpital, passant devant des adjoints au visage sinistre qui tentaient d'interroger deux ou trois personnes à la fois.

— Nous n'avons rien vu.

— Que se passe-t-il ? Nous venons tout juste d'amener un patient aux urgences…

— Est-ce que quelqu'un est mort ?

— S'il vous plaît, restez dans votre chambre, pria Ellie.

Elle se tenait devant deux parents inquiets, leur petite fille aux cheveux bouclés était vêtue d'une blouse d'hôpital. Elle avait l'air excitée et ils avaient l'air effrayés.

— Il n'y a pas de danger, mais restez dans votre chambre.

La gamine se pencha en avant entre les jambes de ses parents.

— Regardez ! Ils ont laissé entrer ce toutou. Vous avez dit que je ne pouvais pas amener Patchy.

Bourneville remua la queue à l'attention de la petite fille en passant devant elle, ses ongles cliquetant sur le linoléum. Elle paraissait toujours particulièrement apprécier lorsque le travail l'emmenait quelque part où les chiens n'étaient généralement pas autorisés. Cloister fit une pause dans le récit de sa matinée au moment où ils passèrent devant la porte. Puis il reprit dès qu'ils eurent fait quelques pas.

— Hewitt avait un motif de blesser Macintosh, affirma-t-il. Mais ce n'est pas un tueur. S'il l'avait été, les meurtres sur cette route auraient été réels. Qu'est-ce qui a changé ?

— Janet Morrow, déclara Javi. Elle a dit à tout le monde à New York que sa famille était morte, mais nous savons qu'ils sont en vie… du moins jusqu'à récemment. Quelque chose s'est passé entre eux… ils pouvaient peut-être tolérer qu'un membre de la famille soit gay, mais pas qu'il y ait un trans… et elle a dû suivre son propre chemin. Cela a plus de sens maintenant que nous savons que Jessie a simulé sa mort à cause d'une infidélité, et pas parce qu'elle voulait protéger son enfant d'un père homophobe. Une fois qu'elle a été libre elle-même, sans avoir la culpabilité d'être la raison pour laquelle ils avaient dû le faire, certaines parties de leur histoire ont cessé de tenir debout.

— Alors elle serait revenue pour quoi ? Tout expliquer à son père ? Se confesser ?

Javi lui lança un regard ironique en coin.

— Tu es une âme indulgente. Je crois qu'elle voulait juste de l'argent. Macintosh n'était pas le père de l'année avant qu'ils simulent leur propre mort. Je ne pense pas qu'elle imaginait qu'il avait changé… pas avant son arrivée ici.

— Je ne sais pas, déclara Cloister. Je pense qu'elle voulait peut-être récupérer sa famille. Les parties de celle-ci qui n'étaient pas toxiques.

— Quoi qu'il en soit, c'était un problème qu'Hewitt ne pouvait pas nettoyer.

Collins était posté devant la porte. Il jeta un regard d'excuses à Javi lorsqu'ils le rejoignirent.

— Nous avons retiré les gardes devant sa chambre la nuit dernière, Agent Merlo, expliqua-t-il. Après que Macintosh s'est tué, nous pensions que la menace avait disparu et…

— Et vous vous êtes trompés, coupa Javi d'un ton froid et sec.

Collins se tassa. Javi eut pitié de lui.

— Ça arrive. Ne refaites plus jamais la même erreur.

Collins se redressa.

— Nous ne le ferons pas, affirma-t-il. *Je* ne le ferai pas. Merci, Agent Merlo.

Il s'écarta pour les laisser entrer dans la chambre d'hôpital désormais vide.

Les draps avaient été soigneusement repoussés, comme si une infirmière l'avait fait, et l'empreinte du corps de Janet était toujours imprimée dans le matelas et les oreillers. Une mèche de cheveux roux était coincée autour du tube de la canule débranchée qui s'enroulait sur l'oreiller.

— C'est tout, Collins, dit Javi. Allez voir si Tancredi a vu quelque chose, voulez-vous ? Patiente ou pas, elle est la seule adjointe qui, à notre connaissance, se trouvait sur place lorsque ça s'est passé.

— Monsieur, salua-t-il.

La porte se ferma et les pas de Collins s'éloignèrent dans le couloir.

— Pourquoi ne l'a-t-il pas simplement tuée ici ? s'interrogea Javi.

Il contourna le lit et fronça les sourcils devant les fils débranchés.

— Quelle que soit l'hésitation qu'il a pu avoir la nuit où il t'a renversé, il est au-dessus de ça maintenant. Jessie Macintosh et Andrew Junior pourraient bien être morts à l'heure actuelle. Il a commandité l'assassinat du médecin légiste du comté. Pourtant, il n'arrive pas à finir le travail sur une femme blessée dans le coma ? Pourquoi la déplacer ?

Les fleurs s'étaient fanées et dégageaient une légère odeur de décomposition. C'était un parfum désagréable pour une chambre d'hôpital. Cloister se dirigea vers la fenêtre pour laisser entrer de l'air frais. Il batailla pour parvenir à l'ouvrir et laisser un courant d'air pénétrer à l'intérieur, il s'immobilisa au moment où une évidence le frappa.

— Hewitt a passé des années à nettoyer des lieux de crime, dit-il. Adjoint. Nettoyeur. Il a vu des centaines de crimes, des centaines de façons de se faire prendre. Il va refaire ce qu'il a fait il y a dix ans et organiser la scène du crime pour lui faire dire ce qu'il veut. Hewitt pense toujours qu'il a une chance de rester à l'écart de tout ça en demeurant clean.

Bourneville se leva et posa ses pattes avant sur la fenêtre pour regarder dehors, son nez noir pressé contre la vitre.

— À quoi penses-tu ? questionna Javi.

Cloister pointa l'extérieur par la fenêtre en disant :

— C'est la voiture du lieutenant Frome.

Cela ne demanda pas longtemps à Javi pour rattraper son retard. Cloister avait peut-être un avantage à suivre son instinct, mais Javi rassemblait toutes les pièces plus rapidement qu'il ne le faisait.

— Tout ce qui sera retenu contre Hewitt le sera aussi contre Frome, déclara-t-il.

Il se retourna brusquement, se dirigeant vers la porte. Ouvrant la porte, il cria pour appeler un adjoint, avant de reprendre :

— Frome avait le même motif, le même accès, voire un meilleur accès, aux armes et aux archives, et les mêmes opportunités. Et maintenant qu'Hewitt a surmonté ses scrupules à l'idée de commettre un meurtre, Frome risque de n'avoir aucune chance de se défendre.

238

Pendant que Javi aboyait des ordres pour que les adjoints à l'extérieur vérifient la voiture de Frome, Cloister désigna le lit.

— Monte, ordonna-t-il.

Bourneville se laissa tomber de la fenêtre pour se diriger vers le lit, sautant dessus. Ses pattes laissèrent des traces poussiéreuses sur les draps immaculés, mais l'hôpital pourrait les changer avant le retour de Janet. Cloister tapota l'oreiller. Bourneville plongea son museau en avant et renifla le riche parfum de sueur et de gras qui avait pénétré le coton et les plumes durant les dernières semaines.

— *Such*, Bourneville. *Such*. Trouve Janet.

Chaque fois qu'ils avaient un cas comme celui-ci, où quelqu'un disparaissait une seconde fois, il avait l'impression que Bourneville lui adressait un regard particulièrement déçu. Elle avait déjà trouvé cette personne précédemment. Pourquoi Cloister l'avait-il laissée s'égarer de nouveau ?

Elle ne laissa pas cela l'arrêter. Ses oreilles se dressèrent brusquement vers l'avant tandis qu'elle effectuait un dernier reniflement sur l'oreiller. Une fois qu'elle eut l'odeur dans son nez, elle sauta du lit et posa son museau sur le sol tout en trottant autour du lit.

L'odeur était plus diffuse que si Janet s'était déplacée de sa propre volonté, mais après un second passage, Bourneville trouva la piste. Elle aboya une fois et décolla, la tête basse et la queue haute, en naviguant entre les chariots et les jambes en uniforme.

— Qu'est-ce que... ! s'écria une infirmière, surprise, alors que Bourneville se glissait entre ses genoux.

Cloister trotta après sa chienne.

— Désolé, lança-t-il à l'infirmière en passant.

Elle lui lança un regard déconcerté et intimidé en bredouillant :

— OK.

La piste conduisit Bourneville à travers le couloir jusqu'aux lourdes portes battantes. Elle les traversa et dévala les escaliers à toute vitesse. Ses pattes dérapèrent lorsqu'elle atterrit sur le palier et Cloister descendit les escaliers, trois marches à la fois en la suivant. La douleur sourde qui avait finalement délaissé sa hanche réapparut quand il se réceptionna durement sur le béton à pieds joints.

— Cloister ! cria Javi. Attends ! *Pendejo estúpido* !

Le juron résonna dans la cage d'escalier. Cloister nota la frustration dans la voix de Javi – il n'avait recours à l'espagnol que quand il était suffisamment énervé pour que seuls les jurons de sa grand-mère lui viennent –, mais les vieilles habitudes étaient difficiles à perdre. Il suivit l'étendard de la queue de Bourneville dans les escaliers qui chassait la piste de Janet.

Cloister dérapa sur l'avant-dernier palier et se cogna contre le mur. L'impact se répercuta de son épaule jusqu'aux côtes fissurées et il grogna de douleur. Il lui fallut une seconde pour se remettre sur ses pieds et, à ce moment-là, il avait perdu Bourneville de vue.

— Merde !

Il avala le sang provenant de la morsure sur sa langue et dévala le dernier escalier. Au-dessus de lui, une porte claqua, mais il l'ignora, tout en retirant son arme de son holster. Une série de portes coupe-feu étaient partiellement ouvertes, la fermeture improvisée avec une chaîne enroulée ne suffisait pas pour la maintenir fermée et trois couloirs différents donnaient accès à un dédale de salles et de couloirs.

On l'avait emmené ici pour faire une radio de son poignet avant de le plâtrer. Il se souvenait d'une série de virages sans fin et du stroboscope scintillant de lampes fluorescentes presque terne. Une partie de sa confusion à l'époque devait probablement être causée par sa blessure à la tête, mais pas en totalité.

— Bourneville, cria-t-il, sa voix résonnant contre les murs. *Gib Laut.* Donne de la voix, Bon.

En réponse, elle émit une série de grognements écorchés provenant de la gauche.

Cloister tenait son arme basse contre sa cuisse et trotta vers elle. Les murs étaient peints en un gris froid industriel, ils étaient fissurés et recouverts de plâtre soufflé. Les pas de Cloister semblaient si pesants qu'il doutait d'être furtif.

Il rattrapa Bon devant une autre série de portes coupe-feu. Elle faisait les cent pas devant, grognant et grommelant entre ses dents, frustrée. Quand elle vit Cloister, elle se redressa sur ses pattes arrière et griffa la lourde barre en métal. Son poids était suffisant pour la secouer, mais pas pour l'actionner.

Le sexe et la bagarre : deux circonstances où il était bon d'avoir deux mains.

Cloister utilisa ses genoux pour écarter Bourneville de la porte et cogna maladroitement son plâtre contre la poignée pour la pousser suffisamment vers le bas et l'ouvrir. Dès que ce fut le cas, il la poussa du pied pour l'ouvrir en grand, et Bourneville bondit à travers l'espace avec un grondement moite et cliquetant qui traversa tout son corps, s'élevant à partir de son ventre.

— Rappelez ce putain de chien, râla Hewitt.

C'était le même parking où Macintosh s'était suicidé, réalisa Cloister en se frayant un passage avec l'épaule à travers la porte. Les rubans détendus de la police étaient toujours accrochés aux poteaux. Une zone de béton nettoyé, d'une propreté suspecte, trahissait l'endroit où le mort s'était trouvé.

Hewitt se tenait au milieu, son arme appuyée contre la tempe de Janet, avachie, inconsciente, dans un fauteuil de l'hôpital. Ses bras couverts de plâtre étaient croisés sur ses genoux et lui donnaient une apparence étrangement sobre.

— Rappelez le chien, répéta-t-il en tournant le corps sans tonus de Janet tel un bouclier mobile entre lui et les dents découvertes de Bon. Ou je ferai sauter la cervelle d'un autre Macintosh partout sur le sol.

Cloister siffla entre ses dents, un bruit court et aigu, Bourneville se coucha en réponse et s'éloigna d'Hewitt de trois pas, avant de décider que cela suffisait.

— Elle ne vous a rien fait, lança Cloister en contournant le périmètre arbitraire qu'il avait défini autour d'Hewitt. Cette pauvre gamine voulait juste découvrir la vérité.

Hewitt lâcha un son dur et sans joie qui passait pour un rire.

— Depuis quand un Macintosh se soucie-t-il de la vérité ? demanda-t-il.

Sa bouche se tordit dans une grimace renfrognée. Cloister était incapable de déterminer si elle était due à du regret ou simplement à de la crainte.

— Son père était un menteur. Sa mère était une menteuse. Son frère était un menteur. Des bâtards corrompus, tous, continua-t-il.

Cloister fit un autre pas sur le côté. Ses genoux cognèrent le pare-chocs d'une Mercedes garée et une pensée lui traversa brièvement la tête : le docteur impatient serait furieux s'il devait se passer de sa voiture un jour supplémentaire. De l'autre côté de la zone que Cloister lui avait assignée mentalement, Bourneville imitait ses mouvements. Maintenant, Hewitt devait partager son attention entre la position de Janet pour bloquer la chienne et garder un œil sur Cloister.

— Vous avez aidé Jessie et Andrew à s'en aller, souligna Cloister.

Il avait été mis au courant de l'affaire que Stokes n'avait pas révélée à son employeur.

— Ils étaient amoureux. Ils…

Hewitt ricana.

— Ils n'étaient pas amoureux, contredit-il.

En dépit de la note sévère de sa voix, la colère d'Hewitt était froide et contrôlée. Il déplaça son arme pour viser Cloister, puis la ramena vers la tête de Janet.

— C'était de la luxure. C'était minable. Ils n'avaient pas peur de lui. Ils ne voulaient tout simplement pas faire une croix sur son argent.

— Alors, pourquoi les aider ? interrogea Cloister.

Il glissa son pied le long du béton, mais avant de pouvoir y prendre appui de tout son poids, Hewitt tourna le pistolet pour l'orienter de manière continue sur lui. Malgré l'éclat nerveux et l'humidité dans les yeux d'Hewitt, le canon de son arme était stable.

— C'était votre idée, non ?

Cela faisait dix ans qu'Hewitt l'avait fait, dix ans sans pouvoir parler de la chose la plus audacieuse et brillante qu'il ait jamais faite. Cloister était confiant, Hewitt marcherait sur des charbons ardents pour pouvoir se vanter de ce qu'il avait réalisé, et il avait raison.

— À la minute où je les ai vus, admit Hewitt.

Un sourire acéré et douloureux lui tordit la bouche alors qu'il retirait sa main du fauteuil roulant pour taper fortement son doigt contre sa tempe. Il reposa l'arme à l'arrière de la tête de Janet.

— Ça m'est venu immédiatement. Macintosh avait gâché ma vie. Deux ans de va-et-vient à l'hôpital. Les pilules. Les tremblements. Et même si les gradés savaient que l'histoire qu'il racontait devant le tribunal n'était que des conneries, ils me remisaient quand même derrière un bureau. Personne ne me faisait plus confiance dans la rue.

— Frome, si.

Hewitt ouvrit la bouche et la ferma avec un bruit humide, tandis qu'il tentait de leurrer sa culpabilité. Finalement, il prétendit ne pas l'avoir entendu et continua calmement :

— Ce n'était que ce qui m'était dû. Une revanche et une compensation. Ce n'était pas assez, cela dit, mais c'était le moins qu'on me devait.

— Et le plan ?

— Cela a pris plus de temps, admit Hewitt. Nous avons dû attendre qu'il y ait au moins trois cadavres à la morgue, nous assurer que Macintosh dispose de l'argent nécessaire pour payer la rançon. Il n'a même pas essayé de marchander. Il a payé tout de suite. Il était censé tomber pour meurtre, vous savez, mais il s'en est tiré une fois de plus. Je pensais que quelqu'un creuserait dans cette affaire, mais c'était tous des lâches. Personne n'a même pensé à regarder dans ma direction… jusqu'à ce qu'elle revienne.

Il secoua le fauteuil roulant et Janet s'effondra sur le côté. Elle gémit quand son corps se plia maladroitement sur un bras plâtré. Son pied nu glissa du renfort rembourré et traîna sur le sol.

— Elle m'a accusé, vous savez, pour tout ça. Comme si j'avais fait n'importe quoi, comme si je leur ai dit de lui mentir concernant son père qui allait l'envoyer dans une sorte de camp d'internement. C'était eux. C'est eux qui lui ont dit ça. Je ne leur ai pas fait dire.

Il y avait une légère offense dans la voix d'Hewitt, donnant à croire que c'était lui qui avait été lésé.

— Elle m'a appelé ce soir-là, depuis l'ancien bureau de Macintosh, avec le numéro d'urgence que j'avais donné à Jessie, ivre et furieuse parce qu'elle avait croisé son père sous un pont. Elle me blâmait pour ce qu'il était devenu, elle m'a traité de tous les noms, m'a menacé de dire la vérité à tout le monde. Elle ne se souciait même pas de gâcher sa vie et celle de sa mère en le faisant.

— C'est là que vous avez décidé de la tuer, de couvrir vos traces.

Hewitt éclata de rire.

— Non ! C'est le putain de truc drôle, Adjoint Witte, je ne voulais pas la blesser. Je ne voulais pas lui faire du mal. La seule chose que j'ai toujours voulue, c'est le blesser *lui*. Je voulais juste lui dire la vérité, car il n'y avait aucune raison de mentir à propos du monstre qu'était Macintosh. Il *était* un monstre. Mais elle ne voulait pas m'écouter. Elle disait que Macintosh était un homme meilleur que moi. Lui ! Comme si ce que j'avais fait n'avait pas amélioré la vie de tout le monde. Je vais vous dire quelque chose, Witte, la corruption dans Plenty n'aurait jamais été assainie si Macintosh était resté dans les parages. Pourtant, elle a dit qu'il était meilleur que moi ? Je ne voulais pas la blesser, mais je l'ai saisie, et nous nous sommes battus et… elle a fini par la fermer.

— Et ensuite, quoi ? questionna Cloister. Vous alliez la laisser mourir là ?

— Cela aurait été plus simple, déclara calmement Hewitt. Juste une autre agression, aucune raison de regarder de plus près. Ce n'est pas comme si elle n'avait pas eu une sépulture décente des années auparavant. Mais ensuite, vous êtes arrivé et tout est devenu hors de contrôle. Vraiment, tout ce qui est arrivé est de votre faute. Si vous aviez simplement abandonné comme l'aurait fait n'importe qui d'autre, je n'aurais jamais eu à faire quoi que ce soit. Dieu sait que je ne le voulais pas.

— Vous avez essayé de tuer Galloway.

— Pas moi, contredit vivement Hewitt. Je n'ai jamais tué personne. Toutes ces années passées dans les forces de l'ordre et je n'ai jamais eu aucun mort dans mon dossier. C'est la raison pour laquelle je n'ai pas simplement tué Macintosh à l'époque. Je n'ai jamais pensé avoir le courage, pas le sang-froid de le faire. C'est pour cela que j'ai envoyé Macintosh. Il avait le sang-froid suffisant pour s'en occuper. Mais je suppose que tout cet alcool avait émoussé Mac le Couteau.

— Et Frome ? demanda Cloister. C'est votre ami.

Hewitt fit de nouveau claquer sa bouche sans commenter, comme s'il préférait ne pas y penser pour le moment.

— On fait ce qu'on doit faire. Quelqu'un doit endosser la responsabilité, déclara-t-il. Il a pris ma carrière, les promotions que j'aurais dû avoir. Alors peut-être que c'est juste. Mieux vaut lui que moi, au final.

Cloister projeta la sueur coulant sur sa lèvre supérieure en disant :

— On ne peut pas vraiment dire que ça va fonctionner maintenant, n'est-ce pas ?

— Je pense que je peux tout arranger, déclara Hewitt rationnellement.

Il releva son arme et stoppa Cloister qui s'avançait.

— Vous savez, je ne pense pas que ce soit aussi difficile que je le pensais de tuer quelqu'un.

Alors qu'il raidissait son doigt sur la détente, Bourneville s'élança brusquement par-dessus le fauteuil roulant de Janet, ses pattes se balançant au-dessus de la chemise de nuit bon marché de la jeune fille et elle s'accrocha au poignet d'Hewitt. Sans la manche rembourrée d'une combinaison anti-morsure, ses dents s'enfoncèrent directement dans la chair et dans l'os. Abasourdi, Hewitt poussa un cri aigu et bascula en avant, le poids de Bourneville l'entraînant vers le bas.

Il emporta avec lui le fauteuil roulant déjà usé et utilisé abusivement, et les trois corps heurtèrent le sol. Janet s'étala, raide comme une poupée aux endroits où elle était plâtrée, tandis que les deux autres s'agitaient contre elle.

— Lâche-moi, cria Hewitt.

Il se débattit aveuglément, ses poings atteignaient le dos de Janet aussi souvent que le dos et les épaules de Bourneville.

— Frome mourra si je ne vous dis pas où il est ! Aussi mort que ce putain de Macintosh !

Cloister se précipita pour attraper Janet. Elle gémit et s'accrocha à lui du bout des doigts alors qu'il la traînait hors de la chaise renversée. Ses yeux étaient flous, blancs et meurtris, et évidemment elle ignorait où elle se trouvait, toutefois, elle était réveillée. Le bout de sa tresse se coinça dans les rayons brisés de la chaise, elle gémit lorsque cela tira sur son cuir chevelu.

— Ça va aller, lui dit Cloister.

Il déplaça son poids sur un bras et se pencha pour la détacher.

La natte était presque libre lorsque Hewitt réussit à blesser Bourneville au ventre. Elle souffla quand l'air fut chassé de ses poumons, et sa prise sur le poignet d'Hewitt se relâcha suffisamment pour lui permettre de la repousser. Du sang coulait de l'articulation lacérée, et l'os était visible à travers la chair déchirée lorsque Hewitt se retourna et, avec élan, asséna un coup de crosse de pistolet à Cloister.

Il l'atteignit à la limite du bleu qui teintait encore la racine de ses cheveux. La douleur inattendue l'aveugla presque d'une pulsation rouge vif qui s'incrusta dans son cerveau comme un foret. Cloister retomba, confus et hébété, du rouge coulant sur ses yeux, lorsque les points de suture sur son cuir chevelu cédèrent.

Donnant un coup de pied dans le fauteuil cassé, Hewitt l'envoya vers Bourneville et se releva brusquement. Il retomba sur le capot de la Mercedes et passa maladroitement l'arme d'une main à l'autre. Cloister essuya le sang de ses yeux juste à temps pour voir Bourneville se rassembler pour attaquer à nouveau Hewitt.

La panique l'envahit en une vague écœurante qui augmenta la douleur de sa tête. Il savait combien Bourneville était véloce et combien une balle pouvait être rapide. Cette fois, elle ne serait pas assez vive. Cloister essaya de l'appeler pour l'arrêter, mais il ne pourrait pas prononcer les mots à temps.

Elle bondit et Cloister ferma les yeux. Il entendit le coup de feu et Bourneville aboya un petit son aigu.

Lâche, songea-t-il amèrement.

— On ne tire pas sur un chien, déclara Javi. Même si je n'aime pas les chiens, je sais que ça fait de toi un enfoiré.

Cloister ouvrit les yeux. Son visage était de nouveau plein de sang. Il l'essuya d'un revers de son plâtre tandis que Bourneville, saine et sauve, faisait de son mieux pour se glisser sur ses genoux et le lécher pour le nettoyer. Sa langue remonta dans son nez et dans ses oreilles jusqu'à ce qu'il réussisse enfin à saisir son museau étroit et à le repousser.

Il leva les yeux vers Javi.

— Merci.

Javi lui tendit une main.

— La prochaine fois, attends ! grogna-t-il en le tirant sans ménagement sur ses pieds.

Cloister supposait qu'il avait une commotion cérébrale. Il ravala de la bile alors que la douleur se déplaçait dans sa tête comme une bille. Puis il appuya le talon de sa main contre son arcade sourcilière en demandant :

— Est-il… ?

Hewitt gémit avant que Cloister n'ait pu achever sa question. Son bras pendait à ce qui restait de son épaule, mais il respirait toujours. Plus important encore, Janet aussi. Cloister se laissa tomber à genoux et glissa son bras sous ses épaules pour l'aider à se redresser.

— Où suis-je ? gémit-elle.

Sa voix était sèche et faible, déshydratée après des jours d'inactivité. Elle essaya de toucher ses lèvres avec ses doigts, puis fixa ses avant-bras plâtrés.

— Mais… je ne me souviens pas. Que s'est-il passé ?

— Tout va bien, la rassura Cloister.

Il lui tapota l'épaule en répétant :

— Tout ira bien.

Javi enclencha d'une tape la radio attachée à sa veste et aboya son ordre :

— Faites venir des médecins ici. Au parking souterrain. Oui, encore.

ÉPILOGUE

— C'EST RIDICULE, déclara Frome.

Il se rallongea contre des coussins blancs amidonnés et ferma les yeux.

— La moitié du département du shérif est soit cloué au lit, soit hors service. Je n'ai pas le temps de rester ici. J'ai du travail à faire, des incendies à éteindre, une mauvaise presse à calmer.

Javi se tenait à la fenêtre et observait l'essaim de journalistes dehors, sur les marches de l'hôpital. Il y avait une ironie morbide dans le fait que les remplaçants du département de police corrompu de Plenty avaient leurs propres pommes pourries, ce que les journalistes semblaient apprécier.

— Si j'étais vous, dit Javi, je profiterais de quelques jours au lit.

Ils avaient trouvé Frome, menotté et inconscient sur le siège arrière de sa voiture, sous une bâche et une couverture de pique-nique. Il s'était avéré que la tête de Frome n'était pas aussi robuste que celle de Cloister et qu'il avait un crâne fracturé, accompagné d'un œuf de poule sur la nuque.

— Je n'arrive toujours pas à croire que c'était Hewitt, marmonna Frome avec lassitude. Nous étions amis. C'était mon partenaire. Je me sentais *désolé* pour lui.

— Tout le monde l'était, déclara Cloister. C'est pour ça que chaque fois que des dossiers sur Macintosh étaient sortis, quelqu'un prévenait Hewitt. Ils pensaient l'encourager à croire que Macintosh serait finalement traduit en justice.

— Au lieu de cela, nous avons presque fait tuer Galloway, affirma Frome.

Javi se détourna de la fenêtre pour le regarder. En dépit de ses plaintes selon lesquelles il perdait son temps loin du travail, la table de chevet à côté de Frome était remplie de rapports et de paperasse. Son ordinateur portable était en équilibre sur la tablette étroite du lit à côté de lui et son communiqué de presse à moitié terminé enregistré dans Word.

— Je ne pense pas qu'elle en gardera rancune, déclara Javi. Il semblerait que Janet Morrow ira bien. Au bout du compte. J'ai entendu dire que Stokes lui avait proposé un emploi une fois qu'elle serait rétablie.

Frome hocha la tête. Il ôta ses lunettes et se frotta les yeux avec le pouce et l'index. La peau fine se rida sous la pression.

— Je suppose que vous aviez raison, dit-il. C'était un crime de haine. Simplement...

— Ce n'est pas le genre de ceux qui relèvent de ma compétence, acheva sèchement Javi.

Il ne savait toujours pas comment son implication dans l'affaire serait vue : dans la colonne des points positifs ou comme une nouvelle marque noire. S'il avait une longueur d'avance et une bonne journée, il pourrait se convaincre que cela n'avait pas d'importance. Il savait qu'il avait aidé à sauver la vie d'une jeune femme et d'une chienne talentueuse.

— Des traces de Jessie et de l'aîné des fils Macintosh ?

Javi secoua la tête en répondant :

— Toujours dans la nature. Dès qu'ils ont dit à Hewitt que Janet revenait ici, je suppose qu'ils ont compris qu'il allait devoir faire le ménage. Nous les trouverons. C'est un monde plus difficile pour disparaître et ils n'ont aucune aide cette fois.

— Mon rapport dira à quel point votre aide a été précieuse, lui assura Frome. Nous devrons voir combien ça vaut après cela.

Javi hocha la tête et jeta un coup d'œil par la fenêtre.

— Je devrais y aller. Il me faudra un peu de temps pour relever le défi que constitue la presse. Je suis cependant heureux qu'Hewitt n'ait pas réussi à vous tuer, Lieutenant.

— Moi aussi, déclara Frome. Bonne chance.

Javi ne lui répondit pas qu'il n'en avait pas besoin. Aux yeux de la presse, pour le moment du moins, il en sortait gagnant. Pour commencer, il avait sauvé un jeune enfant et, cette fois, il avait protégé une jeune femme vulnérable. Il aurait peut-être encore une autre affaire très médiatisée à traverser avant qu'ils se retournent contre lui.

TROIS HEURES plus tard, Javi pénétra dans son appartement. Il fut agréablement surpris de constater que Cloister était toujours là, sa silhouette étalée sur le canapé. Maintenant que Cloister pouvait se lever et ne pas pencher doucement sur la gauche, Javi supposait qu'il n'avait plus vraiment besoin de rester.

Bourneville, allongée à ses côtés, la tête sous son menton, salua l'arrivée de Javi par un grognement. Cloister regarda autour de lui et sourit.

— Je t'ai vu à la télévision, dit-il. Je pense que le journaliste de CNN t'aime bien.

— Lequel ?

— Celui qui ne pouvait pas quitter ton entrejambe des yeux.

— Lequel ? répéta Javi avec un sourire narquois.

Il retira sa veste et la suspendit au dossier d'une chaise. Une bouteille de vin sur la table attira son attention. C'était le but. La bouteille était soigneusement placée au milieu de la table, comme un point d'exclamation.

— C'est en quel honneur ?

Il l'attrapa par le goulot et haussa les sourcils en lisant l'étiquette. C'était l'un de ses vignobles préférés.

— Ça dépend, répondit Cloister.

Il se dégagea de Bourneville et le rejoignit.

— De quoi ? questionna Javi

Cloister embrassa le creux derrière son oreille. Le plaisir dévala les nerfs de Javi et fit tressauter son sexe.

— Tu te souviens de la première fois où je me suis invité ? demanda Cloister.

Il laissa sa main errer sur la taille de Javi et sur ses hanches minces.

— J'avais apporté du poulet et j'avais dit que si ça avait été un rendez-vous, j'aurais apporté du vin ? Eh bien, j'ai apporté du vin.

— Et si je ne veux pas que ce soit un rendez-vous ? demanda Javi.

La main de Cloister s'immobilisa sur l'os de son bassin.

— Eh bien, dans ce cas, c'est du vin à boire seul, car je n'ai plus de bière dans la caravane.

Il déposa une traînée de baisers mordilleurs de l'oreille de Javi jusqu'à sa clavicule en achevant :

— Pas de rancœur.

— Bien sûr que non, dit Javi en posant la bouteille. Je dois d'abord te parler.

Il sentit la bouche de Cloister s'étirer en un sourire contre sa gorge.

— Pas encore. Peut-être demain, proposa-t-il.

Javi aurait voulu acquiescer. Vraiment. À la place, il s'éloigna et se dirigea vers la fenêtre où ils avaient eu leur premier rapport sexuel. Les empreintes de mains avaient été nettoyées, mais il pouvait surveiller le reflet de Cloister dans le verre.

— C'est au sujet de ce qu'il s'est passé à Phoenix, précisa-t-il.

— Je n'ai pas besoin de savoir, déclara Cloister.

— Tu devrais vouloir savoir. Tu devrais vouloir savoir à quel genre d'homme tu achètes du bon vin.

— Il y a beaucoup de choses que je ne veux pas.

Cloister baissa les yeux et se gratta la tête.

— Je suppose que je n'ai jamais pensé le mériter, pas seulement pour avoir été celui qui n'avait pas disparu. Mais je veux ce verre d'anniversaire, et je te veux. Phoenix ne changera pas ça.

— Peut-être que cela devrait, déclara Javi.

Il l'avait gardé pour lui depuis tellement de temps, hors de vue et hors de ses pensées pendant aussi longtemps qu'il l'avait pu, que cela ressemblait à une histoire monumentale. Maintenant qu'il avait commencé, il ne pouvait songer qu'à quelques phrases.

— Nous avions un témoin à Phoenix, un grand procès pour corruption, et on avait la frousse concernant sa capacité à témoigner. Notre affaire tout entière risquait de s'effondrer, et tout à coup, il me revenait de le convaincre… parce qu'il était attiré par moi. Sauf que cette fois, ce n'était pas suffisant de lui parler. Alors je l'ai baisé.

Bourneville vint pousser son nez dans sa main. Javi caressa délicatement sa tête étroite aux os pointus, sa fourrure était comme du velours sous ses doigts.

— Il t'aimait, supposa Cloister.

— Oui. Je ne l'aimais pas. Après coup, j'ai essayé de me convaincre que oui, mais ce n'était pas le cas. Une nuit, il a voulu venir me voir pour que je le rassure sur le fait que témoigner était la meilleure chose à faire. Ce n'était pas protocolaire. Il n'aurait pas dû être là, mais il n'y avait jamais eu de problème. Sauf que cette nuit-là, je n'étais pas présent. Nous ne savons pas qui était sur place, mais on l'a tué. Je ne l'aimais pas, mais je l'appréciais, et c'était de ma faute.

Cela n'allégeait rien de ne pas l'avoir sur la conscience. Il n'y avait aucun soulagement à cette ancienne culpabilité, juste une nouvelle inquiétude que Cloister réalise ce qu'il était. Au mieux, Javi se sentait vaguement heureux d'en avoir fini.

— C'est tout ? questionna Cloister.

Javi trouva le reflet de Cloister dans le verre. Ce n'était pas assez précis pour lui permettre de déchiffrer son expression, mais il pouvait en distinguer les lignes familières.

— L'agence a affecté un nouvel adjoint de supervision au poste de Plenty, déclara-t-il. L'ASS Joel est celle qui a trouvé Paul ce soir-là et qui l'a emmené à l'hôpital. Je doute que son opinion sur moi se soit améliorée au cours de ces dernières années.

Kincaid restait coincé dans sa gorge. Peut-être plus tard, après un verre... ou plusieurs.

Le silence resta en suspens dans l'appartement pendant un instant et Javi observa Cloister récupérer la bouteille de vin sur la table. Puis il siffla brusquement entre ses dents.

— Bon. Va chercher, dit-il.

Javi tressaillit de surprise lorsque des dents acérées et froides se refermèrent doucement autour de son poignet. Un souffle chaud haleta contre sa peau tandis que Bourneville l'éloignait de la fenêtre. Elle remua fièrement sa queue en le traînant jusqu'à la table. Lâchant la main, elle leva les yeux vers Cloister.

— Bonne fille, dit Javi.

Elle lui jeta un regard perplexe, la tête penchée d'un côté puis de l'autre, mais décida de l'accepter. Avec un bruit bas et grommelé, elle se dirigea vers le canapé et s'y avachit.

— Ce gars à Phoenix, déclara Cloister en donnant le vin à Javi. Il pensait que tu valais le risque.

— Je ne le valais pas, affirma Javi.

— Ce n'est pas à toi de décider, contredit Cloister. Le vin est pour toi. Tu veux que je reste aussi ?

Javi prit le menton de Cloister dans sa main et l'attira vers le bas pour un baiser lent et paresseux. Du moins, il commença ainsi.

RANCUNE TENACE

TA MOORE

Déterrer des os : Livre un

Cloister Witte est un homme au sombre passé. Il possède une adorable chienne, et il est toujours heureux quand il peut en parler. Par contre, après avoir grandi dans l'ombre d'un frère disparu, d'un bon à rien de père et d'un beau-père criminel, il préfère laisser le passé dans le Montana. Il est à présent officier de la brigade canine dans le département du shérif du comté de San Diego, où il paye un tribut à ses fantômes en faisant ce que personne n'a pu faire pour son frère : retrouver des personnes disparues pour les ramener chez elles.

Il excelle à résoudre les énigmes complexes. Sa chienne est encore meilleure que lui.

Cette fois, la personne disparue est un garçon de dix ans qui est entré dans les bois au milieu de la nuit et n'en est jamais revenu. Malgré l'aide hostile et distrayante du magnifique agent du FBI Javi Merlo, il devient vite évident que Drew Hartley n'a pas fait une fugue. Il a été enlevé et les preuves indiquent qu'il n'est pas la première victime du kidnappeur. Alors que les recherches s'intensifient, de vieilles rancunes et des tragédies sont ramenées à la surface. Malheureusement, à chaque nouvel indice découvert, les probabilités de retrouver Drew en vie diminuent.

www.dreamspinner-fr.com

TA MOORE

UNE CHIENNE
DE VIE

Un hiver de loup, numéro hors série

Le monde s'achève non pas dans une explosion, mais dans un déluge. Des tornades ravagent le cœur de Londres, une chaleur étouffante fait fondre le bitume à New York et des couches de permafrost de plus en plus épaisses paralysent la Russie. Au début, les hommes se mobilisent, organisent des co-voiturages et évacuent les populations, mais le temps ne fait qu'empirer.

À Durham, Danny Fennick, un professeur affable, s'est calfeutré chez lui en attendant que la tempête passe. Élevé dans les Highlands d'Écosse, il a connu des hivers plus rigoureux. Et surtout, il possède un avantage : c'est un loup-garou. Ou, plus exactement, un chien-garou. Moins impressionnant, mais tout aussi pratique.

Néanmoins, les loups-garous n'y voient pas qu'un simple hiver et franchissent le Mur du Nord pour marquer leur nouveau territoire. Parmi eux, son ex, Jack, fils du Numitor de la meute et prince héritier, et son frère, qui rêve de fratricide.

Un hiver de loup n'est pas blanc. Il est rouge comme le sang.

www.dreamspinner-fr.com

TA MOORE

CHASSER LES CORBEAUX

Suite de *Une chienne de vie*
Un hiver de loup, numéro hors série

Lorsque l'hiver s'abattra, les Loups franchiront le mur et dévoreront les petits garçons dans leur lit.

Le Dr Nicholas Blake a beau avoir peur du noir, il sait que les histoires de monstres racontées par sa grand-mère pour le tourmenter durant son enfance ne sont pas réelles.

Ou du moins, il le pensait… avant de voir la mer geler, le pays être paralysé par la neige, et de trouver un homme à l'agonie, se vidant de son sang sous le regard d'une étrange femme morte. À présent, ses cauchemars empiètent sur sa vie et seul son patient imprévu semble connaître le fin mot de l'histoire.

Pour Gregor, la situation est simple : ces traîtres de prophètes l'ont mutilé et lui ont volé son frère, Jack, et il compte bien les faire payer. Sans son loup, la tâche s'avérera difficile, mais jamais il ne laisserait quelqu'un d'autre tuer son jumeau à sa place, même s'il doit quémander de l'aide auprès de son médecin très attirant, mais trop humain.

Cependant, peut-être les prophètes visent-ils un but pire que la mort, et peut-être Nick s'avère-t-il moins humain qu'il le pense ? À mesure que les cadavres s'entassent et que les vieilles histoires se réalisent, les deux hommes doivent se serrer les coudes pour sauver Jack et empêcher les prophètes de réveiller une chose plus terrible encore que l'hiver de loup.

www.dreamspinner-fr.com

Originaire d'Irlande du Nord, TA MOORE est une auteure de suspense romantique, de fantaisie urbaine et de romans d'amour contemporains. Une enfance dans une ville balnéaire rurale a engendré une nature méfiante, un amour du mystère et une touche d'humour noir d'un kilomètre de large. Comme sa grand-mère le disait toujours : « Elle riait des mauvaises choses, celle-là ». Cela dit, c'était l'hôpital qui se moquait de la charité. TA a étudié l'Histoire, la Mythologie Irlandaise et l'anglais à l'université, principalement parce qu'elle a toujours aimé une bonne histoire. Elle a travaillé comme journaliste, directrice des finances et dans le secteur des arts avant de céder à son éternel désir d'écriture.

Du café, des bottes Doc Marten et de bons amis sont les éléments essentiels dans une vie. Les araignées, la mayo et les talons sont à éviter.

Site Web : www.nevertobetold.co.uk
Facebook : www.facebook.com/TA.Moores
Twitter : @tammy_moore

Par TA Moore

Mon odieux petit ami

UN HIVER DE LOUP
Une chienne de vie
Chasser les corbeaux

DÉTERRER DES OS
Rancune tenace
Peau et os

Publié par Dreamspinner Press
www.dreampsinner-fr.com